俺たちの箱根駅伝

池井戸潤

JUN IKEIDO

㊦

文藝春秋

俺たちの箱根駅伝　（下巻）

目次——下巻

第二部——東京箱根間往復大学駅伝競走

東京箱根間往復大学駅伝競走コース図

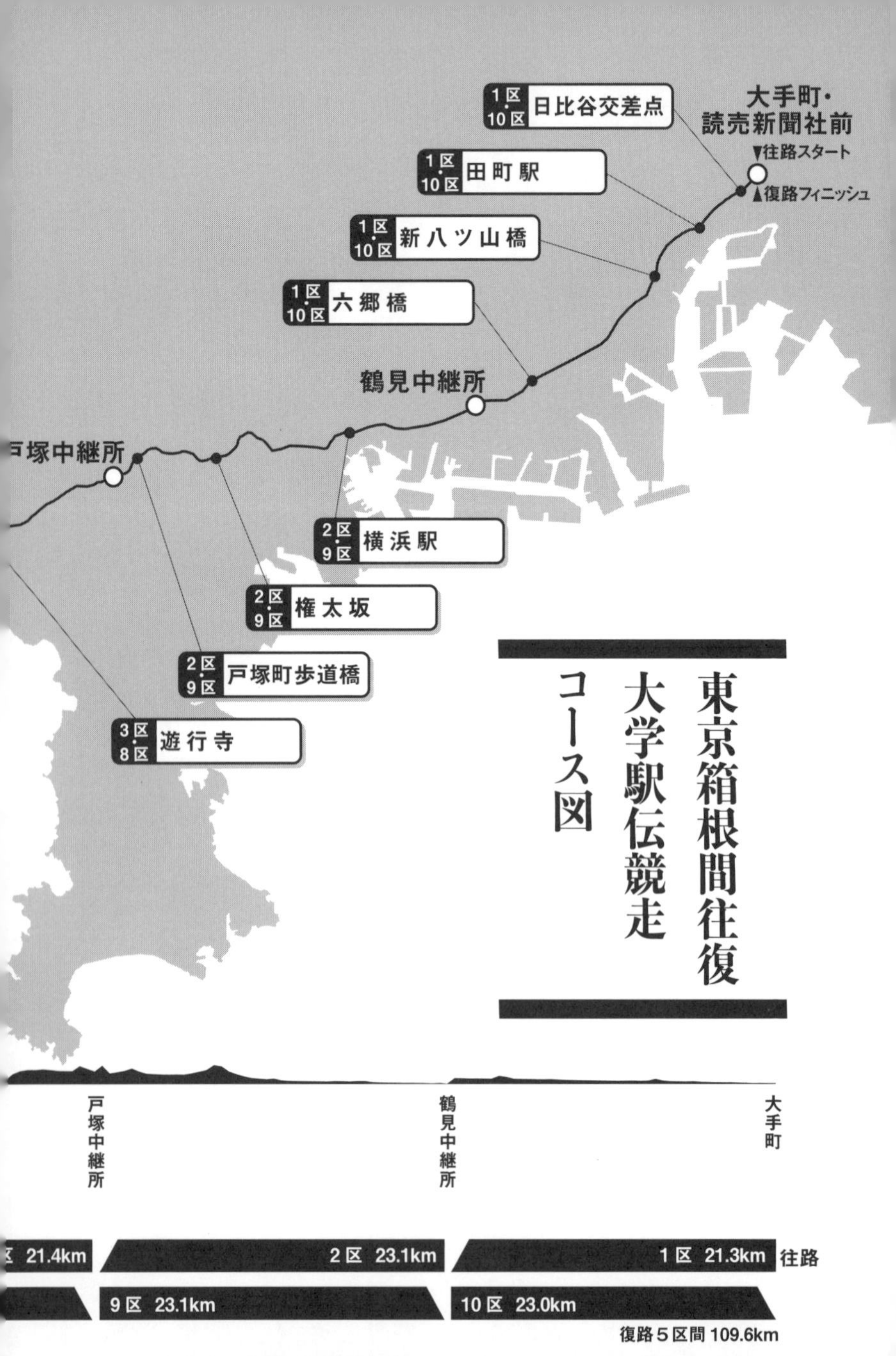

※2024年4月現在　※表記は箱根駅伝公式サイト(https://www.hakone-ekiden.jp/course/)に依拠しています。

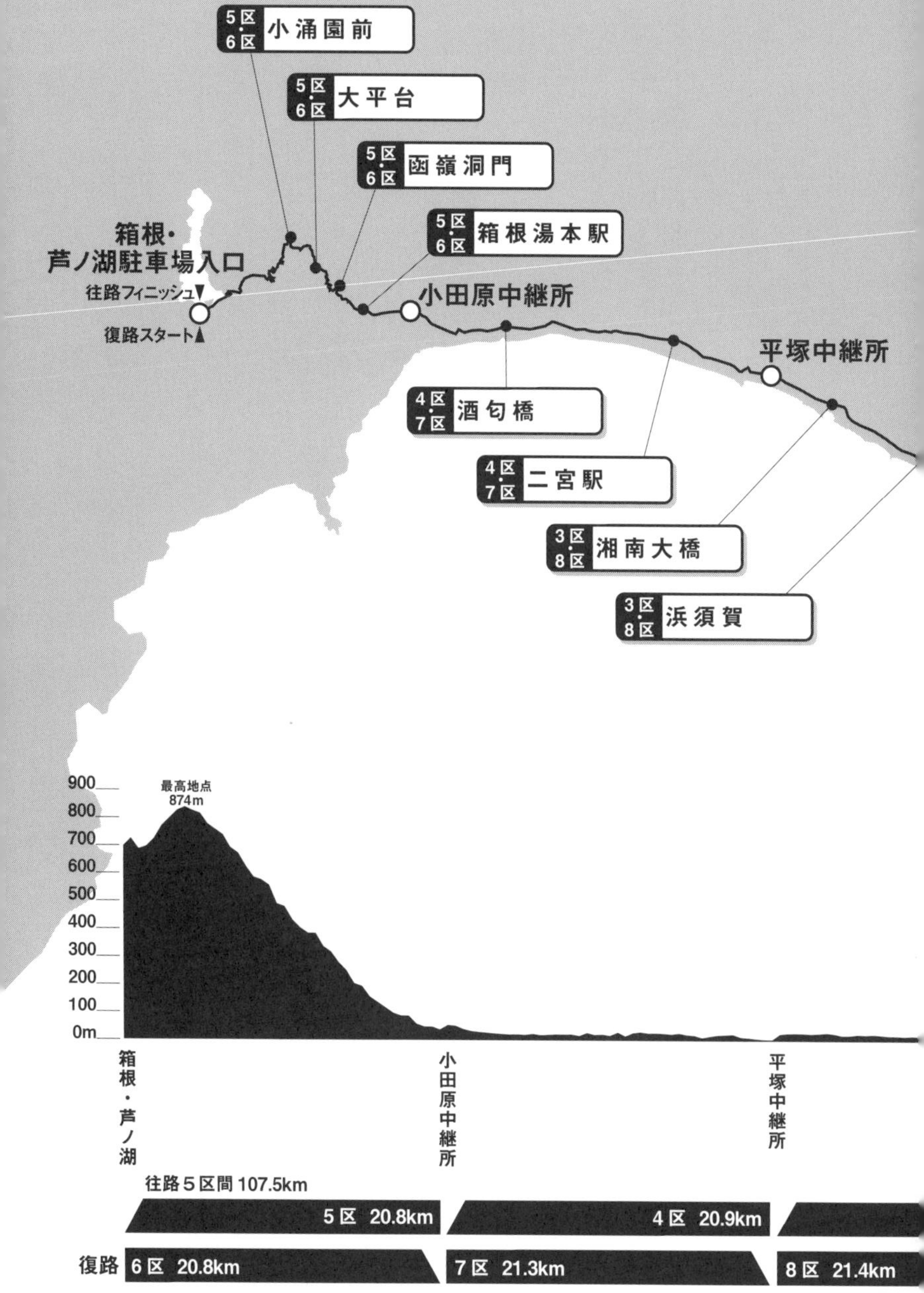

5区・6区 小涌園前
5区・6区 大平台
5区・6区 函嶺洞門
5区・6区 箱根湯本駅
箱根・芦ノ湖駐車場入口
往路フィニッシュ▼
復路スタート▲
小田原中継所
4区・7区 酒匂橋
4区・7区 二宮駅
平塚中継所
3区・8区 湘南大橋
3区・8区 浜須賀
900
800
700
600
500
400
300
200
100
0m
最高地点
874m
箱根・芦ノ湖
小田原中継所
平塚中継所
往路５区間 107.5km
5区 20.8km
4区 20.9km
復路
6区 20.8km
7区 21.3km
8区 21.4km

主な登場人物

甲《か》斐《い》真《まさ》人《と》……明誠学院大学　陸上競技部監督
諸《もろ》矢《や》久《ひさ》繁《しげ》……同　陸上競技部前監督

青《あお》葉《ば》隼《はや》斗《と》……同　4年生
前《まえ》島《じま》友《ゆう》介《すけ》……同　4年生
矢《や》野《の》計《けい》図《と》……同　3年生

徳《とく》重《しげ》亮《りょう》……大日テレビ　箱根駅伝チーフ・プロデューサー
宮《みや》本《もと》菜《な》月《つき》……同　箱根駅伝チーフ・ディレクター
北《きた》村《むら》義《よし》男《お》……同　スポーツ局長
辛《から》島《しま》文《ぶん》三《ぞう》……同　アナウンサー
黒《くろ》石《いし》武《たける》……同　編成局長

［関東学生連合チーム］
桐《きり》島《しま》兵《へい》吾《ご》……関東学連（関東学生陸上競技連盟）幹事

大《おお》沼《ぬま》清《せい》治《じ》郎《ろう》……東邦経済大学 監督／学生連合コーチ

諫《いさ》山《やま》天《てん》馬《ま》……品川工業大学　4年生
猪《いの》又《また》丈《じょう》……武蔵野農業大学　2年生
倉《くら》科《しな》弾《だん》……山王大学　2年生
佐《さ》和《わ》田《だ》晴《はる》……調布大学　4年生
富《とみ》岡《おか》周《しゅう》人《と》……目黒教育大学　4年生
内《ない》藤《とう》星《せい》也《や》……関東文化大学　2年生
乃《の》木《ぎ》圭《けい》介《すけ》……京成大学　1年生
松《まつ》木《き》浩《こう》太《た》……清和国際大学　4年生
村《むら》井《い》大《だい》地《ち》……東邦経済大学　3年生

第二部

東京箱根間往復大学駅伝競走

第一章　大手町スタートライン

1

大手町《おおてまち》は、夜明け前であった。

一月二日。大日《だいにち》テレビの「箱根駅伝」は、移動中継車三台、中継用バイク二台、固定中継車十二台、クレーン六基、ヘリコプター二機、往復路で四十九カ所もの中継ポイントが設置され、系列局からのスタッフを合わせ千人近い体制で臨む。

中継規模は、いうまでもなく大日テレビ最大級だ。

その千人が一堂に会した全体会議を開いたのは、年末近い二十九日。どんな番組にしたいのか、どこでどんな映像を届けたいのかということをチーフ・プロデューサーの徳重亮《とくしげりょう》、そしてチーフ・ディレクターの宮本菜月《みやもとなつき》から説明し、スタッフ全員で共有している。

この放送に携《たずさ》わる千人は、密接に連携し、お互いをサポートするひとつのチームになる。そうして力を合わせ、二日間で合計十五時間にも及ぶ長丁場の放送を乗り越えるのである。

番組で伝えたいことは山ほどあった。

箱根駅伝という競技の難しさ、そして面白さ。それぞれのチームの期待を背負い一心に走る若者たちの躍動と、魂のタスキリレー。東京の大手町からスタートし、横浜から湘南《しょうなん》、小田《おだ》原《わら》、そして箱根、街から海へ、海から山へ、次々と表情を変える風光明媚《めいび》なコース。

できれば、きらめく湘南の海と、その向こうに聳《そび》える富士山を抱えた映像を届けたいところだが――。

徳重の考えはそこに至って、ちいさなため息に変わった。

数日前から、気に掛けているのは天気である。

予報によると、今日二日の天気は曇りのち雨。二日目は雨か雪だ。フィニッシュ地点のある芦《あし》ノ湖《こ》のスタッフによると、いま現地では粉雪が舞っているという。

もし積もったら、番組としては最悪だ。今日はよくても、明日は危ない。

不安は尽きなかった。

積雪、あるいは凍り付いた急な坂道を移動中継車が走れるだろうか。中継バイクはどうか。ヘリコプターは飛ぶのか――。

現在の時間は午前六時三十分。番組本番まであと三十分、本選のスタートまで一時間半に迫っていた。

徳重はいま、番組の中枢ともいえる大日テレビ本社内に組まれた副調整室のデスクに難しい顔で構えているところだ。

壁際を埋めるモニタのひとつに、五時五十分からオンエアしている直前番組が映し出されていた。注目選手を何人か選んでその素顔に迫る密着番組だが、高校時代にまで遡《さかのぼ》るその丁寧な作りと掘り下げは、「箱根駅伝」というスポーツ番組の原点そのものだ。

これから始まる本選は、勝敗はもちろんのこと、伝えるべきは選手たちの人間ドラマに他ならない。

「ラインチェック、マイクテスト、完了です」

スタッフに声を掛けられ、うなずいた徳重は自席にあるインカム用ボタンを押した。

「おはようございます。徳重です」

机上のマイクを通じて放たれた徳重の声は、各中継ポイントに詰める全スタッフたちに届いている。

「我々は今日、そして明日、箱根を走るすべての選手をリスペクトし、テレビマンとしての情熱を持って、青春を賭ける選手たちひとりひとりの戦い、人間ドラマを全国の箱根駅伝ファンに伝えましょう」

副調整室内が静まり返っていた。闘志を燃やすように唇を噛《か》み、ふと顔を上げて前方を見据えるスタッフもいる。小さくうなずき、内に秘める思いに拳《こぶし》を握り締める者もいる。

この副調整室にいる者だけではない、各中継所、定点カメラ、その他すべてのスタッフが高まる緊張の中で心をひとつにし、これから始まる大舞台を前に精神を研ぎ澄ましていく。

ドラマは、箱根路だけにあるのではない。それを伝える「箱根駅伝」という番組制作の全スタッフにもあると、徳重は思う。

「予報によると、今日から明日にかけて、天候が崩れるようです。千人もいるんだから、中には心がけのいい人もいるでしょう。そういう方、なんとか天気をもたせてください。よろしくお願いします。事故だけは気をつけて。選手同様、我々も持てる力のすべてをこの放送にぶつけましょう」

天気の件は冗談めかしたつもりだが、さすがにどこからも笑いは起きなかった。徳重はインカムのスイッチから手を離し、前方で、タイムキーパーとテクニカル・ディレクターに挟まれた中央の席にいる菜月の背中に目を向けた。

菜月は、中継ポイントからの画像のチェックに余念がない。マイクを通して細かな指示を出しながら、時折、何事か考えているかのように押し黙る。緊張感が伝わってきた。

無限大のプレッシャーがその両肩にずっしりとのしかかっているのがわかる。

状況によって、どこでどんな映像が撮れるのか、あるいは何を撮るべきかは変わる。菜月はそれを的確に、そして瞬時に判断し、指示しなければならない。

何が起きるかわからないレースでは一瞬たりとも、集中力を切らすことができないのだ。

「円堂《えんどう》さん、入ります」

スタッフの案内があって徳重は腰を上げると、離れた場所にあるセンタースタジオへと足早に向かった。

出場各校のタスキの並ぶ壁をバックにしたセットに、馴染《なじ》みの円堂数夫《かずお》がいつもの笑顔を浮かべてやってきた。

御年《おんとし》七十二歳。この数年、「箱根駅伝」の放送センター解説をお願いしている元関東《かんとう》大学監督である。現在関東大学の監督を務める〝プロフェッサー〟名倉仁史《なぐらひとし》の恩師でもある円堂は、温厚でソフトな語り口と的確な解説でいまや番組に欠かせない存在となっていた。

辛島文三《からしまぶんぞう》が仕切るセンタースタジオは、この円堂と、箱根駅伝ＯＢの若手ゲストふたりの四人体制だ。

「よろしくお願いします」

センター・アナウンサーを務める辛島と共に迎え入れると、「東西大《とうざい》は一区から選手を動かしてくるぞ。一区は南《みなみ》くんが行くようだよ」、と円堂はいきなり最新情報をもたらした。

メンバー変更の締め切りはスタート一時間十分前、六時五十分だ。

まだ締め切りまでには時間があるが、もちろん変更を命じられた選手はすでに来てアップしているからすぐにわかる。円堂は、ここに来るついでにスタート地点を回って様子を見てきたのだ。円堂がいつもそうしたがるので、自宅へ迎えに行くハイヤーの時間もそれを見越して早めにしてある。

「成田《なりた》くんを外したんですか」

多少の驚きを込めて、辛島がいった。辛島にしても、南広之《ひろゆき》の一区起用は少々意外だったに違いない。

東西大学の一区は最初、成田峻介《しゅんすけ》がエントリーされていた。過去二度、本選を走った経験のある四年生だが、その成田を平川庄介《ひらかわしょうすけ》監督は大胆にも替えてきたのである。

——南、時として野獣と化す。

徳重の胸に浮かんだのは、東西大学の練習を取材にいったサブアナの谷藤亜希《たにふじあき》が上げていたメモの言葉だ。

「犠牲者が出るかも知れないよ」

円堂にしては不穏なことを口にする。

「犠牲者、ですか」

思わず徳重はきいた。

ああ、と大きくうなずいて円堂は続ける。

「南くんはおそらく、ガンガン行くだろ。各校がそれについていけば、潰れる者も出るかも知れない。平川監督は、それを狙ってるんじゃないだろうか」

可能性はある。だがそれは、東西大にとって諸刃《もろは》の剣《つるぎ》でもあった。南も、スタミナ的に最初から飛ばして二十キロ余を走り切れるほど万全とは言い難い。途中の「電池切れ」で、あえなく撃沈ということだって考えられる。

「一区は青学も一年生を抜擢《ばってき》したね。チャレンジングな布陣で、これも楽しみだ」

円堂は続けた。

青山学院の一区走者は、一年生の戸村諒太《とむらりょうた》。一年生ながら一万メートルを二十八分台で走る将来のエースだ。近年重要度の増す一区で、いきなり一年生を起用するとは余程、原晋《はらすすむ》監督の信頼が厚いのだろう。

「おもしろいレースになりそうですね」と徳重。

「天候を考えるとむしろ難しいレースになるんじゃないかな」

円堂が応じたとき、

「円堂さん、打ち合わせ、お願いします」

スタッフのひと言があって、徳重は一礼とともにセンタースタジオを後にした。

本番の時間が迫っている。

胸が高鳴り、鼓動が速くなってきた。チーフ・プロデューサーの仕事のほとんどは番組が始まったときには終わっているといっていい。いまの徳重には、座ってスタッフたちの働きを見ているぐらいしか仕事がないのだが、何かしていないと落ち着かない。

——本番一分前です。

やがて声が掛かって、副調整室が緊張に包まれた。

——五、四、三、二——。

徳重は息を呑み、それまで流れていたコマーシャルから、番組に切り替わったモニタを見上げた。

晴れがましい高らかなファンファーレ。

そのオープニング曲とともに浮かび上がる『新春スポーツスペシャル東京箱根間往復大学駅伝競走　往路』のタイトル。

——新春の夢をつなぐ若人《わこうど》たちの挑戦が今年も始まります。

辛島の実況が始まった。

——伝統とプライドをかけ二十一チームが鎬《しのぎ》を削り、激突する東京箱根間往復大学駅伝競走。スタートまであと一時間に迫りました。過去一世紀。この箱根駅伝という夢の舞台は様々なドラマを生み、人びとの感動を呼び、胸に刻まれてきました。箱根から世界へ——。ここを通過点として世界の舞台で活躍するランナーもいます。二十一チーム、総勢二百十名の若き走者たち。それを支えてきたチームの仲間、家族、大会スタッフの皆さん。数え切れないほどの思いを胸に秘め、タスキに記し、往復二百十七・一キロの美しくも過酷な夢の舞台への挑戦が、いよいよ始まります。

辛島の実況は、言葉よりも淡々としていた。外連味《けれんみ》のない実直なアナウンスであるが故《ゆえ》に、これから始まる競走の尊さが胸に迫り、厳《おごそ》かに伝わってくる。

頼みますよ、辛島さん——。

心の中で、徳重はいった。

——頼むぞ、宮本。

これから二日間の長丁場、徳重がするべきことは、仲間を信頼して任せることしかない。

モニタ内の映像は、空撮の大手町から湘南の海、そして最後は箱根と芦ノ湖の光景へと切り替わり、再びスタジオに戻ってきた。

円堂とゲストの紹介、その後、大手町のスタート地点へと場面が転換し、一号車の解説を担当する相沢勝俊《あいざわかつとし》が映し出された。

一号車担当アナの横尾征二《よこおせいじ》とともにグラウンドコートを着た相沢は、東西大学ＯＢの五十二歳。大学時代、箱根駅伝を四度走り、区間賞二度。その後はマラソンに転じてオリンピックでも活躍した人気者だ。いまでは実業団のチームを率いている。

相沢と横尾の軽妙なやりとりが始まったところに、往路のメンバー変更の一覧が徳重の手元に回ってきた。

しばしその一覧を眺めやる。一覧は菜月のところにも配られ、モニタを見つめていた視線が、しばしリストに向けられるのがわかった。ちらりと徳重を振り返り、

「チーム戦略が出てますね」

とひと言。同感であった。

戦前予想では、青山学院、東西、関東の三大学が優勝候補だが、本選の布陣は三校ともに特色がある。

青山学院の布陣は、徳重の目にも新鮮で斬新、大胆ともいえる。調子のいい選手を自在に使えるのが層の厚いチームの強みだろう。

追撃する東西、関東は、互いに真逆の布陣だ。東西は、前半から果敢に攻める攻撃的布陣。〝野獣〟南広之を先鋒《せんぽう》につけ、エースの青木翼《あおきつばさ》でリードを取り、〝笑わない男〟黒井雷太《くろいらいた》で暴れまくり、女子人気の高い〝貴公子〟柳一矢《やなぎかずや》でテクニカルな四区を押さえて、五区を〝ニュー山の神〟芥《け》屋《や》信登《のぶと》で締める。東西大が誇るスターを惜しみなく投入する平川監督の意図は、往路で勝負を決しようというところか。先行逃げ切り戦略だ。

ただ、往路でスター選手を投入する反面、復路が若干手薄な印象だ。実力と人気を兼ね備え

た安愚楽《あぐら》一樹《かずき》を宣言通りの十区にエントリーしているが、果たして何位でタスキを受けるのか。

一方の関東の布陣は堅実そのものだった。四年生で手堅い走りに定評のある橋田《はしだ》賢太《けんた》に一区を、エースの坂本《さかもと》冬騎《ふゆき》に二区を任せた後は、五区までを箱根経験のある三、四年生で固める布陣。往路優勝はできなくても、総合優勝できる位置で往路を終えたい名倉仁史監督の意図が滲《にじ》み出ている。

そして、事前の取材で得た情報が正しいのなら、名倉は後半の布陣をさらに強力にしてくるはずだ。現段階では、七区と八区に一年生と二年生をエントリーしているが、経験を重視するのならこのまま出すとは思えない。おそらくこれはダミーで、復路では戦況を見て、いまはサブに控えている実力派にメンバー変更してくるだろう。勝負は復路に有り――昨年の惨敗を教訓に、名倉はおそらくそう考えている。

「おもしろいな、宮本」

声を掛けると、

「絶対おもしろくなりますよ」

という確信のこもった返事があった。「問題は天気です、徳重さん」

「明日のことは考えるな、宮本。まずは、今日のことだけ考えようや」

時計を見上げた。

午前七時半を回り、まもなく選手コールが始まる。画面に、マイクをもった関東学連の幹事長の姿が映し出された。

いまこの瞬間の選手たちと同じように、副調整室内に渦巻く緊張感も膨らみ、ピリピリとしていまにも破裂しそうだった。

2

普段陽気な男の表情がいつになく、こわばっていた。

「天馬《てんま》、リラックスしろよ。いつものお前はどうした」

声を掛けた付き添いの桐島兵吾《きりしまへいご》に、

「わかってるっちゅうの」

気後れした表情で諫山《いさやま》天馬が少しムキになってこたえた。

スタート地点にある読売新聞社三階にある控えスペースである。そのフロアには本選出場二十一チームの選手たちがいて、談笑しながらストレッチをしたり、耳にイヤホンを挿《さ》して音楽を聴きながら集中力を高めたりと、それぞれの方法でスタート前の時間を過ごしている。

青ざめている天馬にひとつため息を吐《つ》き、

「全然、わかってないぞ」

兵吾がお堅い性格そのままにたしなめた。「緊張するなって。甲斐《かい》監督にもいわれただろ」

「そりゃ無理だ。見てみろ、みんな速そうじゃねえか。しかも有名なのもいるしさ」

天馬は完全にひるんだといわんばかりだ。

「サインもらってやろうか。あ、どこかに色紙売ってるかもよ」

兵吾にしてはめずらしく冗談を口にしたが、

「いらねえよ、そんなもん」

天馬は乗ってこなかった。

「お前だって十分速いんだからさ、自信もって走れ」

暗示でもかける口調で兵吾はいい、ちらりと腕時計を一瞥《いちべつ》する。

ストレッチポールの上にふくらはぎを置いたまま、天馬は大きく胸を上下させ息を吐いていいる。相当ナーバスになっていた。

「一世一代の晴れ舞台だ、天馬。みんなに走りを見せつけてやれ」

「煽《あお》るなよ。余計緊張するだろうが」

そういって天馬が舌打ちをひとつしたとき、大会関係者の声がけで周りの選手が動き始めた。

選手コールが始まるのだ。

「行こう」

兵吾のひと言で、天馬も立ち上がった。


暖房の効いた読売新聞社内の待機スペースから外に出ると、肌を刺すような真冬の冷気がたちまちふたりを包み込んだ。

横断幕が張られたスタートライン付近は大会関係者がひしめいており、向こうに見える沿道はスタートをひと目見ようとするファンで一杯だ。

応援団の太鼓、ブラスバンド、人々のさざ波のような喧噪《けんそう》がビルの谷間に木霊《こだま》し、巨大な風船のごとく膨らんでくる。

関東学連の幹事長による選手コールが始まった。

学生連合チームの呼び出しは、一番最後だ。

「――関東学生連合、諌山くん」

審判員によるユニフォームとアスリートビブスのチェックを済ませると、いよいよスタートの号砲を待つだけになる。

他校の選手たちに囲まれ、天馬は震える息を吐き出した。

緊張はしていても、元来が能天気で、目立ちたがり屋の性分である。田舎の両親や友人たち、母校品川《しながわ》工業《こうぎょう》大学の寮では仲間たちがテレビにかじりついて見ているはずだ。

スタート時間が近づいてくるにつれ、次第に落ち着きを取り戻してきた自分に、天馬は胸を撫《な》で下ろした。

きっと調子がいい証拠だ。

なにか、やってやるぞ。

「見てろよ、みんな」

小さくつぶやいた天馬は二度、三度と小さなジャンプを繰り返しながら、甲斐真人《まさと》監督から受けたアドバイスを頭の中で反芻《はんすう》してみる。

品川の新八《しんや》ツ山橋《やまばし》までは自分のペースで戦況を見据えろとか、風がアゲンストだから、集団《しゅうだん》走《そう》をうまく使えとか。具体的なアドバイスの後、甲斐は最後に妙なことをいった。

「東西大の南は無視しろ」

――南ってどんな奴だっけ？

天馬が抱いたのは、その程度の思いだ。前回の箱根駅伝に一年生で出場し、三区でいい走りをしていた、というのは兵吾から後で聞いた話である。

だが、その南をなぜ無視すべきなのか、甲斐は理由をいわなかった。余計なことをいって天馬を混乱させたくなかったのかも知れない。

その甲斐はすでに監督が乗る運営管理車で、計図《けいと》とともにスタンバイしているはずだ。

――スタート、三分前です。

コールとともに、

「一発、かましてやれ」

どんと力強く背中をひとつ叩き、兵吾が後方へと消えていった。

いよいよ始まる。

箱根駅伝本選――その夢の舞台に、自分は立っているのだ。

天馬は、胸騒ぎとも武者震いともつかない感情の塊《かたまり》が腹の底からこみ上げてくるような感覚に大きく胸を上下させた。沿道のどこかに目には見えない巨大な怪獣が潜んでいそうな、地鳴りにも似た気配が立ち上りはじめた。

3

「よう、甲斐。久しぶり」

運営管理車に向かっていた甲斐が、背後から声を掛けられて足を止めた。

つられて振り向いた計図は、一台の運営管理車の脇に立って薄笑いを浮かべている男を見て体をこわばらせた。

東西大学の平川監督だ。雑誌で甲斐と学生連合チーム批判を繰り広げてきた張本人である。

「ああ、これは。お久しぶりです」

甲斐は相手を見て小さく頭を下げた。無論、平川の一連の発言は承知しているが、そんなことはおくびにも出さない態度である。「今日はよろしくお願いします」

「十何年ぶりかな、君と箱根で戦うのは。今回は、徹底的に叩き潰すから覚悟しといてくれよ」

平川の言葉に、甲斐は笑みを浮かべた。

「胸をお借りします。お手柔らかに」

それだけいって甲斐が離れようとしたとき、

「三位相当以上が目標なんだってな」

さらに平川のひと言が追ってきた。「ビジネスマンのはったりかよ。箱根、舐《な》めんなよ」

甲斐の足が止まり、不穏な気配に計図が息を呑んだとき、

「いいレースになるといいですね」

甲斐はそう返しただけで、平然とその場を後にする。睨《ね》めつけるような視線を背中に受けながら。

「いくらなんでも、ちょっと失礼じゃないでしょうか」

表情を強張《こわば》らせた計図に、

「放っておけばいい」

甲斐は取り合わなかった。いまはまだ停車している車列の中をさっさと歩いて、最後尾に控える学生連合チームの運営管理車まで行く。

「甲斐です。よろしくお願いします。──こちらは、マネージャーの矢野《やの》計図です」

同乗するのは戸田《とだ》と名乗った競技運営委員と、谷本《たにもと》というドライバー、走路管理員の久山《ひさやま》の三人だ。

エンジンをかけて暖機しているクルマに乗り込むと、外気温が表示されていた。

一・五度。

風は強く、予報によると往路はアゲンスト──向かい風になる。

「天気、崩れないといいですねえ」

谷本がいった。小太りの男だ。歳は四十前後だろうか。一方の戸田は、にこやかな笑みを浮かべた初老の男、久山は角刈りにした職人風である。

「そうですね」

そう応じたものの、計図の目には甲斐が特段、天気を心配しているようには見えなかった。

「突然、晴れたりすることもあるからね」

戸田が明るくいったが、天気予報を見る限りその可能性は低いだろう。おそらく、このまま気温はさして上がらず、強風に曝《さら》されるレースになるのではないか。

「どうですか、今年の学生連合は」

その戸田がきいた。いろいろ騒がれていることを知ってか知らずか、話し好きの男らしい。

「いいですよ。上位、狙ってますからね」

冗談めかして甲斐が答えた。

「それは楽しみですねえ。期待してますよ、監督」

破顔して戸田は応じたものの、甲斐の言葉を真に受けたようには見えない。

「二日間、よろしくお願いします」

あらためて甲斐がいったとき、スタート三分前のコールがあった。後部座席から、大日テレビの中継を映したタブレットを甲斐に手渡す。

――胸高鳴る、若人たちの新春の熱き戦いがこれから始まろうとしています。

センターアナを務める辛島の実況に、スタート直前の大手町の光景が映された。

――大手町にあります読売新聞社前のスタートラインに、二十一チームの選手たちが集まってきました。各大学の誇りと期待を胸に、伝統のタスキをかけたユニフォーム姿がこの曇り空の下でも輝いて見えます。果たして、今年の箱根駅伝を制するのはどのチームなのでしょうか。いよいよ勝負の一区がスタートします。

ついに、始まる。

計図は、膝の上のノートパソコンに映し出した中継映像を見ながら、心臓の鼓動を耳元で聞いた気がした。

――頼みます、天馬さん。

沿道を埋める人びとの映像から、スタートラインに並んで号砲を待つ選手たちの姿に切り替わる。

スターターを務める関東学生陸上競技連盟会長の姿が映し出された。いよいよ、ピストルをもったその右腕が上がり、空に向けられた。

触れれば肌が切れてしまいそうな研ぎ澄まされた緊張が無限大に広がっていく。

――パン。

乾いた音が冬空に鋭く響くと、沿道から湧《わ》き上がる歓声の中、二十一人、二十一本のタスキがスタートラインから飛び出していった。

集団に紛れ、天馬がどの位置にいるのか計図にはわからない。

風を切ってスタートした選手たちは、すぐ先を左に曲がって日比谷通りへと入っていく。

テレビ画面がヘリコプターによる空撮に切り替わり、一団となって駆け抜ける選手たちの姿を捉えた。

前にいた運営管理車がのろのろと動き出し、

「それでは出発します」

谷本のひと言とともに、車窓の景色が流れ始めた。

4

熱戦の始まりを告げるピストルの音は乾いていた。それなのに妙に耳にこびりついて、いつまでも反響を繰り返している。

夢にまで見た舞台を、いま天馬は走っていた。

「見ててくれよ、オヤジ」

天馬は、長野県松本《まつもと》市内で自転車店を営んでいる父と母のもとに生まれた。

父は高校、大学と陸上競技部で活躍し、明治大学在学中は、結局出られなかったものの、箱根駅伝本選には二度エントリー。母も高校時代は短距離の選手という、陸上一家である。明るい両親で、天馬がたまにみせる剽軽《ひようきん》さは、きっとその両親から受け継いだものに違いない。

そんな父は、子供の頃よく一緒にジョギングをして、走る楽しさを教えてくれた。「天馬は、俺の代わりに『箱根』、走れよ」、が陸上競技の昔話をするときの口癖だ。

中学高校と、天馬が陸上競技部に入り、箱根駅伝が最終目標になったのは半ば必然だ。父と同じ明治大学には入試で失敗して進めなかった。結局、滑り止めで受けていた品川工業大学へ行こうと決める。箱根駅伝本選への出場経験はないものの、駅伝強化に力を入れ、めきめきと予選会の順位を上げていたからだ。

だが、ひとつ問題があった。小さな自転車店の経営がそれほど楽ではないことだ。陸上競技部に入れば、バイトと両立するのは難しい。つまりは金がかかるのである。

「金のことはなんとかなる」

そのことを話したとき、父も母もそういって笑顔で天馬を送り出してくれた。「がんばって『箱根』走れよ」、と。

その両親のためにも、何がなんでも箱根駅伝を走る——それまで掲げていた目標がさらに重く、大きなものに変わった瞬間である。

だが結局、天馬の品川工業大学は予選会の壁を突破することはできなかった。

夢破れ、意気阻喪《いきそそう》した天馬にとって、この学生連合は願ってもないラストチャンスなのだ。

ここでいい走りをして、テレビで観戦している父と母を喜ばせてやりたい。

なんとしても——。

天馬は、集団に飲み込まれたまま最初の角を左へ曲がるところであった。

目の前を走っているのは臙脂《えんじ》のユニフォーム、早稲田だ。その右横に順天堂、神奈川の選手が並んでいる。天馬の右側には法政、左側には拓殖。

吹きすさぶ風を切りながら和田倉門《わだくらもん》を通過し、皇居二重橋の看板まででスタートから一キロ。

左手に巻いたランニング・ウォッチを一瞥した天馬は、そのタイムに気圧《けお》された。

手元の時計で、約二分五十秒。

この悪コンディションで——速すぎないか。

そのペースは天馬を動揺させるに十分だった。風はかなりのアゲンストのはずだ。選手に囲まれているから天馬にはそれほどではないが、先頭を走るランナーは、その強風をものともせず疾走していることになる。

レース前に兵吾からもらった情報では、風速は五メートル。約二十キロ先の鶴見《つるみ》中継所までずっとアゲンストは続く。

――このペースで後半までスタミナが持つっていうのか。嘘だろ。

天馬は、半ば戦《おのの》きつつ、危惧した。

――いったい、誰がリードしてるんだ？

日比谷公会堂の前を通り過ぎ、進行方向に向かって少し伸び始めた集団の中央から、ややセンターライン側に出た天馬は先頭をゆくユニフォームを確認した。

東洋だ。

その後ろに青山学院。並ぶように関東のユニフォームが見える。

さらにぴたりと後方に付けているのは、駒澤、帝京、國學院《こくがくいん》、そして――。

――あいつか。

東西大の南だった。甲斐から「無視しろ」といわれていた選手である。

甲斐がわざわざいうぐらいだから、余程のランナーなのかも知れないが、何が特別なのかわからない。いまは集団を形成しているひとりだ。

ペースは速すぎるが、かといってここで遅れを取るわけにはいかない。

一区の出遅れは、レースを壊してしまうかも知れないからだ。

――なんとか流れについていこう。

そう決めた天馬は、目の前で揺れる臙脂のユニフォームに視線を結びつけ、そのままのペースを維持することにした。

スタートから三キロの芝郵便局前を過ぎると、極限に達していた緊張も徐々に緩《ゆる》んでくる。集団の中の微妙な駆け引きが見えてきた。位置取り。前に出るのか、とどまるのか。誰をマークし、追走するのか追い抜くのか。耳には聞こえない心の声が飛び交っているのがわかる。仕掛けるのは後半だ――それは甲斐との事前打ち合わせでも確認したことであった。十八キロ付近にある六郷橋《ろくごうばし》あたりだ。

東京と神奈川の県境にあるこの橋を渡る前後で、熾烈《しれつ》な牽制合戦から誰かがスパートをかけ、一気にレースが動き出す可能性がある。六郷橋から鶴見中継所までの残り三キロが、本当の勝負になるはずだ。

――スパートのときまで、体力を温存したい。

しかし――。

天馬が自分の期待が早々に裏切られたことに気づいたのは、序盤の五キロ付近、田町駅前の歩道橋を過ぎた辺りだ。

ふいに、ひとりのランナーが、集団を割るようにして飛び出したのである。コバルトブルーのユニフォーム――あの東西大の南だった。

短距離走のような鋭い出足である。歩道側でもセンターライン側でもない、一瞬だけ集団の中央に空いた隙間を、狙いすましたかのように抜けていった。そしてまたたく間に、先頭グループをリードしていた東洋を抜き去り、トップに立ったのである。

このまさかのスパートが、集団に与えた衝撃は計り知れないものがあった。

天馬の脳裏に蘇《よみがえ》ったのは、「区間新を狙って、序盤から出ていくランナーがいるかも知れない」、という事前ミーティングでの甲斐の指摘だ。

想定内だとしても、この強烈な向かい風の中である。

——信じられん。

我が目を疑うとはこのことだ。

南は、天馬が見つめる中、一気に集団の先頭に立ったかと思うと、今度は引き離しにかかっている。その歯切れのいい走りのリズムと、真っ直ぐに前を見据えて微動だにしない後ろ姿は、追走を拒むかのようにいかにも決然としていた。

飛び出した南に引きずられるようにして、青山学院のフレッシュグリーンのユニフォームがギアを上げ、ぐいと前に出た。関東、駒澤がそれに続いたが、後の選手はペースアップを躊躇《ためら》っているようにも見える。

行くか、とどまるか——。

天馬も迷わないではいられなかった。最初の決断のときだ。甲斐の言葉がふいに思い出されたのはこのときである。

——いいか、天馬。東西大の南は無視しろ。

これがその場面なのだろうか。南だけではなく、他のランナーたちもペースを上げたことで、天馬は下位集団に飲み込まれようとしている。

それでも、このペースを維持するのか。

——お前のすべてを出し切れ。みんなで応援してるから。

朝、電話してきた父親の声が耳に蘇った。

学生連合という形であっても、誰よりも箱根駅伝に出ることを喜んでくれたのが父であった。

いま、天馬は父の夢も背負って走っている。

——楽しみに見ててよ。いいところ見せるからさ。

その電話で大見得を切った自分の言葉が酸っぱく胸に蘇ってきた。

父はいま、どんな思いで、天馬の走りを観戦しているだろうか。

南の背中がどんどん小さくなっていった。

一方、当初こそ飛び出しかけた青山学院や関東は、元のペースに戻した。追ってはいない。静観するつもりだろう。

逆に痺《しび》れを切らしたかのように、前に出ようとする選手たちもいた。天馬の横にいた法政だ。背後から筑波も天馬を抜いていき、中央がそれに続く。前を走っていた選手たちと渾然一体《こんぜんいったい》となって集団ができあがるまであっという間だ。

その中から飛び出して南を追いかけたのは、四人。筑波、帝京、神奈川、國學院のランナーである。

——どうする。

それらの集団から弾き飛ばされ、焦りが天馬を迷わせた。

——くそっ。行くか。

「天馬。——天馬」

マイクで呼びかけられたのは、天馬がそう決断しようとしたときだった。声掛けのポイントに来たのだろう、気がつくと甲斐と計図を乗せた運営管理車が斜め後ろについていた。

「ペース、いいぞ。いま無理するな。後ろで我慢だ」

その言葉で、迷宮から引き上げられた。

軽く右手を挙げてこたえる。

だが——。

トップの南の背中は、考えている間にもどんどん前に進んでいる。もう十七、十八秒近く離されているのではないか。距離でいえば約百メートルだ。

——無理するなといわれても、こんなに離されて大丈夫か。

そんな天馬の胸中を読んだかのように、甲斐の声掛けが続いた。

「トップはオーバーペースだ。後半、落ちてくるぞ」

甲斐は冷静に戦況を見据えている。「いまは自分の走りに集中して行こう。勝負は十五キロからだ」

具体的な指示に、浮き足立った気持ちが鎮まっていくのがわかる。

早くも集団がバラけて長く伸びていく。開けた視界を見据えた天馬の顔面に、重たい向かい風がぶつかってきた。それを避けるように、天馬は前を行く集団の背後に近づき、ぴったりとその位置をキープした。

5

「いいタイミングだなあ。いいタイミングだ」

副調整室にふらりと現れたと思ったら、モニタを見上げてそういったのはスポーツ局長の北《きた》村義男《むらよしお》であった。

ちょうどランナー集団を先導する白バイ隊員紹介が終わるのを見計らったかのように、東西大の南が飛び出したことをいっているのだろう。

――東西大学南広之、早くも五キロ付近から仕掛けました！

辛島の実況を聞きながら、徳重は、副調整室のモニタに映し出された南の姿を捉えていた。

力強い走りである。

早々に野獣と化したか――徳重は内心つぶやく。

――いい走りですね。ただ、このペースで後半まで持ちますかねえ。

間髪を入れぬ円堂の指摘はごもっとも。

――かなりの向かい風の中で高速レースになっていますね。

辛島もまたポイントを突いたひと言を加える。

オーバーペースではないかと疑われる南の走りは、一号車からの映像が捉えていた。南の少し後方には、筑波、帝京、神奈川、國學院といった選手たちの姿も見える。

おもしろいことが起きようとしていた。

当初追走すると思われた青山学院と関東、駒澤、東洋はペースを元に戻し、南の飛び出しを許したまま静観の構えだ。代わりに反応したのが、いま二位グループを形成している四校の選手たちというわけだった。

慌ただしい順位変更の嵐がやってきた。

「三号車、國學院、テイクしてください。五秒後、行きます」

菜月の指示が出て画面が切り替わると、おそらくは予想外のスパートに少し苦しそうな表情を見せている國學院大のランナーが映し出された。中盤前にこの表情だと、時間を置かずスタミナ切れを起こすかも知れない。それを見越してのテイクだろう。

「バイク、三番手グループの後方に上がれますか。そこからトップまでをフレームに入れてテイクできたら、それいただきます」

バイクからの映像に替わった。

視聴者が戦況を理解し、それぞれのリードがどれぐらいなのか、ひと目でわかるいいアングルである。

「トップから三番手グループをリードしている駒澤まで、だいたい五十メートルぐらいでしょうか」

映像は、先をいく先頭の南も捉えており、辛島の実況が臨場感を盛り上げて行く。それにしても、このメリハリのきいた映像のスイッチング――切り替えを見ていてひとつ気づいたことがあった。

菜月が事前に画面切り替えの意図を各中継車やバイクのスタッフたちに伝えているということだ。そうした冷静な指示はスタッフたちにとってはやりやすいし、菜月への信頼にもつながる。

「次、三号車行きます」

まもなく下位集団を捉えた映像に切り替わった。それは青山学院らの三番手グループから、さらに遅れた四番手グループで、走者は全部で六人。その最後尾に学生連合チームの諫山天馬を見出したのはそのときだ。

「おいおい、こんな走りで大丈夫か」

思わず徳重はつぶやいていた。総合三位相当以上という目標にしてはいささか期待外れの走りではないか。

前を行く三番手グループからトップまですでに百メートル以上離れている。学生連合は、そこからさらに数十メートルも後ろだ。

嘆息《たんそく》して、徳重は椅子の背に体を投げた。

このままジリジリと差が開き、学生連合が最下位付近の定位置に収まるのが目に見えるようだ。本選前、学生連合について批判した平川の正しさが、かくして証明されることになるのだろう。

そんなことを考えていた徳重は、ふと新たな異変に気づいてモニタを凝視した。

画面は、トップを激走する南と、それを追走する二番手グループに切り替わっている。

6

「手元の時計ですと、七キロを過ぎたところで東西大学の南は、少しペースダウンしているようですね」

辛島の実況とともに、南の表情がアップになった。

徳重が見てもわかるぐらい、体が左右に揺れている。〝野獣〟が人間に戻り始めた瞬間だ。実際、二位グループとの距離が次第に縮まってきた。

スタートから二十分近くが経過しようとしていた。目が離せないレース展開に、キューシー《CUE》トで予定していたCMが遅れたままになっている。

――どうする、宮本。

徳重は、ディレクター席にいる菜月の背中に無言で問うた。

CMの尺は百二十秒。

レースが白熱すればするほど、この百二十秒をどこに入れるかが難しい。CMの間に、順位が入れ替わったりしたら最悪だ。番組のルールにも反するし、スポンサーにも迷惑がかかる。とくにトップ争いともなれば、なおさらである。いまがまさにそうであった。

「このまま行きます」

菜月の決断は素早かった。

南が踏ん張るか、それとも二位グループに飲み込まれるのか。そのとき――。南が一度背後を振り返り、後続との距離を確認した。

スタートから七・八キロ付近。新八ツ山橋を越え、北品川に向かうあたりだ。

後続の接近に気づいたのだろう。南が再びペースを上げ、二位グループを引き離しにかかった。リードを保てるのか。息を呑《の》む状況が十秒ほど続き、そこで再び差が開き始め――、

「ＣＭ、行きます」

すかさず菜月の指示が出た。業界用語でＱショットというＣＭへ切り替わる前の予告が出、それに継いでＣＭが始まった。

ＣＭが流れている間も、各中継車からの映像は副調整室のモニタに届けられている。その戦況を睨《にら》み付けるようにしながら、徳重は大きく胸を上下させた。

――動くなよ。

徳重は祈った。

「戦況、このままキープ！」

同じことを思ったらしい北村が、念を送るかのように叫んだ。「キープ！」

全員が息を呑んで各カメラが送ってくる映像を見つめる。いま順位変更があっても、視聴者には届けられない。

「一号車、行きます」

長かった二分間が終わり、一号車の映像が流れ始めると、副調整室内に安堵《あんど》の吐息が漏れた。

7

「動きますね」

運営管理車の後部座席でパソコンを開き、戦況を見つめていた計図はつぶやくようにいった。

画面で見る南の口が開いている。十二キロ付近、京浜急行大森海岸《おおもりかいがん》駅前の歩道橋を通過したあたりだ。

その四キロほど手前の新八ツ山橋付近で二位グループに詰められようとした南は、再びスパートをかけて引き離しにかかった。

傍若無人ともいえる飛び出しを見せた南の意図は明白だ。先行逃げ切りである。

平川監督が仕掛けた陽動作戦といえるかも知れない。しかし、南のスパート直後こそ追走するそぶりを見せた青山学院も関東、駒澤の走者も、すぐにそのオーバーペースに気づき、自らの走りに徹する手堅さを見せた。一方で、その南の扇動にまんまと乗せられ、飛び出したチームもある。

ランナーたちの判断力の差が、これから迎える後半に影響を与えようとしていた。

再びペースを上げた南だが、その努力は長続きせず、見るからに疲れてスピードが落ちてきた。

一区はまだ中盤だ。

この衰勢《すいせい》では、余程のことがない限り、南がトップの座を継続して守ることは不可能だろう。甲斐が看破した通りであった。

一方、南を追いかけている二位グループの選手たちも同様に、ペースダウンに見舞われ始めていた。そんな中、際立つのは優勝候補筆頭の青山学院をはじめ、関東、駒澤といった強豪の選手たちの堅実なレース運びだ。スタミナ切れでペースダウンした選手たちを次々とかわし、一気に南に迫る走りを見せ始めている。

一方の天馬は、下位グループの後方に位置取りしてスパートのタイミングを見計らっているように見える。

「天馬さん、そろそろ仕掛けてほしいなあ」

計図はいった。天馬なら行けるという信頼もある。

だがそのとき、

「脚が出てないな」

甲斐の意外なひと言に、計図はパソコンから顔を上げ、視界のかなたに見えている天馬のフォームに目を凝《こ》らした。

まさか。

一区は道半ばだ。まだ疲れが出る場面でもないはずなのに。

南の失速を見通していた甲斐は、十五キロ過ぎからが勝負どころと読んでいる。その読みは的中しようとしているが、肝心の天馬がそのときどこまでペースを上げられるかが問題だ。

――トップが代わりそうです。東西大学南広之、粘れるか。

中継車からのアナウンサーの声に、計図が再び視線を戻した。

ひたひたと間を詰めてきた青山学院と関東、そして駒澤の選手が、いままさに南を捉えたところである。

首位が交替するまであっという間であった。かと思うと、みるみる差が開いていく。

ロケットスタート失敗――。

平川監督は南の野性的な走りに期待したに違いないが、それが裏目に出た。

南だけではない。南の飛び出しに反応したランナーたちもまた、次々に失速している。順位が目まぐるしく変わりはじめた。

チャンス到来といいたいところだが、天馬もまた下位グループから抜け出せないまま苦しんでいる。

十五キロの声掛けのポイントが近づいてきた。

「天馬、仕掛けていくぞ」

マイクを持った甲斐の言葉に、天馬の右手が小さく上がる。「ペース上げて行こう。この先のラスト三キロ。そこからは気力だ。気力で負けるな!」

蒲田《かまた》駅を通り過ぎたところの計測で、現在十七位。トップとの差は、一分五十秒――。

これ以上、離されたくない。

なんとか踏んばってください、天馬さん。

必死で前を向くチームメイトの背中を見据え、計図は祈った。

「いいじゃないか、このアングル」

そういったのは、副調整室のフロアに立ってモニタを見上げていた北村だ。「去年もあったっけ」

すぐ横のデスクにいる徳重を振り向いて問うてきた。

ちょうどトップを走る青山学院が六郷橋に差し掛かったところであった。

テイクしているのは、以前、菜月と交渉にいったマンション屋上に新しく設置した定点カメラである。屋上からの映像は、選手たちの表情からフォームまで、ベスト・アングルで捉えていた。この違いに即座に気づくのは、さすがスポーツ局長といったところか。

「新しく設置したんです。いいでしょう」

にんまりした徳重に、「惚れ惚れするね」、と北村にしてはやけにはっきりと褒《ほ》めた。普段のらりくらりの性格だが、一区から始まった白熱のバトルのせいで興奮しているように見える。

波瀾《はらん》含みのいいレースだ。

青山学院から数秒差で、駒澤と関東の選手が続き、この三校が三つ巴《どもえ》となってリードする展開に変わっている。

その一方で、南のロケットスタートにつられてスタミナ切れを起こした〝犠牲者〟たちも続々とペースダウンして、順位が入れ替わる。

——見どころ満載だ。

徳重は、中継車やバイクから送られた画像を映しているモニタを眺めながらうなずいた。

「いい感じじゃないか、徳重。最高だな」

傍《かたわ》らに立つ北村も、あごのあたりをさすりながら、ご満悦の表情だ。

「今年は家でみかん食いながら見てるっていってませんでしたか、ヨシさん」

「そんなこといったかなあ」

北村はしらばっくれながら、傍らの椅子をひいてどっかと腰を落ちつけた。

もし——この「箱根駅伝」で目標の視聴率が取れなかったら、そのとき大日テレビのスポーツ中継は変わってしまうかも知れない。そんな危機感が徳重らスタッフにはあった。

冗談じゃねえぞ。

刻々と変化する順位争いを映すモニタを睨みながら、徳重は胸の内でつぶやいた。

考えていることは北村もまた同じはずだ。家でのんびり中継を見ていられる心境ではなかっただろう。

いまこのモニタが映しているのは、箱根駅伝の激戦であると同時に、大日テレビスポーツ局のプライドであり魂そのものだ。

これしかないという完璧なタイミングで菜月がＣＭを入れた。二分後に再び戻ってきたとき、まるで計ったように、

「早稲田大学垣内章介《かきうちしようすけ》が、東西大学南広之にいま並びました！」

三号車からの実況が入り、盛り上がって行く。

そしてまた、順位が変わった。例年ならばまだ集団走で固まっていてもおかしくない一区が、いきなり〝修羅場〟と化し、混沌としてきている。

そんな中でも、菜月は、先頭集団や二位グループ、三位グループで頻繁に起きる順位変動を的確に拾っていた。副調整室の中で、荒れる戦況を最も冷静に見つめているのは、目の前にいる菜月だろう。局内での様々な軋轢《あつれき》、意見の相違、思惑《おもわく》を乗り越え、若者たちが繰り広げる青春とプライドを賭《と》したレースに、全神経を集中させている。

――いいぞ、宮本。ナイス・ディレクションだ。

新たな人影が副調整室に現れたのは、徳重が半ば感嘆して内心つぶやいたときである。北村が思わず腰を上げ、それまで浮かべていた笑みを消した。徳重も立ち上がり、小さく頭を下げた相手は、誰あらん、目下の敵ともいえる黒石武《くろいしたける》である。

「良いレースだな。頼むぞ、北村」

「何が頼むぞだ」

北村が不機嫌にこたえた。「何しにきた」

「陣中見舞いさ。大事なスポンサー様に年始の挨拶もかねてな」

副調整室の別室には、この番組を提供するスポンサー各社の担当者も詰めている。そうはいったものの、黒石がそっちに移動するそぶりはない。

それは単なる口実に過ぎず、黒石は本選中継の舞台裏を見に来たに違いなかった。陣中見舞いというより敵情視察に近い。

黒石の出現によって、コース上空に居座っているような不穏な気配が、音もなく徳重の周りにまで漂い始めた。

8

六郷橋の緩《ゆる》い上りが、天馬には天を衝《つ》くほどに見えた。

十五キロを過ぎたところで確認したタイムは、約四十四分十秒。体感温度は、おそらくスタート地点と変わらないか、むしろそれよりも下がっている気がする。アゲンストの風はもはや冷気の塊で、前に進もうとする体を押し戻さんばかりだ。

橋に差し掛かったあたりから、前を行く集団の中でもお互いを探るような視線が交錯し、細かな牽制が始まった。近くにいた中央、順天堂のふたりがスパートをかけて駆け上がっていく。その先にいるのは國學院だ。

南のロケットスタートに翻弄され、いまやペースを乱して後方に下がってきた國學院が後続に飲み込まれ、さらにその前方に見える筑波や帝京の選手たちにも勢いがない。

チャンス。

だが、ペースを上げようとして、天馬は顔をしかめた。

スタート前、ウォームアップのときに感じた調子の良さはいつの間にか消え失せ、ここぞという場面で思うように脚が前に出ない。

自分でもわけがわからなかった。体が重いのは、寒さのせいか、それとも箱根駅伝本選という大舞台の重圧のせいか。

せっかくの六郷橋なのに。

一区の見せ場である。正月らしい日本晴れの中、六郷橋を上ってくるランナーたち。しっかりとタスキをかけ、髪をなびかせ、新春のきらめくような日差しを浴びて疾走する自分——そんな場面をどれだけ想像してきただろう。

なのに、いまの天馬は下位グループに甘んじ、そこから抜け出せないままだ。

明治の選手が脇に並んだかと思うと、じりじりと前に出ていった。

——残り三キロは気力だ。

甲斐の檄《げき》が、どこか遠い星から届いた信号のように頭の中で瞬《またた》いたのはこのときだ。まるで天馬の不調を見透かしているかのようなひと言に思える。いや、甲斐は見抜いていたに違いない。だから、いったのだ。

——気力で負けるな！

再び甲斐の檄が脳裏を過《よぎ》った。

天馬は、揺れる体をなんとか抑え、まず腕を大きく振ることだけを考えた。たちまち体から悲鳴が上がったが、それを無視して、とにかく振り続ける。

右前方にいる明治の選手についていくのがやっとだ。

くそっ。

歯を食いしばり、がむしゃらに走ろうとするのだが、体は思ったように前に進まない。

日体大の選手が背後に迫り、六郷橋を抜けたとたん天馬の横についてきた。焦って引き離そうとするのだが、思うように走れない。

くそったれ！

いつのまにか天馬の視線は上がり、冬の重たい曇天を見ていた。口が開き、顎《あご》が上がっている。

こんな走りではダメだ。ダメだ……。

二十キロの道のりがこんなにも遠く、きつく感じられるとは想像すらしていなかった。

沿道の歓声が風に吹きちぎられ、寒空に舞い上がっていく。残しておいたはずの余力を見失い、いまや途方にくれた子供のように戸惑う自分がいる。

これが箱根駅伝か。

これが本選か。

所詮《しょせん》、俺はこんなものなのだろうか。

気力はどうした。

前に出たい。少しでも前に。

残り一キロの看板を通過したが、もはやランニング・ウォッチを見る余裕すら天馬にはなかった。

ここから鶴見中継所までの一キロは、正真正銘、自分の陸上競技人生のラストランになる。父と目指した箱根駅伝の夢。天馬の夢をかなえようと家計をやりくりし、母と共に陸上競技に専念できる環境を作ってくれた。

そうして与えてもらった夢の舞台を、いま自分は走っている。

大学卒業とともに、天馬は、地元長野のメーカーに就職することが決まっていた。いままで応援してくれた人たちに、そしてこれからの人生で出会う人たちに、あのとき自分は最後まで力を出し切ったと胸を張りたい。

もう少し調子が良ければ……。それが悔しかった。

だが、後悔しても始まらない。それがレースであり、一発勝負の宿命だ。ここから先は、自分との戦いになる。

勝敗はどんなスポーツにもある。だが、勝者だけが輝くのではないはずだ。いまそのことを天馬は誰よりもよく理解していた。

「見てろ、オヤジ。ちょっとカッコ悪いかも知れないけど、これから俺の最後の走り、見せるから」

天馬はがむしゃらに腕を振り、脚を前に出し、渾身《こんしん》のスパートをかけた。

熱いものがこみ上げ、視界が涙で滲んだが、構わずに必死で手と脚を動かし続ける。

ひとり抜いた。さっきまで前にいた帝京の選手だ。

その前にいるのは、山梨学院の選手だった。おそらく、南のスパートにつられて走り、スタミナを出し尽くしたのだろう。

その脇を通り過ぎた。

いったい自分が何位で走っているのかすら、もう天馬にはわからなかった。

気がつくと、さっき天馬を抜いていった明治の選手が十メートルほど前にいた。どうやら少しは挽回したらしい。

まだ行けるぞ。

自分に言い聞かせた。

明治大の紫紺《しこん》のユニフォームが視界の中で弾んでいる。果たして弾んでいるのはユニフォームなのか、自分の視界なのか。

いま天馬を動かしているのは、底知れぬ気力だけだった。

ゴム通り入口の交差点を通り過ぎたあたりで、天馬は斜めにかけているタスキを外し、右手にぐるぐると巻き付けた。

最後のストレートである。

そこから鶴見中継所までの二百メートルをどう走ったのか。

記憶が弾け飛んだ。

覚えているのは、二区走者の村井《むらい》大地《だいち》にタスキを渡した瞬間だけだ。

「天馬。最後、よく抜いた！　頑張ったな。ありがとう！　カッコ良かったぞ！」

運営管理車のマイクを通じてかけられた甲斐の言葉を聞いたとたん、天馬はその場に突っ伏し、止めどなく溢《あふ》れる涙に体を震わせた。

第二章　立ちはだかる壁

1

十六位——。

鶴見中継所を映すテレビ画面に、関東学生連合チームの記録が表示された。順位はつかず、表示は「ＯＰ」。前の明治が十五位なので、十六位相当というのが正しいのだろう。

東邦経済大学《とうほうけいざい》のラウンジにあるテレビの前にいて、青葉隼斗《あおばはやと》は、倒れ込む天馬を捉えた映像に唇を噛《か》んだ。

胸が熱くなり、言葉が出ず、黙って立ち上がって拍手することしかできない。

すごいぞ、天馬。

よく走り抜いた。

先ほど——一区の後半、伸び悩む天馬に、正直、ラウンジは静まり返っていた。

やっぱりダメか。

そんな思いが誰の胸にも浮かんだに違いない。だが、残り一キロ——。

必死の形相で前を行く選手を抜くたび、天馬の姿がテレビに映った。

天馬にしてみれば、思い描いた走りではなかっただろう。

それでも、最後の力を振り絞るその走り、最後まで諦めないその姿勢は、その場に充満していた悲観的な空気を吹き飛ばし、勇気と感動を与えるに十分であった。

タスキが、二区を任された学生連合チームのエース、村井大地に渡ったとき、

「これから！」

誰にともなくいって唇を結んだのは乃木圭介《のぎけいすけ》だ。

ここに集まってテレビを見ているのは、この日は出番のない隼斗ら学生連合チームの復路の選手と、東邦経済大学陸上競技部の三年生を除く部員たち約三十名だ。大地を応援するためにわざわざ帰省先から戻ってきたという者もいる。大地の同級生である三年生たちは、大沼清治郎《おおぬませいじろう》コーチとともに二区の応援に繰り出したらしい。

大地が中継所を飛び出していく。

それより少し前、大地が苦手意識を持つという東西大学のエースで四年生、青木翼は七位でタスキリレーを終えて、コースに出ていた。

東西大学にしてみれば想定外の順位だったかも知れない。中盤までレースをリードした南だが、オーバーペースが祟《たた》って青山学院や関東に抜かれた後、後続の集団にも飲み込まれた。

青木にタスキが渡るとき、倒れ込んだ南に対して平川が掛けた人を食った言葉を、テレビのマイクが拾っていた。

「南、お前もやっぱり人間だな。ご苦労さん」

二十一人のタスキリレー完了と同時に、二区のトップ争いが映し出された。

ラウンジに詰めている全員が、その展開を固唾《かたず》を飲んで見守っている。

「大地、どうなってるのかなあ。なんで映らないいんだ」

誰かがしびれを切らした。

「十六位だぜ。そう簡単に映るか」

それはそうだろうと、隼斗も思う。ところが――。

間もなくして、その大地が画面に大写しになった。明治の選手とほぼ並んで走っている。

「関東学生連合の村井大地、東邦経済大学三年生が、かなりのハイペースで飛ばして、いま明治大学の高田翔吾《たかだしょうご》を捉え、これから抜こうというところです」

実況が言い終わらないうちに、大地の体がすっと前に出た。かと思うと、競っていた相手を置き去りにする。

ラウンジに歓声が沸いた。

「やるじゃんか」

隼斗の隣で、にんまりとしたのは松木浩太《まつきこうた》だ。目を輝かせ、微塵《みじん》のゆらぎもない大地のフォームを見ている。

「関東学生連合、村井大地。ひとつ順位を上げました」

中継車の実況が声を張り上げ、どこか誇らしい雰囲気が周囲に立ちこめた。

「いい走りしてますね、村井くんは」

放送センター解説の円堂《えんどう》の口調にも驚きが滲《にじ》んでいる。「オープン参加だからといって、侮《あなど》れませんよ」

「もっと映してくれ」

そんな声が上がったとたん、一号車の映像に切り替わり、一斉にため息が洩《も》れる。

代わりに映し出されたのは、首位交替の緊迫した場面だ。

「首位が入れ替わります！」

実況とともに青山学院の前に出たのは、関東大学の〝絶対エース〟といっていい坂本冬騎《ふゆき》だ。

坂本は三年生。サイボーグのように正確無比《せいかくむひ》、狂いのないフォームは、類《たぐ》い稀《まれ》なバランス感覚と強靱《きょうじん》な背筋《はいきん》のなせる技だろう。学生長距離界を代表するこのランナーは、箱根駅伝からいずれ世界の舞台へと飛び出していく逸材と目されている。二位青山学院との差が少しずつ開き始めた。

「三号車です。東西大学の青木翼が前をいきます順天堂大学の進藤光《しんどうひかる》にあと十メートルのところまで迫ってきました」

眼光鋭く正面を見据えた青木の表情がアップになった。無理には前に出ない。完璧に制御された走りは惚れ惚れするほどだ。

最長区間の二区は、〝花の二区〟と華やかに称されることが多いが、実は後半に難所となる権太《ごんた》坂《ざか》、さらに戸塚《とつか》中継所手前の急坂があってかなりタフなコースだ。

前半の飛ばし過ぎは、後半の失速につながる。東西大の青木は走り方を熟知しており、軽はずみにスパートをかければ後半自分の首を絞めることを承知しているに違いない。

四キロを通過した。

「手元の時計ですと、青木は四キロを十一分十五秒ですね」

辛島《からしま》の読み上げたタイムに、ラウンジに一瞬、微妙な間が落ちた。

「相当、アゲンストなんだろうな」

誰かが口にした感想は、隼斗も同感である。青木のタイムにしては思ったほど速くない。この日のレースが難しいことの裏付けだ。

それでも青木は、抜いた順天堂をじわじわと引き離していく。

「だんだん、東西が地力を出してきたな」

誰かがいった。その通りだと隼斗も思う。

「大地、青木を相当意識してたよな」

チームメイトからそんな声があがって隼斗が画面を見つめたとき、再び大地の姿が映し出された。八キロの先、金港橋《きんこうばし》に差し掛かる辺りだ。

待ってましたとばかり、拍手が湧いた。向かい風の中、大地が快走している。

「関東学生連合チーム村井大地、日体大の田所浩介《たどころこうすけ》に並びました」

実況に拍手が起き、

「抜け！」

声が上がる。大地コールが始まった。

抜き去ったとたん、

「よっし！」

誰もが拳を握り締め、テレビ画面に示された順位の「ＯＰ」がひとつ上に繰り上がった。これで十四位相当。

「関東学生連合チームは、なかなかの善戦じゃないですかね」

解説者円堂の、期待するでもない感想に、

「見てろ」

ラウンジで誰かの声が重なる。

八・一五キロの計測地点での結果が画面に表示された。

関東、青山学院、駒澤、東洋、早稲田、東西、順天堂、筑波、神奈川、國學院、拓殖、法政、中央。そして学生連合――。

ラウンジが沸いたのは個人の区間順位が出たときだ。

「すげえぞ、大地！」

東邦経済大学のジャージを着たひとりが叫んだ。トップは、ケニア人留学生ワクラ。その次に、村井大地の名前が表示されたからである。現時点で日本人一位の快走であった。

信じられない思いで、隼斗はそのリストを見つめた。たしかに、一緒に練習してきて大地の実力は認めていた。だが、プレッシャーのかかる本選でこれほどの力を発揮するとは――。

「すごい選手だ」

武者震いしそうな興奮とともに、隼斗はつぶやいた。

個人の順位表の五位に、大地が苦手意識をもっているという東西のエース、青木の名前があった。その青木はいま、チームの順位でいうと大地の八つ前を走っている。

青木と大地のタイム差は、おそらく一分ほど。この後どこまで青木に迫れるかが勝負だ。

「タイムで青木に勝って欲しいな」

冷静な口調でいったのは浩太だ。「大地はいまそれだけを、考えてるはずだ」

その通りだと、隼斗も思う。苦手意識を払拭し、自らをくびきから解き放つために、いま大地は戦っている。そして青木に勝つことが、学生連合チームを上位へ引き上げることにもなるのだ。

先頭を走る関東が十三キロを過ぎた。

「そろそろ来るぞ」

腕組みした晴《はる》がぼそりとひとりごちる。

ここから道路は緩やかに上り始め、さらに十三・八キロ付近から胸突き八丁の急坂になる。権太坂《ごんたざか》だ。その傾斜に加え、向かい風というタフなコンディションの中でのペース配分が難しい。

「いいリズムだ。しっかり、行こう」

〝プロフェッサー〟名倉《なぐら》監督の冷静な声掛けをマイクが拾った。

関東のエース坂本冬騎が、眼前に出現した急坂をものともせず上り始める。ぶれないフォームは相変わらずだが、まっすぐ前を向いてひた走るその表情は、どこか修行僧のようにストイックな雰囲気だ。

「東西大学青木翼が、前を行く早稲田大学、相馬《そうま》広樹《ひろき》に追いつきました」

三号車の実況とともに、ふたりの競《せ》り合いが画面に現れた。

並ばれた相馬の粘りでしばらく併走したものの、その抵抗は長続きせず、青木がかわしていく。

実力通りの快走だった。だが、抜けるのはここまでだろう。そう隼斗は見切った。その前を行く駒澤と東洋の選手とはタイム差がありすぎる。しかも両校ともエースを投入しており、ペースはほぼ互角だ。

カメラが切り替わり、再び室内に歓声が弾けた。

大地だった。

前を行く中央を抜き去るところだ。

「いい走りしてるなあ、大地さん」

圭介がいった。前を見据えてかすかに前屈みのフォーム。ポーカーフェースで向かい風の中を突き進む姿は余力を感じさせる。

大地の射程に、拓殖大と法政大の選手が入ってきていた。

「行け、大地！」

誰かが叫んだ。「ゴー！」

その言葉に背を押されたように、大地が前に出ていく。

「おい、ここでスパートかよ。もうすぐ権太坂なのに」

誰かが呆《あき》れたような声を出した。冗談めかしているが、そこにはまぎれもない畏怖が滲《にじ》んでいる。「ヤバいな、大地」

2

遠く小さく光る出口に向かってトンネルの中をひた走る——大地が抱いているのは、まさにそんなイメージであった。

走ることだけに集中し、沿道の歓声も、鋭く刺してくるような風も、感覚の外側をすり抜けていく。

——やっとここまで来た。

大地は思った。夢の舞台に足を踏み入れたのだ。

香川県出身の村井大地にとって、陸上競技を始めたのは偶然に過ぎなかった。両親は公務員で、特に運動が得意というわけでもない。地元高松《たかまつ》市内にある公立中学に入ったとき、なんとなく見に行った陸上競技部の練習が楽しそうに見えたから。その程度の理由である。

——これなら出来る。

そう思った。直感的に、自分に合っている気がしたのである。

その陸上競技部でまもなく、大地は思いがけない自分の才能に気づくことになる。

一年生のとき、県大会に出場して三千メートルで五位に。部で県大会に進んだのは大地ただひとり。決勝に進むなど、部始まって以来のことで部長を務める教師の方が驚いたほどだ。

だがそれは快進撃の始まりに過ぎなかった。三年生のときには、三千メートル優勝。陸上競技部が強い他県の高校から誘いを受ける。

それを断り、地元の公立高校に進んだのは、「陸上では食えん」、という両親の意見があったからだ。

その高校で大地は、三度、インターハイに出場を果たし、全国的に名前が知られるようになる。

東邦経済大学を進学先に選んだのは、大沼清治郎監督の熱心な勧誘があったからだ。

選手のための寮、最先端のスポーツ科学――。大沼の話に魅せられて入学を決めた大地はその年の箱根駅伝をテレビで見て衝撃を受ける。

一年生ながら東西大の二区を任され、堂々の走りを見せた選手がいたのだ。それが、青木翼だった。彗星のごとく表舞台に飛び出したスターランナーだ。その活躍に大いに刺激を受け、

「俺も、こんなランナーになりたい」

大地は強くそう思ったのである。だが、その気持ちは少々、過剰すぎた。

大学入学後、青木と初めて足を合わせることになった競技会の一万メートルで、大地は惨敗する。青木に対する苦手意識が芽生えたのはこのときだ。

以来、勝てない。

単純に一万メートルの自己最高記録なら互角なのに。

「お前に必要なのは、自信だけだ。精神的なものなんだよ」

看破した大沼は、こう続けた。「克服するためには、どこかで相手に勝つしかない。青木翼に勝て、大地」

その青木がいま同じ二区を走っている。

このコースを、大地はいままで何度も歩き、知り尽くしていた。歩道を走ってみたこともある。ロードサイドの見慣れた風景、先ほど通過した保土ヶ谷《ほどがや》二丁目の信号。このあたりから八百メートルほどだらだらとした坂道が続き、その後、権太坂の急坂が立ちはだかる。

難しいのは、権太坂の上りだけではない。一旦上った坂は、その後一気に下りへと転じるもののそれも束《つか》の間《ま》、戸塚町歩道橋を越えたあたりから始まる中継所までのラスト六百メートルの急坂が立ちはだかる。まさに戸塚の壁だ。

前方を走るブルーとオレンジのタスキを、大地はさっきから視界に捉えていた。法政の選手だ。その数メートル先のオレンジのタスキは、拓殖。

センターラインに寄りながら、大地はそのふたりに並んで抜いたが、順位を上げたという思いはなかった。

胸にあるのは、正面を見据え、決めたリズムで走ることだけだ。

体を揺らすな。心を揺らすな——それは恩師である大沼清治郎監督が、入学したての大地にくれたアドバイスであった。

長距離走にとってメンタルがいかに重要か、最初に大沼は教えてくれたのだ。

しかし――。見据える先に、遠くコバルトブルーのユニフォームを見つけたとき、それまで保っていた冷静さの欠片《かけら》が、音もなくひとひら、剝《は》がれ落ちていった気がした。

東西大の青木翼だった。

追いつきたい。

その強烈な思いは、意識のトンネルの中に突然浮かんだ夾雑物《きょうざつぶつ》であった。大地の気持ちを揺らし、堅牢なリズムを狂わす、誘惑だ。

だが、遥か後方から青木との距離を計っていた大地は、衝撃を受けた。権太坂にさしかかったとたん、青木がすさまじいまでのスタミナでスパートしたのがわかったからだ。

ダメだ。やっぱり勝てない――。

「大地、大地。――大地！」

誰かが叫び、青木の走りに見入っていた大地の意識を引き戻したのはそのときだった。

学生連合のチームメイト、咲山巧《さきやまたくみ》だった。

給水ボトルをふたつ持って、駆け寄ってくる。

「落ち着け、大地！」

巧にいわれ、頭のどこかでカッと熱くなって震えていた電熱線がすっと冷えていく。

「タイム、日本人トップだぞ」

思わず、振り返った。おそらく、驚愕に引きつった顔をしていただろう大地に、巧は真顔で言い放った。「お前がトップだ。自信持って走れ！」

うなずく間もなく、レースに意識を戻した大地は黙々と権太坂を再び上り始めた。心臓が破裂しそうなほどのプレッシャーが襲いかかってくる。

間もなく下りだ。

それまで、とにかく走れ——。何がなんでも、走れ。下りになれば、楽になる。大地は無心で権太坂を克服していく。そして、ようやく待ち望んだ下りにさしかかったとき——。

「ここで休むな！」

沿道からとんでもないひと言が飛んできた。聞き覚えのある声である。

ちらりと視線を左前方に向けると、そこに東邦経済大学のジャージを着た仲間たちとともにでんと待ち構えていた大沼の姿があった。

なんでここに——。

いや、考えるまでもなく、すぐにピンときた。ここが一番苦しいところだからだ。それをわかって陣取っていたにちがいない。

「下りで休むな。全力で下れ！」

大声で叫ぶ大沼の言葉は、周りの歓声を蹴散《けち》らして大地の耳に突き刺さった。

その大沼と仲間たちの前を通り過ぎるのはわずか数秒のことだ。

「ここが勝負の分かれ目だ！　途中でぶっ倒れたら、俺が骨拾ってやる。青木に勝て！　勝て——！」

大沼が大声で飛ばす檄《げき》が、大地の背を押した。

下りで休むな？

骨を拾う？

青木に勝て？

この最高にテンパってるタイミングで、何をいってるんだ、監督は？

笑わせるなよ――。

思わず唇に笑みを浮かべ、大地は一気に坂道を下り始めた。

青木はすでに最後の上り坂に挑んでいる。

最下地点からみれば、まさに「壁」以外の何物でも無いモンスターだ。

どうやら、戸塚中継所までの間に、青木に追いつくのは難しいようだ。だが、もうそんなことを考えている余裕はなかった。

全身から悲鳴があがり、意識が吹き飛びそうになりながら、大地は一気に坂道を駆け下《くだ》った。

3

「二区の個人記録が出ましたが――」

辛島の実況にも、驚きが滲んでいるような気がした。

徳重《とくしげ》もまた、モニタに表示された順位とタイムを見つめ、ふうと長い息を吐《つ》く。

「関東学生連合チームの村井大地くん、いい走りを見せてくれましたね」

解説の円堂がいった。

「ただ事じゃないぞ、これは」

副調整室後方にある自席にいて、徳重は思わずつぶやいた。

この悪コンディションの中での一時間六分五十七秒は、全体で三位。日本人としては最速タイムだ。その次が、三秒差で関東の坂本冬騎。そしてもちろん、東西のエース、青木をも上回る。

しかも、この記録は幻に終わる。

オープン参加の関東学生連合チームは、正式な記録がつかないからだ。記録は幻でも、三位相当の走りは現実以外の何物でもない。

二〇一七年の第九十三回の十区、関東学生連合チームの最終走者、東京国際大学の照井《てるい》明人《あきと》が区間一位を取ったものの、〝幻の区間賞〟となって以来の――。

「椿事《ちんじ》ってやつか？」

徳重はそろりと言葉を選んでから、待てよ、と考え直した。

果たして椿事なのだろうか？

下位争いの常連。寄せ集め集団。学生連合チームのことを部下がそういえば窘《たしな》めるくせに、結局のところ自分だって、そんなマイナスのイメージで、「負け組」と決めつけてるじゃないか。

徳重は微《かす》かな自己嫌悪を感じた。

スポーツ中継を手がける者として、すべての選手に等しく敬意を払うのが大日テレビのスピリットのはずだ。学生連合が活躍したからといって「椿事」だと「分類」してしまう自分の思考は、矛盾している。

　いま、村井大地からタスキを受けた学生連合チームの三区走者、富岡周人《とみおかしゅうと》が、國學院と神奈川を抜き、順天堂と筑波を追っているところだ。その先にいるのは、東西の青木から継走《けいそう》した〝笑わない男〟黒井雷太《くろいらいた》。トップをひた走る関東から東西までの差は、一分半強だ。混戦模様である。

「この緊張感のまま五区までいってくれ」

　徳重は念じるようにつぶやいた。

　優勝候補の一角といわれた東西が追いかける展開は、実にスリリングで、三区の黒井、女子人気の高い四区柳一矢《やなぎかずや》と、この後、注目のランナーが登場するのも視聴者を釘付けにするだろう。

　唯一の懸念はこの天気だが、それを除けば——。

　これは、最高のレース展開だ。


「雷太、飛ばしてくぞ！　区間賞狙おう。トップまで行け！　ゴーゴーゴーゴー！」

　威勢良く檄《げき》を飛ばした平川だが、マイクを切った後、ちっ、と鋭い舌打ちをした。モバイルのテレビ画面に二区の個人記録が並んだからであった。そのタイムで、東西の二区、青木翼は全体の五位。その上に学生連合チームの村井大地の名前があるのが気に食わないのだ。

「ふざけるなよ」

その舌鋒《ぜっぽう》の鋭さに、平川の補助で付き添っている後部座席の主務、田代栄太《たしろえいた》も萎縮している。一旦機嫌を損ねると、平川は手が付けられないところがあるからだ。勝利への執念はすさまじく、よく言えば熱血漢。悪くいえば暴君と化す。

一区の南の失速より、期待したエース青木が思ったほどタイムを伸ばすことができなかったことの方が平川には不満なのだ。

フロントガラス越しに東洋と駒澤の選手が見えているが、その前にいるはずの青山学院と関東の選手は見えなかった。

「まずは、東洋と駒澤を抜くぞ」

車内でひとりごちた平川は、一号車に切り替わったテレビ中継がとらえるトップの走りをじっと睨み付けた。青山学院と関東が抜きつ抜かれつのデッドヒートを繰り広げているトップ争いだが、本来そこに加わるべき東西は、いまのところ蚊帳《かや》の外だ。

「おい、後ろはどうなってるんだ」

突然、質問がとんできて栄太は慌てて手元のメモを読み上げた。

「早稲田、順天堂、筑波——連合チーム」

たちまち、

「連合チームなんか無視だ」

乱暴な返事があった。「あんなものキャラメルのオマケだ」

平川は、学生連合のことを、いや甲斐のことを相当、意識していた。

本選前、平川が学生連合チーム批判——いや、正しくいえば学生連合チームを率いる甲斐への批判を執拗に繰り返したのもその表れだろう。

学生連合チームという存在を否定し、甲斐の方針を一刀両断にしてみせた平川にしてみれば、たとえ個人の区間記録であれ学生連合チームの後塵《こうじん》を拝するなどプライドが許さないのだ。

運営管理車から見える黒井雷太の調子は悪くなさそうだが、如何《いかん》せん、予想外の向かい風と低気温に見舞われ、百パーセントのパフォーマンスは期待できそうもない。

「三キロのペース、悪くないです、監督」

栄太が声をかけた。「前のふたりは抜けますよ」

腕組みしたまま、平川の返事はない。

その視線の先は、すでに三区を通り越し、箱根の山を見据えているようにも見える。

「ここから逆転するぞ」

やがて平川から発せられた言葉は、栄太にではなく、自分に言い聞かせているかのようであった。

4

戸塚中継所をスタートしてまもなく、汲沢町《ぐみさわちょう》第二歩道橋から原宿第一歩道橋までの約四百メートルは、だらだらと続く上り坂であった。

横殴りの海風が吹き付けてくるその急坂を、周人はなんなく上りきってその先に控える緩やかな下りでスピードを上げた。

周人の斜め前に筑波、その少し前を順天堂の選手が走っている。

一キロ二分五十秒ほどだろうか。かなり前のめりのペースだが、今日のコンディションでこの走りを二十キロ継続することはおそらく無理だと、周人は冷静に分析していた。

甲斐と大沼、計図とは、事前に詳細な打ち合わせをしてコースの様々なデータは頭に入っている。そのとき——。

「これは原則論みたいなものだが」

そう断って甲斐はいった。「三区の通過は十時八分前後になるはずだ。天気が良ければまず気をつけなければならないのが気温の上昇だ。それで体力を奪われる。だが、今年に限っていえば、むしろ逆だ」

広げているのは戸塚から平塚《ひらつか》までのピンポイント天気予報であった。そこに並んでいる予報は、どれも雨または雪、強風の悪天候だ。

「気温は五度前後の予報だが、雨がぱらついてしかも強風となると、体感温度はかなり下がる可能性がある」

そうした天候やレース展開によって、どう走るのか、何キロをどんなペースで走りたいか、どこでスパートをかけるか、入念に詰めた。集団走での位置取り、単独走になったときの目標設定、ペース配分——。

細かすぎるのではないかと思うぐらいだが、話しているうちに周人は気づいたことがある。

実際のレースを想定して様々なシミュレーションを繰り返してはいるものの、その本当の目的は、甲斐との考え方の共有、あるいは合意の形成であり、擦り合わせだということだ。

わかったことはもうひとつ。

甲斐のいう「メンタルが七割」の意味だ。それを裏付け、保証するものが、こうした情報であり、事前の戦略だということである。知らないから、あるいは判断に迷うからこそ、不安になる。ならば、事前に様々な状況を想定し、議論することがメンタルの強化につながるというのが、甲斐の考え方であった。

「どこでどう走るか——その走り方に絶対の答えはない」

話の中で、甲斐はそう断言した。

「適切なペース配分、仕掛けどころはレースの状況によって変わる。同じ走りが正解にもなり、ミスにもなる」

何が正解かを判断するのは、常に自分なのだと——。

そして甲斐はこうも、付け加えた。

「それは人生にも通じる」

浜須賀《はますか》の交差点を過ぎ、左手に砂防林が続く直線になったところで、周人はピッチを上げ、筑波の広中昴《ひろなかすばる》に並んだ。広中とは、インカレなどの大会で何度か競ったことがある。優秀なランナーだが、浜須賀までの向かい風にやられたのだろう、明らかに疲れてフォームがブレていた。

歩道側から一気に前に出る。

すぐに突き放せるかと思ったが、広中も粘り、しぶとく周人についてくる。ランナーとしての本能か、執念か、広中は精神力だけで手と足を動かしているようにも見えた。

だが、その追走は長く続かないはずだ。

歓声と松風が、ふたりの靴音を消し去り、時折どこからか飛んでくる砂のつぶてが顔を刺した。

そのまま三百メートルほどを走り、周人は背後を振り返った。

広中の姿がすでに後方に小さくなっていたのは、予想どおり。それを確認した周人は、すぐに気持ちを切り替え、次のターゲットに狙いを絞った。

茄子紺《なすこん》のユニフォームに赤と白のタスキ。順天堂の江崎悟《えざきさとる》だ。直接レースで当たったことはないが、計図が事前に整理したデータでは若干、スタミナに問題があるらしい。

たしかに、周人がペースアップした以上に江崎との距離は詰まってきていた。スピードが落ちているのだ。いまはもうその差は二十メートルもないだろう。

砂防林のある歩道側をキープしたまま、周人はじわじわと差を詰めていく。

捕えたのは、砂防林が途絶え、わずか百メートルほど海が見えるサザンビーチ前の直線だ。

そこにさしかかったとき、江崎の体が見えない力に押されたように道路中央付近から右へ流れていった気がする。

音がするほどの砂粒が小さな弾丸となって薄い色のサングラスに当たるのがわかった。自然のハザードだ。サングラスをしていない江崎が顔をしかめている。その江崎の横を中継のバイクが併走していた。

江崎の横についた。

前に出る。

一メートル、二メートル――。そこで振り向き、江崎がついてこないと見極めた周人が、ほんの一瞬、コバルトブルーのユニフォームを見たのはそのときだった。東西大学の三区走者、黒井雷太である。

その手前に早稲田もいる。

――追いつきたい。

その黒井の姿は、いま小さく前方に見えていた。闘志を掻《か》き立てられ、全身にアドレナリンが駆け巡る。

手と脚のバランス、リズムが独特で一見すると変則的なフォームなのだが、距離はなかなか縮まらなかった。

一区の天馬が出遅れたものの、二区大地の快走で挽回《ばんかい》。周人もまたふたりを抜いた。いま七位だ。

ひとつでも順位を上げて四区の星也《せいや》にタスキを渡したいところだが、なんとしても東西を抜きたい理由は、実はもうひとつあった。

父の母校だからだ。

そして、父が走ったのもこの三区だった。

学生連合チームで走ることを伝えたとき、父の反応は、「そうか」というひと言だけだった。記録に残らないものに、何の価値もない。それが父の考え方であり、人生の哲学である。いまの周人とは、相容《あいい》れない主義といっていいだろう。

子供の頃から「周人も東西で『箱根』を走ろう」、と何度も言われてきた。同じ母校のタスキをつなぎ、自分を超えるランナーになって欲しい——だが、そんな父の期待を、周人はいつも裏切ってきた。

高校時代は思ったような競技成績を上げられず、東西大学へのスポーツ推薦の夢は絶たれた。一年浪人までして一般受験に臨んだものの結果は不合格。滑り止めの、目黒教育《めぐろきょういく》大学へ行くことが決まったとき、父が見せたあからさまな落胆と侮蔑《ぶべつ》が、周人にはショックだった。

いつも父を引き合いに出され、比較される人生。たしかに、父は一流のランナーだったろう。だが、残念ながら周人にはそこまでの才能は無かった。

それだけのことだ。

走る楽しさを教えてくれた父。自分を否定し続けた父。その父に認められなくても、自分は学生連合チームの仲間たちとこの挑戦に真剣に取り組み、一緒に壁を乗り越えようとしている。父にとって何の意味もない戦いでも、自分にとっては一生心に刻まれるだろう戦いなのだ。

風が一段と強さを増してきた。

「早稲田との差は二十秒だ、周人」

十五キロの声掛けポイントで、運営管理車の甲斐から声が掛かった。「頑張って二分五十秒のペースを目指そう」

その先にいる黒井との距離は、二百メートルちょっと。間に、中継車が一台挟まっている。不穏な空はいまにも泣き出しそうに重苦しく、風は時折強く舞う。見えるはずの富士山も分厚い雲の向こうに隠れて見えなかった。

おかしいな。

周人がそれに気づいたのは、浜見平入口《はまみだいらいりぐち》を過ぎた頃だった。十六キロ付近だ。早稲田との差は縮まるのに黒井との距離は縮まらない。それどころか、離されそうになる。

「速い」

その鉄壁の走りを遥か後方から見ていた周人の胸に、悔しさまじりの焦りが膨らんできた。自分もピッチを上げているつもりなのに、黒井の姿はみるみる小さくなっていく。

それはまるで、決して見ることのなかった学生時代の父の背中のようだ。

どうあがいたところで自分には届かない背中に見えた。

嘲笑《あざわら》うように、その背中は周人を置いてきぼりにするのだ。

お前は才能がない。

お前は遅い。

お前には——記録がない。

——うるせえ。

脳裏に湧き上がった思念の欠片《かけら》たちを振り払い、周人は走り続けている。

十六・五キロ。柳島《やなぎしま》海岸歩道橋で、それまで直線だったコースがゆるやかに右にカーブしていく。そこから七百メートル先の柳島の交差点を過ぎると、いよいよ湘南大橋だ。

荒れた冬の海が視界に入ってきた。

前を走る早稲田の選手が少しずつペースダウンしてきたのに気づいたのはその直後のことだ。

「抜ける」

抜けるはずだ。自分に言い聞かせる。

そう確信しつつ湘南大橋に差し掛かったとき、圧倒的な強風が真横からぶつかってきた。

風に乗って飛んでくる砂の粒が痛いほどの勢いで顔面にぶつかってくる。風圧で歩道側からセンターライン側へ吹き飛ばされそうになりながら、ラストスパートに向けて周人はなんとか体勢を立て直した。

そのまま湘南大橋を渡りきると幾分風は落ち着いたが、そのわずか一キロほどの距離でのスタミナの消耗は、周人の予想を遥かに超えるものだった。

脚が伸びない。

前に進まない。

心臓は見えない手に握りつぶされてでもいるかのように苦しく、いつのまにか視線が宙を彷徨《さまよ》っている。

残り三キロの看板の前を通り過ぎた。

高浜台《たかはまだい》の交差点から星也の待つ平塚中継所まではほぼ直線だ。

沿道の歓声が風にかき消され、意識が白く飛びそうになりながら、周人は最後の力を振り絞り、その直線を駆け抜けようとしていた。

早稲田に追いつきたい。

だが、その早稲田の選手も、周人の接近に気づいてピッチを上げ、思うように差は縮まらなかった。

オヤジ、今頃俺の走りを見て笑ってるんだろう。

悔しさに表情を歪《ゆが》め、歯を食いしばってついに二十一・一キロからの花水川橋《はなみずがわばし》を渡る。

猛然と吹きすさぶ横風にさらされながら、周人は最後の二百メートルを全力で駆けた。

「周人さん！　周人さん！」

声を振り絞り、右手を振りながら、星也が呼んでいる。

待ってろ、星也。

いまタスキ、運んでくから。

一足早く、臙脂《えんじ》のユニフォーム、早稲田が四区へタスキをつなぐのが見えた。

抜けなかった――。

星也のために、抜いてやれなかった。

すまん、星也。後はお前に――任せた。

自らが運んできたタスキを星也に継いだとたん、周人はその場に倒れ込んだ。

「周人、ナイスラン！　よく走った。ありがとう」

走り去る運営管理車から甲斐の声が届いたような気がする。

リレーゾーンに倒れ込んだ周人はそのまま待機エリアに運ばれ、仰向けに転がったまま空を見あげた。

終わった。

中継所には次々と選手たちが飛び込んでくる。そのたびにあがる歓声をいくつ聞いただろう。のろのろと上体を起こした周人は、私物のバッグからジャージを出そうとして、ふとスマホのメール着信に気づいた。

父からだ。

少し迷いながら、開けてみる。

――いい走りだった。よく頑張った。ラスト三キロ、ちょっと顎が上がってたぞ。

「わかってんだよ」

周人は乾いた唇に笑みを浮かべ、肩を揺すると、スマホをバッグに放り込んだ。

第三章　人間機関車

1

二十一本のタスキが平塚中継所でつながり、ヘリからの空撮映像が荒れた海を映し出したとたん、その光景に徳重は思わず視線を奪われた。

風光明媚な湘南のイメージからかけ離れた荒々しさの向こうに、遠く江の島が霞《かす》んで見える。

「こりゃ、いよいよ来るぞ」

徳重より前に不安を口にしたのは、北村だった。「春の嵐には早過ぎるってもんだ」

それが雨なのか、雪なのか——。それによっても中継の条件は大きく変わってくる。

「おい、雪になったらどうなるんだ」

無神経に問うたのは、黒石だ。その目に、どこかしら興味本意の色が入り混じっているのに気づいて、徳重は内心、舌打ちした。

「まあ、困りますよ、そりゃ。最悪、中継車が走れないことだってあるでしょう」

「そうならないといいな」

黒石はこたえたものの、どう思っているのかは疑わしい。傍らでやりとりを聞いている北村は、視線を画面にはりつけたまま不機嫌に押し黙っている。

トップが関東大。それに肉薄して二位が青山学院。やや後れて駒澤、東洋、東西、早稲田の四校が三位グループを形成して激しく競り合う展開だ。

コンピュータ・グラフィックスのコース説明が画面に流れた。

四区は、平塚中継所から小田原中継所に至る二十・九キロ。コース左手には相模湾《さがみわん》。中継所からしばらくは平坦だが、六キロ過ぎからアップダウンが続いてランナーの体力を消耗させ、湘南から小田原市街地に入るあたりから気温もぐんと下がる。正念場は小田原中継所までのだらだらの坂道だ。テクニカルなコースを攻略しつつ、最後の傾斜を上りきる体力を温存しておく戦略が求められる。

「なんだ、学生連合が七位か」

画面に表示された順位表を見て、黒石がつまらなそうにいった。「目障《めざわ》りな連中だな」

徳重は、言葉を飲み込み黙り込んだ。

目障りとはなんだ、彼らだって一生懸命走ってるんだぞ――そういってやりたかったが、黒石にはわかるまい。この男の頭の中にあるのは常に視聴率のことだけだ。

「このチームは記録がつかないんだろ？　だったら、そもそも順位表に載せる必要なんてあるのか。外した方がいいと思うがね」

「彼らも、タスキをつないでるんだぞ」

聞き捨てならないとばかり、たしなめたのは北村だった。「たとえ記録にならなくても、関東学連が出走を認めてるんだ。それなりに扱うのは当たり前だろう」

「俺なら、参考記録にしかならないチームは出さない方がいいんじゃないですかって、関東学連に申し入れるがね」

「テレビが箱根駅伝を変えるのか。そんなのは絶対にあっちゃいけないことだ」

間髪を入れない北村の意見に、

「彼らは学生ですよ、黒石さん。タレントじゃない」

ついに我慢できなくなって、徳重も胸にわだかまるものを言葉に代えた。「少しでも多くの選手に本選を経験させてやることは、それ自体意味があるんじゃないですか。彼らにとってはかけがえのない経験になるし、ひいては日本の陸上競技界の底上げにもなる。意味のある試みなんですよ」

「その割には学生連合の扱いは随分あっさりじゃないか。本音とタテマエってやつか」

黒石は痛いところを突いてきた。「まあ、いいさ。どうせ学生連合が上位に来る可能性なんてないしな。ゼロだ」

黒石は決めつけ、ようやく腰を上げるとスポンサーが集まっている別室へと消えていった。

「くそったれが」北村が毒づいた。

徳重も嘆息し、三号車が映しだしている画像に目を向ける。

そこに、学生連合の四区走者で関東文化大学《かんとうぶんか》二年生、内藤星也《ないとうせいや》も映っていた。手元の資料によると、内藤の一万メートルの自己最高記録は二十八分四十秒。

間違いなく実力のあるランナーだといえるだろう。ただ、本選経験のない二年生がこのテクニカルなコースにどう挑むのかは見ものである。

エントリーリストを見てみると、今年の四区のランナーは、二区を走る花形ランナーとはひと味違う、実に個性的な選手が揃っていた。

首位関東大のランナーは日向向陽《ひむかこうよう》。シンメトリーな名前をもつこの選手は、四年生にしてチームを牽引するキャプテンでもある。エースの坂本冬騎ほどではないが、実績も申し分なく、〝プロフェッサー〟名倉も安心して四区を任せられる選手といえるだろう。

青山学院は、二年生の富樫駿《とがししゅん》がきた。将来のエース候補としてすでに頭角を現している有望株だ。

注目はイケメン・ランナーとして女子人気の高い東西大の柳一矢か。実力も兼ね備えた逸材である。駒澤、東洋、早稲田とともに三位グループにまで上がってきた東西が、ここで一気に関東、青山学院に絡めるかが、四区の見どころだろう。

そんなことを考えながら手元の事前資料を見ていた徳重だが、ふとあることに気づいて表情を曇らせた。

取材十分の各大学出場選手の情報量に比べ、学生連合チームへの手薄さに気づいたからだ。

「準備せよ」の哲学を徹底したつもりが、百点満点とはいかなかったかも知れない。

学生連合チームについて徳重の手元にあるのは、各選手に対する通り一遍のアンケートの回答と、練習を取材に行った安原康介《やすはらこうすけ》アナの、ちょっと上から目線の取材メモ一枚きりだ。

万が一、学生連合が上位に絡むようなことにでもなれば、この手薄な取材が命取りになりかねない。徳重の胸を、一抹の不安が過《よぎ》ったとき、

「雨が降り出しました。いまはポツポツですが、少し白っぽい、雪交じりの雨です」

一号車横尾アナの実況の声が耳に入って、徳重はテレビの中継画面を見上げた。

テレビ画面で雨粒が確認できるほどではないが、遠景が白っぽくなっている。

よく見ようと立ち上がってモニタに近づいたとき、徳重のスマホが振動しはじめた。芦ノ湖に詰めているアシスタント・ディレクターからだ。

「ちょっと、粉雪が強くなってきました。積もるかも知れません」

「わかった」

湘南の雨が、箱根では雪になる。

「宮本。箱根、雪かも知れない」

はっと顔を上げた菜月《なつき》が確認したのは、函嶺洞門《かんれいどうもん》と芦之湯《あしのゆ》にある定点カメラの映像だ。

函嶺洞門は五区箱根をスタートして三・六キロ付近、いわば山上りの入り口あたり。一方の芦之湯は標高八百四十九メートルという高所にある。箱根路の最高標高、八百七十四メートル地点に近い場所だ。

菜月の脇に立った徳重も、箱根方面のカメラが映し出す天候悪化の兆候に目を凝らした。

トップを走る関東の選手はまだ四区の大磯《おおいそ》駅前を通過しているところだ。五区にタスキが渡されるのは、これから約一時間後。そして五区の選手が芦ノ湖の往路フィニッシュに到達する

のは、そこからさらに約一時間十分後の予測である。

この間に天候がどう変化するのか。それによって中継の条件は大きく変わる。

ヘリは飛ぶのか、中継車やバイクは上れるのか。遠く明星《みようじよう》ヶ岳《たけ》山頂に設置した定点カメラは、まともな映像を結べるのか。

どのカメラがどの選手を追うのか、追えるのか。「箱根駅伝」という番組で必ず撮ることになっている順位変更をどう伝えていくのか。

その間も、一号車からの首位争いの画像が中継では流れている。

「青山学院二年生の富樫駿が、関東大の日向向陽との距離を縮めてきました」

辛島が、ふたりのピリピリするような神経戦を冷静に伝え、一号車に実況のバトンを渡す。

それを受けた横尾の声はいかにも心配そうだ。

「雨が、降ってきました。冷たい雨です。この天気、どう思われますか、相沢さん」

「ちょっと雪が交じったような雨で、スリップが心配なんですが、富樫くんはむしろピッチを上げている気がしますね。この天気とどう向き合うかも試されてます。おもしろいやりとりになるんじゃないでしょうか」

一号車解説の相沢は、相変わらず煽《あお》りがうまい。

そして、青学と関東の首位争い以上に緊迫した接戦になっているのが、駒澤をはじめとする四校による三位グループだ。放送センターを守る辛島はこの集団の微細な変化、駆け引きを拾い上げては話題にし、解説の円堂やゲストのトークをうまく引き出していた。

そうしながら、三位グループ以下の順位変更を軽やかに伝えていく。ランナーに対する過不足のない的確な指摘と着眼点、そのタイミング。どれもが淀みなく、台本があるかのように滑らかだ。

さすが、辛島文三だ。

もはや徳重は、そのことを認めざるを得なくなった。病気降板した前田久志《まえだひさし》アナでも、ここまでの実況はできなかったかも知れない。いや、できなかっただろう。辛島の、抑制のきいた、それでいて明るさのある声のトーン、機転はまさに天性のものだ。

辛島は数々の取材を通じて、出場選手についてあらゆる情報を頭に入れているはずだが、プライベートなことにはほとんど踏み込まず、選手の人となりやスタンスといった、スポーツ実況としての芯を貫いていた。

レースはこれから何が起きるかわからない。

雨による急激な体感温度の低下、それに加えて強風、さらに雪。荒れたレースになればなるほど、実況の要《かなめ》となる辛島の状況判断、表現力が試される。

「三号車です。動きがありそうです。いま順天堂の三年生、手嶋陸《てじまりく》が、関東学生連合の関東文化大学二年生、内藤星也に並ぼうとしています」

切り替わった画面では、その手嶋が体ひとつ、内藤の前に出ようというところであった。

2

「星也、星也。落ち着いて行こう。いま無理するな」

甲斐の思いがけない声掛けに、計図《けいと》は思わず耳を疑った。

星也の調子が悪いのか？　まさか——。

まだ三キロ付近である。

目を凝らしてみるのだが、計図にはわからない。

だが、甲斐の眼差《まなざ》しには、それとはっきりわかる不穏な気配が漂っていた。

「監督。星也に何かありますか」

「走らされてる」

甲斐から奇妙なこたえが返ってきた。

「走らされてるって、それは——」

「コースに呑まれて、気持ちが伴っていない。心と体がバラバラだ」

心と体がバラバラ……？

いわれて再び計図は、星也の走りを凝視した。

何度かの合宿を通し、甲斐は、選手ひとりひとりとじっくり向き合い、相互理解に尽くしてきた。だからこそ、選手の走りを見るだけで、その微細な違いや変化から、体調やメンタルが自分のことのようにわかるのだろう。

実際、練習走に同行しているとき、甲斐はいち早くランナーの異変を嗅ぎ取り、調子を言い当てる。幾度も。計図にはなんの兆候も発見できないタイミングでだ。

そんな甲斐の観察眼に驚いたのは、大沼コーチも同じであった。

「どこで見分けてるんだ」

一度、大沼が尋ねたことがある。大沼の計らいで、千葉県内の旅館をベースに合宿をしたときのことだ。

甲斐のこたえは、「走るリズムや体の使い方が調子のいいときと違いますから」、だった。

走りにリズムがあることぐらい、計図にもわかる。大沼にしてみても当たり前すぎる事実だろう。だがそのリズムに含まれた小さな異音を、甲斐は察知できるセンサーをもっているかのようだ。ある種のひとたちが、一般人には聞こえない音域を聴くことができるように、甲斐に見えているレースの世界は様々なリズムに溢《あふ》れ、そしておそらく、刻まれるべき基準がある。

それに気づいた計図が内心、ひそかな畏怖を覚えたとき、

「計図、後続とのタイム差、読み上げてくれ」

甲斐にいわれ、三キロ地点でテレビに出たタイムを、計図は読み上げた。順天堂とは十五秒ほど。その後、筑波、神奈川、國學院、拓殖、法政、中央、日体大……その後ろは、十六位以下の下位グループだ。

甲斐はそれを聞きながら、じっと星也の走りを見つめている。驚くべき記憶力で、甲斐の頭の中には、各大学の走者のデータがすでに詰め込まれているはずだ。この悪天候で、誰がどの

くらいの走りをするのか、いまその脳裏で様々なシミュレーションが行われているに違いない。

星也の踏み出す一歩、揺れるタスキの向こうに甲斐はこの後の展開を見出そうとしている。

いまその表情が目に見えて引き締められたように、計図には見えた。

ワイパーの音と、他大学の運営管理車の声掛けがかすかに交差し、重なっている。

どうするんです、監督。

心で問うたとき、車窓にひとりのランナーの影が飛び込んできた。

順天堂の手嶋だ。

長身の選手が大きなストライドで、ぐいぐい前に出て、星也に迫ってくる。風に煽られ、斜めに降り始めた雨など眼中にないといわんばかりの屈強な走りだ。

ダメだ、抜かれる。

軽く天を仰ぎ、星也の顎がほんのわずかに上を向いた。星也は、この状況に納得していない。それだけは計図にもわかる。苦しげで、悔しげで、そして憤《いきどお》ってもいる。

立て直せ、星也。

立て直してくれ——計図は心の中で叫んだ。

3

城山《じょうやま》公園前にさしかかったとき、順天堂の手嶋の背中は、二十メートルほど前にあった。

抜かれたショックは、鈍く重いボディブローを食らったかのような衝撃を星也にもたらした。

抜き返したい。

その思いとは裏腹に、手嶋との間隔は徐々に開き始めている。

片側一車線、両側に民家が立ち並ぶ沿道は、途切れることのない応援の人たちで埋め尽くされ、ひっきりなしに声援が飛び交っていた。

——頑張れ、内藤！

抜かれた自分への激励が重い。だがその声は、遠くの惑星から届くあえかな信号のようでもあった。星也の意識は、現実にありながら、どこか異次元を彷徨《さまよ》っている。

甲斐との打ち合わせは入念で、ありとあらゆるデータを頭に詰め込んだものの、心のどこかでは「軽く走れるさ」とタカをくくっていた。

なのに——。

平塚中継所で周人からのタスキを待っているとき、何かが星也の心のうちに忍び込んできたのだ。隠された心のバックドアを開けて。

急な腹痛を覚えて簡易トイレに駆け込んだ星也は、そこからしばらく出られなかった。

個室から出た瞬間、そこにある世界がぐらりと揺れ、それまでの世界とはまるで違って見えた。パラレルワールドか別次元へのドアを開けてしまったかのように。

そのとき、星也は軽い脱水症状になっていたのかも知れなかった。

順天堂の茄子《なす》紺《こん》のユニフォームは、星也を置いてどんどん離れていく。

どうあがいても距離は縮まらなかった。冷たい雨がユニフォームを濡らし、じわじわと星也の体内にまで染みこんでくる。

またどこかで急な腹痛に襲われるのではないか。吹っ切ることのできないそんな不安に疑心暗鬼になりながら、星也は走り続けている。

槇ノ木《まき》を通り過ぎたところで、連続するコースのアップダウンがはじまった。だが、自分でも不思議なほど、タイミングが取れない。

民家が途切れ、葛川《くずかわ》を渡ってくる風が真横から星也にぶつかってくる。

よろけそうになるほどの風である。思わずセンターライン側に寄ったとき、いつのまにか背後から迫っていたランナーと接触しそうになった。

ブルーのユニフォームに黄色のタスキ、筑波大学の谷繁一斗《たにしげかずと》だ。知将弘山勉《ひろやまつとむ》駅伝監督ひきいる〝強化費ゼロ〟の国立大学――計図のデータが意味も無く脳裏を過っていく。

併走したのも束の間、坊主頭の谷繁がぐいぐい前に出て行った。

ついていけ――。

星也は自分に命じた。

だが、その命令は空しく反故《ほご》にされ、相変わらず脚は動かない。谷繁との距離が開き始めた。

なにが世界を目指すだよ。

星也は自嘲した。

世界どころか、箱根ですら満足に戦えないじゃないか。

二宮《にのみや》の交差点を通過したころ、左の脇腹あたりに軽微な痛みを感じて、思わずそこに手をや

った。走りに大きく影響するほどではないが、

――大丈夫だろうか。

その不安が心拍数を上げ、星也の呼吸を苦しくさせる。

いま星也の敵は、他校のランナーでもコースでも、この雨と風でもない。自分自身だった。

浅間《せんげん》神社入口の交差点を過ぎたあたりから、荒れた海が見えた。

荒涼として人を寄せ付けぬその厳しさは、およそ正月の晴れ舞台からかけ離れている。空は暗く重く、降り注ぐ雨で遠景は白いベールに覆われ、眼前に続くコースは墓場にでも続く陰気な道のようだ。その道を、いまやプライドを打ち砕かれた惨めな自分が走っている。

「星也。星也」

そのときどこかから呼びかけられ、星也は淀んだ意識の底から引き上げられた。

見ると関東文化大の同級生、中里智《なかさとさとる》がオレンジとブルー、ふたつの給水ボトルをもって駆け寄ってきたところだった。この日のために給水係を買って出てくれたのである。

「大丈夫か」

心配そうな中里にきかれたが、うなずくことしかできなかった。「中央が来てるぞ。十五秒ぐらいうしろだ」

もうこれ以上、抜かれるわけにはいかない。だが――。

風を切る音に、「シュッ、シュッ」、という音が入り混じっているのに気づいたのは、西前川の信号を過ぎた頃である。

思わず、背後を振り返った星也は、「もう来たのか」、と瞠目《どうもく》した。

前屈みの体勢、手の指をまっすぐに伸ばし、剛直そのものの視線を遥か前方に結びつけたまま、角刈りにした選手がすぐ背後についている。

その男のことを、星也は知っていた。

〝トーマス〟の異名をとる中央大学四年生の徳弁秀道《とくますひでみち》だ。トーマスは、トクマスと『きかんしゃトーマス』からつけられたニックネームで、そう呼ばれる所以《ゆえん》は、「シュッ、シュッ」というその掛け声にある。

平塚中継所を出るとき、順天堂と筑波の後ろは、神奈川、國學院、拓殖、法政――中央はさらにその後だったはずだ。

――どれだけ抜いてきたんだ。

その迫力に、星也は戦慄を覚えた。

「シュッ、シュッ、シュッ、シュッ――」

徳弁が星也の真横に並んだ。

なんでこんなフォームなんだろう。まっすぐに指先を伸ばして走るランナーを、星也は徳弁以外には知らなかった。短距離走の選手みたいだ。まさに人間機関車そのものである。トーマスは次の〝停車場〟である小田原中継所に向けトップスピードで寸分の狂いもない走りを披露している。

こんなランナーがいるんだ。

もの凄い走りだった。

追いつけない。俺にはまだこれだけの走りは――できない。

雨なのか、涙なのかわからないもので視界が滲んでいく。

國學院、神奈川、日体大のランナーが集団となって追いついてきた。かと思うと星也の前に出ていく。

前を行く三人の背中に、星也は食らいついていこうとした。ポップコーンが弾けるように頭の中で何かがパチパチ音を立て、心臓が躍り上がる。腕を振り、脚を動かす脳内指令系が狂ってしまったかのようにバランスが崩れ、自分でもわけがわからなくなる。

ダメだ……。

――どうする？　どうすればいいんだ！

極度の焦燥から精神の暗澹《あんたん》に足を踏み外しそうになったとき、ふいに声がした。

「星也。お前、ひとりで戦ってるんじゃないぞ」

それはまるで天上世界から射してきた、ひと筋の強い光のようであった。

甲斐だ。

「みんなで戦ってるんだ。お前が調子が悪くても、他のメンバーが必ず取り返してくれる。だから、お前はタスキをつなぐことだけを考えろ。仲間を信じろ」

監督の声は、冷静さとコントロールを失いかけていた心にダイレクトに突き刺さった。

「お前はいまできるベストを尽くせ。それだけでいい。シンプルに考えろ。それが箱根駅伝だ」

濡れるのも構わず窓を開けている甲斐と、後部座席の計図が心配そうに星也を見つめている。

それにこたえる余裕はないが、甲斐の言葉はすっと、星也の心に入ってきた。

小田原中継所には、星也のことを待っている仲間が——倉科弾《くらしなだん》がいる。

弾ならきっと、挽回してくれるはずだ。そのためにも、少しでも差を縮めてタスキをつなぎたい。つながなければならない。

左の脇腹の痛みは、脚を進めるごとに硬い芯をもった一撃を脳天に食らわしてきていた。時折左手で脇腹を押さえるのだが、そんなことで収まる気配はない。

それでも星也は走り続ける。

並行して走る東海道本線と箱根登山鉄道のガードをくぐった。あと一・八キロ。日体大の白いユニフォームに、ほんのわずか近づいたような気がしたのは気のせいか——。

さらに新幹線のガードを越えた。残り一・五キロ。

左の眼下に、ごろごろした石の転がる早川《はやかわ》の河原が見えてきた。その光景は他人行儀で冷たく、星也を突き放すかのようだ。

上り勾配《こうばい》がきつくなると、体中から悲鳴が上がり始めた。

ぱらぱらと落ちて顔にあたる雨、濡れたユニフォーム、湿ったシューズ、一歩踏み出すごとに短剣を突き立てられたように痛む脇腹を抱えて星也は走っている。

視界に、ようやく小田原中継所が入ってきた。

リレーゾーンで、右手を大きく振っている弾の姿が見える。

かけていたタスキを外して右手に巻き付けた。

「弾！　頼む！」

タスキを渡した瞬間、星也は力尽き、視界から色彩が抜け落ちた。

「星也、よく頑張った。ありがとう」

運営管理車から星也を労《ねぎら》う甲斐の声が聞こえてきた。「来年リベンジだ。楽しみにしてる」

第四章 点と線

1

学生連合チームの内藤星也が、ふらふらになりながら五区の倉科弾《くらしなだん》にタスキを渡すやリレーゾーンに倒れ込んでいく。その様を見届けた徳重は、そこに学生連合チームのいつにない迫力を見た気がした。

いま学生連合は、十二位日体大と十三位拓殖に挟まれ、実質十三位。平塚中継所で七位でタスキを受けた内藤は、おそらくはその真価を発揮することなく、大幅に順位を下げて本選の舞台から去った。それもまた箱根駅伝のドラマのひとつといっていいだろう。

ただ、徳重には少し気になることがあった。

小田原中継所担当アナの江森《えもり》の実況が、倒れ込む内藤を追った迫真の映像とは裏腹に、少々、淡泊過ぎたことだ。

その思いは、そうなる前の、内藤が立て続けに抜かれ順位を落としていくときにも感じたことであった。

本来なら、内藤について掘り下げた何かが欲しいところだが、実況の内容は「見えているもの」に終始していたのである。

理由はひとつしかない。

情報の希薄さ、である。

学生連合チームは下位に沈もうとしているが、逆にもし甲斐監督の目標通り、上位争いをすることがあったら、そのとき視聴者を満足させるだけの実況が出来るだろうか。

——万全の準備から水が漏れたか。

徳重の腹の中で、学生連合チームの真摯《しんし》な戦いに対する尊敬の念と、学生連合チームが上位にいくと困ったことになるかもしれぬという身勝手な都合が衝突し、消化不良を起こそうとしている。

ともあれ——。

「いよいよ、山上りだ」

徳重は、スタッフに語りかけるべくインカムのボタンを押した。「最大の見せ場がやってきました。全員、気を引き締めて、やり遂げましょう」

箱根駅伝本選を伝えるためのスタッフは千人近い。そのうち、実に約三百人もの人数が毎年箱根エリアに割かれている。五区の放送がいかに重要で、かつ難しいかということの証左だ。

一九八七年一月二日——。「箱根駅伝」という番組で初めて全十区が生中継されたとき、箱根の山に囲まれた五区は放送技術上、最大の難所だった。技術の進歩した現在、当時ほどのことはないにせよ、五区が放送上の難所であることだけは変わらない。一方、この五区は山上りという特殊なシチュエーションで盛り上がると同時に、二区と並んで往路優勝を決する重要区間でもある。

大日テレビが中継する「箱根駅伝」において、五区に対するこだわりは格別だ。

小田原中継所も含め、十四台も設置した定点カメラには、標高九百二十四メートルの明星ヶ岳《みょうじょうがたけ》山頂や、鷹ノ巣《たかのす》山林道、二子山《ふたごやま》山頂にある箱根センターなども含まれる。

コースは箱根の山々に囲まれ、クルマでも上るのに難儀するカーブの連続。箱根温泉街、函嶺洞門《かんれいどうもん》、大平台《おおひらだい》、宮ノ下《みやのした》、小涌園《こわきえん》前、最高地点となる芦之湯など、箱根駅伝の名物ともいえる見どころも満載。沿道の応援も熱を帯びる。

オンエアされている映像では、トップを走る青山学院の四年生小山捷平《こやましょうへい》がいままさに旭橋《あさひばし》に差し掛かるところであった。小田原中継所から温泉街を抜けた、三・四キロ地点だ。

小山のすぐ後ろには、関東大の三年生、宮藤道大《くどうみちひろ》の姿も見える。それから少し遅れて画面に登場したのは、一区で出遅れたはずのコバルトブルーのユニフォーム、東西大学五人目の走者、芥屋信登《けやのぶと》であった。

その三人が次々に、函嶺洞門の横を通過しようというところである。

「クレーンの映像、いきます」

菜月の指示で、スタンバイしていたクレーン・カメラの映像に切り替わった。

このクレーンは、通常音楽番組などで使われているものを、わざわざ旭橋の先にある駐車場を借りて設置したものだ。画面の中に橋の下を流れる早川渓谷の冬景色を入れ、さらにズームしながら小山と宮藤の表情を追うというこだわりのテイクがこれによって実現する。

いままさに狙った通りの映像が流れ、

「大変、結構」

満足そうに北村が口にした。

定点カメラによる固定的な画面ではなく、選手の走りに合わせてクレーン上のカメラも動いていく、〝移動ショット〟であるところがミソだ。それだけではない。早川渓谷の清冽《せいれつ》な水音をマイクで拾い、冬の箱根を感じさせるシズル感たっぷりの演出にもなっている。箱根の山上り、その玄関口ともいえるこの重要な場所を、周囲の風景とともに伝えたいという第一回放送スタッフたちの熱い思い。それがタスキさながら今なお引き継がれているこの映像は、日本のスポーツ中継における放送天然記念物といっていい。

まもなく画面奥に見えてきた函嶺洞門は、一九三一年竣工《しゅんこう》。以来、二〇一四年の第九十回まで、箱根路を走る選手たちを見守りつづけた箱根駅伝の名所である。

いまは通行できないその古風なトンネルを背に青山学院の小山が通過していき、少し後れて、関東大の宮藤がついていく。三位に浮上した東西大の芥屋とトップとのタイム差は手元の時計で一分十秒ほどだ。

芥屋が通過した後、四位グループになる駒澤、早稲田、東洋の三チームがやってきた。その後、四区徳舛《とくます》の七人抜きの激走で七位に急浮上した中央が続き、さらに順天堂、筑波、國學院、神奈川、日体大、そして順位を落とした学生連合という順番である。

いまその学生連合の五区走者、倉科弾の姿が旭橋に現れたところであった。

「いい走りをしているな」

初めて見る倉科の、いかにもバネのある走りに徳重はふと興味をひかれた。

学生陸上競技界では無名だが、一体どういう選手なのか。五区の山上りには比較的小柄な選手が多いように思うが、倉科もまた例外ではない。見かけは瘦せぎすの小兵《こひょう》である。なのに、やけに大きくエネルギッシュに見えるのだ。走りっぷりは自信に満ち、これから始まる過酷な山上りに怯《ひる》む気配は微塵も感じさせない。

クレーン・カメラが送ってくる画面には、いまちらちらと白いものが映っていた。粉雪だ。

「これ以上降らないでくれよ」

同じ中継画面を見ている北村が祈るようにつぶやいた。

「いまのところ積もってはいないようですが」

徳重がこたえた。何かあったら、現場のスタッフからすぐさま連絡がある。まだそれがないということはつまり、選手も中継車も走れる状況であるということだが、安心することはできなかった。

山の天気はいつ急変するかわからない。

中継画面が映している三キロ地点の標高は、まだ百メートルちょっとだが、これからコースはぐんぐん高度を上げていき、十六キロすぎの最高地点は八百七十四メートルにもなる。しかも、カーブが連続する九十九折《つづらお》りの上り坂だ。積雪ともなると、中継車やバイクがいままで通りの映像を送れる保証はない。

全選手が芦ノ湖の往路フィニッシュに到達するまでなんとか持ちこたえて欲しいものだと、難しい顔で腕組みをしながら徳重は思った。

函嶺洞門の前を次々に選手が通過していき、その時点での順位とタイム差が出た。この後の計測ポイントは、大平台や小涌園前といった途中の五カ所。往路優勝に向けてひた走る選手たちのタイムがリアルに計測され、盛り上げに一役買っている。

バイクの映像に切り替わった。

「東西大学二年生の芥屋信登、昨年、一年生ながらこの五区に登場、いきなり区間賞を獲得。〝ニュー山の神〟の称号を得たその芥屋が、追いすがろうとする駒澤大学の神林時生《かんばやしときお》、早稲田大学の高島真吾《たかしましんご》との距離を離しています」

担当アナである安原《やすはら》の実況は、芥屋がこの後、二位の関東大、そして目下首位を行く青山学院に迫ることを期待して興奮気味だ。おそらく視聴者の興味もそこに集まることを見越してのことである。〝ニュー山の神〟が頑張れば、それだけ番組は盛り上がる。

「おもしろくなってきた」

隣にいる北村が身を乗り出したとき、

「五秒後、三号車行きます」

菜月の指示で、カメラが切り替わり、徳重は息を呑んだ。

映し出されたのは、先ほどの学生連合、倉科弾の姿だったからだ。

「関東学生連合の山王《さんのう》大学二年生、倉科弾がいい走りを見せています。いま、前を行く日体大の脇田佳希《わきたよしき》、そして神奈川大の垣原賢人《かきはらけんと》のふたりを捉え——抜きました。いいペースで飛ばしています」

画面上に順位表が現れ、学生連合の順番が一気にふたつ上がった。参考順位で十一位。オープン参加なので順位は表示されないが、倉科の走りが瞠目《どうもく》すべきものであることはどうやら間違いなさそうだ。

「なかなか、やるじゃないか」

徳重はひそかに感心した。正直なところをいえば徳重自身、甲斐監督の掲げた目標はまずありえないと思っている。

ただ、「総合三位以上」は論外にしても、このまま学生連合が総合順位でベストテンに入るようなことがあったら、それだけでも十分に「事件」だろう。

だがそんなことはまずありえない。

「箱根駅伝はそんな甘くはないからな」

人知れずつぶやいた徳重だが、そのとき、めずらしく倉科の走りを長めにテイクしている菜月に気づいて顔を上げた。徳重の胸を、何か不穏な予感が過《よぎ》っていく。

「十秒後、バイク、行きます」

菜月が指示を出した。再び映し出されたのは、東西大の芥屋だ。

「いまちらりと、ほんの一瞬ですが、前を行きます関東大宮藤道大の姿が見えました」

バイク担当の安原アナが視聴者の関心をひきつける実況で盛り上げた。芥屋が走っているのは、七・一キロ地点にある大平台のヘアピンカーブに向かう数百メートルほど手前だろう。曲がりくねったカーブ続きの山上りだが、そこにほんの数秒、先を見通せるポイントを、菜月は下見で見つけていたに違いない。

「いい絵だ」

隣で北村が賞賛の声を上げた。

レースは最初の見せ場、大平台へと差し掛かろうとしている。ここの標高は三百十メートル。箱根の山上りは、まだまだ序盤戦であった。

2

「よしっ！」

弾が、日体大と神奈川をかわすとラウンジに快哉《かいさい》が弾け、あちらこちらでハイタッチになった。五キロ付近、箱根登山鉄道のガードをくぐるあたりだ。

「行けるぞ！」

声が上がるのも、弾の走りに力強さを感じるからだろう。少し背を丸めたような独特のフォームム、地面を蹴り、弾むような体の動きは、練習で見るいつもの弾だ。のびのびとして、いかにも箱根の山上りを楽しんでいるように見える。

不思議なものだ。

箱根駅伝という舞台で、輝く者もいれば、本来の輝きを失う者もいる。

はたしてその違いとは、何なのか――。

思案した隼斗が行き着いたのは、「メンタルが七割」という甲斐監督の言葉と、その対策の難しさだ。

どうすればメンタルをコントロールできるのか。

その答えはわからないが、いま弾がその困難なハードルを楽々と越えていることだけは確かだ。

果たして、自分はどうだろう。いざこの戦いの大舞台に立ったとき、それが輝くロードに見えるのか、冷ややかに拒絶する永遠の試練に見えるのか。

「芥屋くんがピッチを上げてきましたね」

解説の円堂の声には、東西大学が誇るスターランナーへの期待が滲んでいる。

「すげえな、芥屋」

そんな声が上がったのは、大平台の通過が二十二分十秒というタイムが出たからであった。

区間記録を上回るペースである。

粉雪が舞って路面が濡れ始める中、このタイムは驚異的だ。

「関東を抜くんじゃね？」

二位関東とのタイム差を見て、浩太がつぶやいた。その目には、驚きと畏怖が浮かんでいる。

「関東どころか、もしかすると――」

さらに晴《はる》が言いかけたとき、青山学院と関東の激しいデッドヒートが映し出された。首位青山学院の小山は大平台温泉の看板前の八キロ地点を過ぎ、らーめん茶屋までの緩いカーブが連続するあたりを走っている。

二位の関東とは、いまのところ十五秒ほどの差だが、ここから先の険しい道のりを考えればそれは無いも同然のタイム差であった。

「まもなく、宮ノ下です」

一号車の実況とともに、ＣＭが入った。

間断なく落ちてくる粉雪が風に翻弄されている。

路面は濡れ、周辺の木々のざわめきが沿道からの歓声とぶつかり混じり合っていた。

五キロ付近で日体大と神奈川の選手を抜いた後、弾は単独走になった。

弾の生まれは大阪の淀川区で、子供の頃から走ることが得意だった。三人兄姉《きょうだい》の末っ子で、元来が共働きの両親が帰宅するまでの間、兄や姉に付いて歩き、好き勝手なことをして遊ぶ。能天気で少し甘えん坊の性格は、そうした環境によるところが大きい。

最初に走る楽しさに目覚めたのは、兄の友達に混ぜてもらって駆けっこをしたときのことだ。兄の友人たちは、弾は足が速いと褒めてくれた。

初めての小学校の運動会で、クラス対抗リレーの選手になったことも弾の自信を深めるきっかけになった。そのリレーで、グラウンドを半周する間に、なんとふたりの選手を抜いたのだ。

わあっという歓声が上がったときの気持ちよさに、弾は有頂天になり、運動会が終わって夜になっても、興奮さめやらずそのときのことを家族に話し続けた。

中学で陸上を始め、高校では短距離の選手だった。テレビ中継の箱根駅伝を初めてじっくりと見たのは、そろそろ大学進学が気になってくる高校二年生のときである。もちろん、それまで箱根駅伝を見ていなかったわけではない。だが、志望校選定を目前にして、自分がそこに出られるかも知れないという思いを抱いて見たのはそれが初めてのことであった。

「こんなに注目されるのか」

まず驚いたのはそこだ。

沿道で小旗を振る応援客と途切れない声援が、小学校のリレーで他の選手を抜き去るときに聞いた応援席の歓声と重なった。

——俺も箱根駅伝に出たい。このコースを走りたい。

弾が、短距離から長距離走に関心を移したのは、それからであった。

進学の目標も具体的になった。箱根駅伝に出られる大学に行きたい——。はじめ第一志望は、青山学院とした。ところが、そんな弾に、「青山学院に行っても、箱根には出られへんで」といった同級生がいた。同じ陸上競技部の足立直也《あだちなおや》だ。

「なんでや」

ちょっとムッとして問うた弾に、直也の説明は明快だった。

「日本中からむっちゃ速いのが集まってくるんやで。しかも推薦で。なんでお前が出れんねん」

そりゃそうや、と妙に納得させられた弾は、「なら、どうしたらええんや」、と直也に問うた。

「箱根駅伝に出られるかどうかぐらいの学校を狙ったらええやんか」

そうして弾が選んだのが、山王大学だったのである。その当時の山王大は、予選会上位の常連で、いいところで本選出場を逃すようなレベルにあった。大学も箱根駅伝を重視しており、駅伝部の強化に動いているという情報もある。おそらく、ここでなら自分も活躍できるだろう。

ところが、一般入試を突破して山王大学の駅伝部に意気揚々、入部した弾を待っていたのは、強化プラン撤回の知らせだったのである。

なんとかいい成績を上げて、大学側を見返してやろう——。

そんな気概も空しく、チームは二年連続して、予選会敗退。強かった先輩たちはどんどん卒業していき、なす術《すべ》もなく弱体化していく。

チームがダメでも個人なら、つまり学生連合チームでなら出場できるのではないか——いつしか、その可能性に弾は賭けていた。

弾にとって、形はどうあれこの舞台にいることが、十分すぎるほどの成果なのであった。


揺れる視界に、粉雪が舞っている。

雪の粉はそれ自体、点だ。だが、いま降りしきる粉雪は線に見える。

キャップを目深にかぶった弾の視界の中で、不思議な光景が広がり始めた。五・六キロの常盤橋《ときわばし》を渡り、急激に右に曲がるカーブにさしかかったときのことだ。

弾の視界に、一本の線が見えた。

自分が踏み出す一歩は〝点〟だが、走るルートは〝線〟になって弾の眼前に示されている。

連続カーブを大回りすることなく、いかに短く走るか。その小さなノウハウが、結果を左右することを弾に指摘したのは、他ならぬ甲斐監督だ。その走るべきルートが線になって弾を誘《いざな》っている。

白く霞んだ視界に、新たなユニフォームが現れたのは大平台まであと一キロほどの地点だった。

黒と赤のユニフォーム。國學院の五区走者、広井健太《ひろいけんた》だ。

その姿は急なカーブを曲がったとたん、弾の視界に飛び込んできた。

沿道の応援客から声がかかった。そうやって前走者とのタイム差を教えてくれているのだろう。応援の人たちは皆、温かだ。ありがたい。全員が味方なのだ。

「十五秒差！」

弾は慌てはしなかった。

このペースなら、大平台ぐらいでは抜けるだろう。しかし、まだ序盤ともいえるいまは、抜くことより、走りのリズムとコース取りに集中した方がいい。

弾の読んだ通り、じりじりと広井との差は縮まってきた。

あと十メートルと迫ったとき、広井がふいに振り向いて弾に気づいたが、スピードが上がる気配はない。

弾の見立て通りその差は縮まっていき、大平台への緩い直線の道で広井の背後についた。

沿道からの歓声が、弾の背中を押してくれる。内なるエネルギーがみなぎり、血湧き肉躍る静かな興奮に弾は痺《しび》れた。

「三十秒先に筑波。行けるぞ。ゴー！」

大平台のヘアピンカーブに差し掛かる手前、給水ボトルをもって駆け寄ってきたのは、学生連合チームで出場機会に恵まれなかった渡瀬《わたせ》拓《たく》であった。

宮ノ下に向かう上り坂を、弾は軽快に駆け上がっていく。

片側一車線の道路にひしめく応援客の声援は、まるでトンネルの中のように大きく響いた。

幾分、風と粉雪が鎮まったように見えるのは、左側を山の斜面に阻まれ、冬枯れした木々の枝が上空を覆っているからだろうか。

その弾の視界に、筑波の武藤傑《むとうすぐる》の背中が見えてきたのは、大平台から八百メートルほど、大沢橋を越えたあたりであった。

声援の中、自分にしか見えない一本の線、その先を見据えて、弾は無心で手と脚を動かし続けている。

そして、ついに武藤を捕えたのは、宮の下の交差点にさしかかる地点だ。

歓声が沸き上がり、粉雪の中へと吸い込まれていった。

武藤の前に出ていく。

富士屋ホテル前、眼前に現れた難所の急坂を、弾は駆け上がる。見据えているのは、自分にしか見えない一本の線だけだ。

「ナイスラン！　輝いてるぞ、弾！」

ぴったりと後ろについた運営管理車の甲斐から声をかけられたのは、十キロの看板にさしかかったときだ。

「何も考えなくていい。無心で走れ！」

蛇骨橋《じゃこつばし》の急カーブを右へまがると、まもなくコースの中間地点だ。

前方に茄子紺《なすこん》のユニフォームが見えた。順天堂の佐伯綾馬《さえきりょうま》だ。

その姿はすぐに踏切の方へ見えなくなり、再び、弾の視界に白い線が出現した。淡々とその線上を走るとき、弾の心は不思議な静謐《せいひつ》に満たされた。

行ける。

弾にはその確かな手応えがあった。

3

九十九折《つづらお》りのコースを走りながら高度を上げてきた運営管理車が宮ノ下にさしかかったとき、どこからともなく硫黄の匂いが漂ってきた。

古くから観光で賑わったこの宮ノ下温泉のシンボルはなんといっても古式ゆかしき富士屋ホテルだが、その前面道路あたりが区間中もっとも急といわれる坂道になる。

大平台で國學院を抜き去り、宮の下の交差点ではついに筑波に追いつき、その富士屋ホテル前で引き離しにかかった弾の走りに、沿道から一段と大きな歓声が沸き起こった。

「順天堂まで約四十秒です」

十キロでの声掛けポイントを過ぎたとき、計図は声を弾ませて助手席に報告した。

甲斐がうなずいて間もなく、手元のモバイルが映している中継に変化が起きた。

「ついに東西大学の芥屋信登が、前を行く関東大学、宮藤道大を射程に収めました」

三号車からの実況と同時に映し出された映像では、コバルトブルーの東西大学のユニフォームが、関東大のベンガラのユニフォームにほぼ重なろうかというところであった。もう少しで、小涌園《こわきえん》に差しかかるところだ。

「さすが、芥屋だ」

その端正な走りに感心しながら、計図は誰にともなくいった。選手層の厚い東西大学で、一年生から二年連続で五区を任されている実力は本物だ。

芥屋が、すっとセンターライン側に出た。

かと思うとあっという間に宮藤の前に出て行く。なんという軽さであろうか。このスピードの緩急には相当の脚力を要するはずなのに、いとも簡単にやってのける。しかも自然に。まるで居合い抜きの技でも見せられているかのようだ。

「……やっぱり東西が来たか」

計図は思わずつぶやいた。

トップを走る青山学院の小山捷平との差は約三十秒。小山も学生陸上競技界で指折りのランナーに違いないが、なにしろ芥屋はこの悪天候もどこ吹く風のペースで走っている。

東西大は一区でのつまずきものかは、二区を走ったエース青木、三区の〝笑わない男〟黒井雷太、四区の柳一矢と、それぞれが絶好調とは言い難いまでも崩れることなく、確実に順位を上げてきた。

その堅実なレース運びが、この五区の芥屋の快走を生む起爆剤になったともいえるだろう。

計図は、ふと顔を上げて甲斐の横顔を見つめた。

甲斐は、フロントガラス越しに弾へ冷静な視線を向けている。果たしてその目にこの戦況はどう映っているのか。

弾の走りは、なんというか——ゾーンに入っていた。

降りしきる粉雪が視界を白く染め上げる中、さらに次のターゲットとの間合いを詰めようとしている。

茄子紺のユニフォーム、順天堂の佐伯綾馬であった。

4

「そっちはどうだ。大丈夫か」

徳重の電話の相手は、芦之湯に詰めているテクニカル・ディレクターの神谷《かみや》だ。入社五年目の中堅。登山部出身だけあって山の天気は見慣れている。

小田原中継所から十六キロ付近、芦之湯の定点カメラの標高は八百四十九メートルだ。ちなみに、箱根の最高標高地点はそこから五百メートルほど先で、そこから往路フィニッシュまでの四・三キロは一転して下りになる。

　フィニッシュ地点の芦ノ湖の標高は箱根関所南の交差点で七百二十八メートル。最高地点からの落差は百四十六メートルにも及ぶ。

「ちょっと雪がひどくなってきましたが、積もってはいないのでこの程度なら行けると思います」

「状況、変わったら教えてくれ」

　電話を切った徳重は、中継されている映像を見上げた。

　先ほど小涌園の手前で、東西大の芥屋が関東大の宮藤を抜いたのは、前半のハイライトのひとつだろう。

　正月の風物詩ともいえる、小涌園前の沿道で応援するひとたちがいま画面に映し出されたところだ。

　菜月は、ヘリからの空撮を挟んで移動する三号車のカメラ、そして定点カメラの映像を、テンポよく切り替えていく。見事なスイッチングであった。

　駒澤、早稲田、東洋、中央――。小涌園の定点カメラが、小涌園前にさしかかる選手たちを次々に捉えていく。伝統校がひしめく四位グループの登場に、声援が一層大きく膨らんでいき、続いて順天堂の佐伯が現れた。

　茄子紺のユニフォームが小涌園前のカーブを曲がってくる。その映像を見ていた徳重は、そのとき思わず身を乗り出した。

奥に小さく、あの男の姿が見えたからであった。

学生連合チームの倉科弾だ。

佐伯が消えていった画面に、まるで真夏から抜け出してきたような色黒の小兵が現れた。軽いフォームでカーブを曲がっていく。声援と小旗の応援を受け、この悪天候などものともせず、コンパスで描いたように正確なコース取りだ。

そのブレないフォームを見て、徳重は密かに身構えた。

ちょうど中継画面に、小涌園前通過時の個人順位が表示されたところである。

一位は東西の芥屋。三十六分五十七秒。

そして二位は――。

「倉科弾……」

徳重の腋《わき》に、冷たいものが流れた。何かが起きようとしている。

「学生連合、上出来じゃないか」

背後から声がかかった。声の主は振り返らなくてもわかる。黒石だ。「つまらねえなあ」

「あのな。これはバラエティ番組じゃねえんだよ」

また来たのかとばかり、北村がむっとした声を出した。「現在進行形の真剣勝負だ。誰が勝てばおもしろいとか、そういう問題じゃない」

「タテマエはいいよ、北村」

近くの椅子を引っ張ってきて、黒石はそこにゆっくりと腰掛けた。どうやらまた居座るつもりらしい。

「みんな学生連合が見たいわけじゃないんだから。――なあ？」

最後のひと言は徳重に向けられたようだが、徳重は黙っていた。大衆迎合に堕した黒石に意見したところで、この番組が目指すスポーツ中継の高邁《こうまい》な理想はわかるまい。

首位を行く青山学院といまや二位にまで浮上してきた東西大学の差は、二十秒もない。上りである。東西大の芥屋との距離は、百メートル弱だろうか。

トップを走る青山学院の小山を映す一号車の映像には、その背後にじわじわと間合いを詰めてきた芥屋の姿がすでに捉えられていた。

往路最大の山場が、いましも訪れようとしているのだ。

小山がちらりと背後を振り返った。

箱根の曲がりくねった上り坂で、振り返って遥か後方まで見通せる場所はほとんどないといってもいいが、実はいま小山が振り返った地点が、まさにその例外だった。小涌園前のカーブを左に曲がった後、岡田美術館前のほぼストレートである。ここでなら、背後を遠くまで見通せることを小山は知っているのだろう。まだ冷静さを失っていない。

ここはだらだらの上り坂だが、利点もある。

北風を背負って走れることだ。その証拠に、小山を映す画面の中では、背後からカメラに向かって雪が吹き付けている。

「小山くんがペースを上げましたね」

一号車解説の相沢は、その変化を見逃さなかった。後続に〝ニュー山の神〟芥屋が迫っているのを見てとり、一段とギアを上げた小山が毅然《きぜん》としたスパートを仕掛けたのだ。

「小山くんは、芥屋くんに対して、ものすごいライバル意識を燃やしてますからね」

相沢が煽《あお》った。小山自身が公言していることではあるが、東西大学OBでもある相沢がいうと響きが違う。芥屋が昨年一年生で五区の区間賞を獲得し、〝ニュー山の神〟の称号を得たとき、もっとも悔しがったのは小山だった。小山には一年生のときから連続して青山学院の五区を任されたプライドもある。目標だった区間賞を、二学年下の芥屋に攫《さら》われたことが許せなかったのだ。

「いよいよおもしろくなってきたぞ」

一号車のカメラが映す小山の険しい形相を見て、北村が誰にともなくつぶやく。

最高標高地点の芦之湯まで小山の位置から約四キロ。そこを境として、往路フィニッシュ地点の芦ノ湖までは同じく約四キロの下り坂が待っている。

上って下る——。その八キロは、まさにプライドを賭《と》した激突になるだろう。勝負が縺《もつ》れれば縺れるほど、視聴者はこのレースから目が離せなくなる。

「五秒後、鷹ノ巣山林道ください」

小涌園前で見事な画面切り替えを見せた菜月が、遠望する定点カメラに指示を出した。

すぐに、雪が舞いうっすらと白く雪化粧した箱根の山々が映し出された。この極寒の箱根路で、近年にない熱き戦いが繰り広げられているのである。

タイムキーパーが、一位青山学院と二位東西大、そして関東大のタイム差を報告している。

CMが、入った。

途切れることのない緊張感の中で、順位変更に目を光らせ、最適なカメラワーク、場面の切り替え、実況、そしてCMもしっかり――。スポンサーなしにはこの番組は成り立たず、ある意味スポンサーも一緒に箱根路を走っている。どれひとつ欠けても、この舞台は成立しない。

そのことを徳重も、そして目の前で勇猛果敢なカメラ・スイッチングを見せている菜月も、全スタッフが胸に刻んで臨んでいる。

再び、CMから首位争いに画面が戻ってきた。

トップを走る青山学院の小山が、十五キロの湯坂路《ゆさかみち》入口バス停前を通過し、S字のカーブを抜けていく。そこから先が芦之湯。勝敗の行方は、残り四キロの走りに託された。

5

大声援を受けながら小涌園前の大きなカーブを駆け抜け、岡田美術館前のほぼストレートの上り坂に差し掛かった。

弾はいま、はっきりと前方を行く順天堂大の佐伯の背中を捉えていた。背後から吹き付けてくる粉雪が滑るように両脇を抜け、風が背中を押してくる。

その差は、じわじわと縮まり、坂道の先にある旧恵明学園にさしかかる頃に、佐伯の背中はわずか数メートルに迫っていた。

風が鳴り、佐伯の靴音をかき消している。弾は前に出ていった。自分の意思というより、何かに導かれ、体が勝手に動いていくかのようだ。

佐伯と併走していた時間はわずか数秒だっただろう。気づいたとき、弾は佐伯の前に出ていた。背後から真横に降るような粉雪が、上りの斜面を滑っていく。弾だけに見える白い線が引かれた路面は濡れ、鈍色《にびいろ》に沈み、道路の両側にひしめく応援客たちの姿までモノクロームの世界に押し込まれてしまったかのようだ。

標高が上がり、周囲の空気がきんと冷えてきたのがわかる。

目印のひとつにしていた湯坂路入口バス停前で、ようやく弾はランニング・ウォッチを確認し、自分がほぼ計画通りに走っていることに満足した。いや、この悪天候を考えれば、上々の部類だろう。ここは十五キロ地点。この後しばらくすると上り坂が終わり、いよいよ芦ノ湖に向けての下りになる。

そのとき、

「中央の中西《なかにし》くんまで二十秒だ。弾」

背後の運営管理車から甲斐の声が届いた。上りを勘案すれば、距離にして百メートルといったところか。淡々として冷静な口調が、心地よい。まるで寮のラウンジで気軽に声をかけられているかのように聞こえる。

「いいペースで走れてるぞ。ガンガン行こうか。応援、気持ちいいなあ。沿道の皆さん、ありがとう。いいとこ見せような、弾」

選手への指示で目一杯のはずなのに、甲斐は沿道の人たちにまでメッセージを送っている。選手がどれほどテンパっていても、甲斐はいつも冷静に戦況を見つめて的確な指示を出してくれる。それがいかに心強いことか。

芦之湯の給水ポイントに差し掛かった。

ボトルを両手にもって駆け寄ってきたのは、弾の所属する山王大学陸上競技部のキャプテン、久保山孝博《くぼやまたかひろ》だ。本選出場の夢破れたまま卒業していく久保山は、何かいう前から涙を流していた。赤いテープの方のボトルを受け取って喉に流し込む。

「弾！　弾！　すごい走りだぞ。ありがとう。ありがとな」

やたら人のいいばかりのキャプテンだった。自分の練習を後回しにしてまで後輩の相談に乗ってくれる優しい男。その男が顔を涙でぐしゃぐしゃにしながら併走している。その数十メートルが、この久保山にとって唯一で、最後の本選なのだ。

弾の胸の中を一気に熱いものがこみ上げ、

「行きます」

そうひと言だけ告げ、前を向いた。

「ゴー、弾！　ゴー！」

周りの声援を吹き飛ばすほどの、恥も外聞もない涙混じりの大エールが、背中を押してくれる。

まもなく十六・五キロ。そこから先は、勝負の下り坂だ。

そのとき、ラウンジはしんと静まり返った。

給水ボトルが差し出され、受け取るまでの、たった何秒間かのドラマに、全員が言葉を失い、瞬《まばた》きすら忘れて見入っている。

その一部始終を、芦之湯の定点カメラが撮っていたのだ。

隼斗の隣では、圭介が口元を手で押さえて涙を流していた。晴はぐっと唇を引き絞り、浩太は怖ろしいくらい真剣な眼差しをテレビ画面に向けて押し黙っている。

「ガンバレ！」

突如《とつじょ》、大声を上げたのはマネージャーの兵吾《へいご》であった。一区で天馬の付き添いをし、その後、一区から二区へとタスキが無事つながったのを見届け、この東邦経済大学の寮に駆けつけてきたところだ。

「いいぞ！」

誰かがいって拍手した。何人かが立ち上がって、ラウンジに拍手が鳴り響く。もちろん、その拍手を送る先は、山王大学のキャプテン、久保山だ。

「お疲れ様！」

誰かがいい、ますます拍手が大きくなった。

「弾、頼むぞ」

場面が一号車に替わっても、そんな声援が飛ぶ。

だが、その場面転換した中継の中で、もうひとつの——いや、この箱根駅伝本選にとってはもっと重大な変化が起きようとしていると知ったとき、その場は一転して深く静まり返ったのである。

一号車が映しているのは、ふたりのランナーだった。

ひとりは、四区で首位に立ってからその位置をキープしてきた青山学院大学の、小山捷平。

もうひとりは、その小山を猛追し、ついに射程に捉えた〝ニュー山の神〟東西大学の芥屋信登であった。

四年生と二年生の対決でもある。

プライドの激突。

往路優勝を賭けた真剣勝負であった。

ふたりはすでに最高標高地点を通過し、五区の下り坂を走っていた。右手に精進池《しょうじんがいけ》がある辺りだろう。精進池は険しい峠のふもとにあって、硫黄泉が流れ込み魚も住めない。あたりには石仏が点在し、まさにあの世とこの世の分かれ道、仏教でいう六道《ろくどう》への分岐点と信じられてきたその池が、本選を戦うふたりのランナーを天と地に分けようとしているのである。

芦ノ湖のフィニッシュ地点まで、あと四キロを切っている。下りの緩い坂道で、青山学院の小山がなんとか芥屋を引き離そうとスパートをかけたところだ。

険しい形相、必死の走りの小山に対して、芥屋の表情はまったく変わらず淡々としていた。

そして、ピッチを上げた小山の走りに後れることなくついていく。

激しいつばぜり合いが始まった。

どちらかが前に出れば抜き返す。息詰まる攻防は、一キロほども続いただろうか。

あっ、という声がラウンジのあちこちから上がったとき、芥屋が鋭い出足で小山の前に出た。一瞬の隙を突くようなスパートだ。センターライン側から一気に引き離しにかかる。

小山も負けじとついていこうとするが、その差はみるみる開いていった。

「速いな」

浩太が唖然《あぜん》とした顔でいった。「どんだけ余裕があるんだよ。すごいランナーだな」

悪天候の中、八百六十四メートルの標高差を上りきり、一転して下る難コースをいとも簡単に攻略している。

「たぶん、芥屋はこのまま行くな」

誰かがいったが、それに反対意見を述べる者はいなかった。東西大学の往路優勝を確信した瞬間だ。そのとき、

「三号車です——」

中継が切り替わった。

画面に映し出されたのは、白いユニフォームに赤いタスキ、中央大学の選手だった。ラウンジが沸いたのは、そのすぐ後ろに、弾の姿が見えたからである。

東西大や青山学院に少し遅れ、精進池を過ぎた下り坂である。

「関東学生連合、山王大学の倉科弾が、中央大学の中西大雅《たいが》に追いつき、これから前に出よう

というところです！」

バイクからの実況が終わらないうちに弾が中西に並んだ。

「さきほどの給水ポイントでは、山王大学の四年生でキャプテン、久保山孝博から涙の給水を受けました、倉科弾です」

落ち着いた声が、バイクアナから実況を継いだ。センターアナの辛島だ。「その久保山について倉科は、本当に面倒見のいい素晴らしいキャプテンです。そう語ってくれました。予選会を突破できなかったとき、泣きじゃくる部員ひとりひとりに久保山は声をかけ、励ましてくれたそうです。自分がこの五区で精一杯の走りを見せ、そんな優しい先輩のために、何かひとつでもいい思い出を作ってあげたい。そう倉科は語っていました。さあ前に出て行く――」

ラウンジに、〝弾コール〟が起きた。そのコールに隼斗も加わる。この応援が、箱根をひた走る弾に届けといわんばかりに。

「関東学生連合の倉科、いま中央大学中西を抜きました！　夢の舞台だと語っていた箱根駅伝で、チームメイトに捧《ささ》げる快走です」

辛島の実況に大歓声が重なり、隼斗は、かっと胸の中が熱くなるのを感じた。気分が高揚し、思わず拳を握り締める。

――ここまでやれるんだ、俺たち。

弾の激走が、学生連合チーム全員の背中を押してくれている。

テレビ画面に現れた順位表で、またひとつ学生連合の名前が繰り上がった。オープン参加を示す「ＯＰ」の文字は、六位東洋と七位中央の間に挟まれている。

実質、七位だ。

四区星也の失速で十三位でタスキを受けた弾が、六人抜きの快走を見せたのだ。

「行けるかも」

そんなひと言をつぶやいたのは、圭介だった。誰にともなく口にした言葉だが、その視線はふいにテレビから隼斗に向けられ、

「俺たち、行けますよ」

今度ははっきりとした口調になった。

「弾、このまま行け！　行ってくれ」

ガッツポーズをしたままの浩太が拳を握り締めている。

「もっと詰めろ！」

晴が叫んだ。トップとのタイム差のことだ。往路で少しでも詰めておけば、明日が楽になる。

いまテレビを見つめる誰の目にも、本選三位以上という目標がはっきりと見えているに違いない。

今日のスタート前、頭では理解していたはずだが、その目標にどれほどのリアリティがあるのか、誰もが計りかねていた。

だが、実質七位という順位をつかみとった今、その目標は実体のあるものとして、誰の胸にも浮かび上がったはずである。

甲斐の方針は間違っていなかった。

いまそのことを、おそらくは誰よりも強く隼斗は意識した。

6

不思議な感覚に弾は包まれていた。

ちょうど精進池の脇を通り、中央大学の中西の背についたときだ。

ここまで小田原中継所から十七キロ。体は疲れ切っているはずなのに、弾の心を支配しているのは、静謐《せいひつ》に満たされた充足感であった。

脚が前に出て行く。気持ちよく、伸びやかに、沿道の喝采を浴びながら。

中西の横に並んだところで、さざ波のように押し寄せる愉悦を、弾は味わった。

前に出て行く。前に。そしてまた――前に。

中西はついて来られないだろう。

芦ノ湖の街並みが近づいてきた。緩いカーブにある大芝の信号を通過したとき、弾の視界に鉄紺《てっこん》のユニフォームが入ってきた。東洋大学の、森悠真《もりゆうま》だ。東洋の五区を三年連続でまかされている三年生である。

その森との距離が思いがけず近いことに、弾はかすかな驚きを禁じ得なかった。

忘我の境地から目覚め、ふいに現実を見せられたような気分だ。

斜めに降りしきる雪の中、懸命に走っている森のフォームは、この悪天候のせいか左右に揺れていた。相当疲れているに違いない。

「抜けるぞ！」

沿道から声が掛かり、弾の前に再び、走るべき白い線が浮き上がった。神が導くロードだ。それは大鳥居をくぐり、旧街道杉並木を貫いてその向こうの街並みへと一直線に続いている。

フィニッシュまで、約一キロ。

箱根には神がいる。その神の懐に抱かれ、弾はひたすら走り続けている。

箱根関所跡が右手に現れ、次第に、鉄紺のユニフォームが近づいてきた。

抜けるだろうか。

いや、抜けるかどうかの話ではないのかも知れない。

いま弾が欲しているのは、この高揚感の中にできるだけ長く身を浸していたいという一事だけだ。決して叶わぬ夢だろうが、願わくはこのまま永遠に走り続けていたい。しかし、その願いは間もなく、芦ノ湖のフィニッシュによって終焉を迎える運命にある。

箱根関所南の信号が現れ、それが合図であったかのように目の前に伸びていた一本の白い線がすっと消えた。神のナビゲーションはそこで終わり、その信号を右へ曲がった弾は、最後の直線を全力で駆けた。


カメラが切り替わり、往路フィニッシュ地点の様子が映ると、それまでの熱狂の残滓《ざんし》のようなものが、ラウンジに立ちこめるのがわかった。

どんな戦いにも終わりはやってくる。

一号車の映す芥屋が最後の角を曲がると画面が切り替わり、ラスト数十メートルを全力で駆け抜けるその姿が映し出された。

「やっぱ、東西はすげえな」

その様子を見ながら、ラウンジのあちこちからそんな感想が洩《も》れてくる。

芥屋から後れること十五秒ほど。悔しさに表情を歪《ゆが》めながらフィニッシュしたのは青山学院の小山だ。

「弾、早く来い！」

誰かが叫んだ。

三位で現れたのは、関東大学の宮藤。その後、駒澤、早稲田——。

「次かな？」

晴の声に迷いが混じったのは、この少し前に、弾の前方を東洋の森が走る映像が流れていたからだ。そのとき、

——六番目に現れたのは、なんと関東学生連合、山王大学の倉科弾です。

アナウンサーの実況に、ラウンジは騒然となった。

——フィニッシュ直前、関東学生連合の倉科が東洋大学、森をかわし、そのままフィニッシュに向かって最後の力を振り絞っています！

「弾！」

「走れ！」

「来い！」

口々に声がかかる。無心に手を叩くものもいる。その弾の背後に、東洋の森の姿が見えている。弾を抜き返そうと必死だ。

「行け！」

隼斗も叫んだ。「行け、弾！」

東洋大の追走をかわし、弾がフィニッシュした瞬間、歓声とともに拍手が湧き上がった。

「よくやった！」

「すげえ」

「ありがとう！」

「お疲れ！」

そんな声が次々と上がる。

「弾、ナイスラン！」

隼斗も声を張り上げた。興奮が胸を浸し、経験したことがないほど気持ちが高ぶっている。

その興奮状態は、しばらく収まりそうになかった。

誰も学生連合がここまでやるとは思っていなかっただろう。

だが、驚くのはまだ早い。

勝負は半分が終わったばかりである。

本当の戦いはこれからだ。明日の復路こそ、学生連合チームの真価が問われる。
――勝負だ。
ラウンジの喧噪の中、隼斗は静かな闘志を燃やした。

第五章　ハーフタイム

1

その部屋の窓から見える横須賀《よこすか》港の光景は荒々しく波立ち、見ているだけで凍えそうなほど寒々としていた。

部屋のテレビが芦ノ湖のフィニッシュ地点に駆けてくる各チームのランナーたちを映すのを、諸矢《もろや》はベッドの背を立て、じっと見つめている。

九位の選手が飛び込んできたとき、

「ああ、十分経っちゃった。なんかドキドキするのよねぇ」

傍らの椅子にいる妻の梢子《しょうこ》はいい、諸矢の問うような視線にこたえた。「だってさ、トップがフィニッシュしてから十分を過ぎちゃうと復路は一斉スタートになるでしょう。この子たち、明日はタスキつながるのかなって、心配になっちゃうのよ」

復路の各中継所では、首位のチームが到着して二十分が過ぎると、以後のチームはタスキをつなぐことができずに繰り上げスタートになる。箱根駅伝の見どころのひとつだ。

「だけど、いいレースだったわよね」

梢子にいわれ、諸矢は微かにうなずいたようだった。テレビに向けられていた視線が逸《そ》れ、窓の外の光景に転じたかと思うと、

「あいつらを走らせてやりたかったな」

嗄《しわが》れた声が口元からこぼれ出た。明誠学院大学《めいせいがくいん》陸上競技部の選手たちのことをいっているのだろう。

「残念だったわよね」

梢子はいって、皮をむいたミカンを諸矢に差し出した。「でも、選手たちもあなたも、精一杯やったじゃない」

返事はない。諸矢には、様々な感情と記憶が同居しているように見える。箱根駅伝本選への思い、教え子たちを導いてやれなかった後悔。そして陸上競技部監督として経験した様々な出来事、栄光と挫折を味わった数々の瞬間――。

窓の外に向けた視線を戻すと、諸矢は、

「すまんが、そこの新聞と老眼鏡、取ってくれるか」

ソファの上にあった新聞は、この日のものではない。昨年十二月のスポーツ紙で、一頁だけ折り畳んでとってあるものだ。

箱根駅伝本選について詳報した『デイリー・タイムズ』の関連ページだ。何度も読み直されたらしいのは、紙面の皺《しわ》が物語っている。

老眼鏡をかけ、諸矢がじっと見つめたのは各区間走者のエントリーリストだ。

もっともそれは、昨年十二月二十九日に締め切られ、関東学連に提出されたもので、この日実際に走った走者とはズレがある。何人もの選手が当日のメンバー変更で入れ替えられるからだ。明日の復路もそうなるだろう。

諸矢があまりに真剣な顔でそれを見ているので、

「何か気になることでもあるの」

心配して梢子がきいた。

「いや、甲斐がどう戦うのかと思ってな」

諸矢の返事があって、梢子はきょとんとした。

「どういうこと？」

「お前も知ってるかもしれないが、あいつのことをあれこれいう連中がいてな。外部だけじゃない。明誠学院のＯＢたちにもいる。そうなることは、あらかた想像はしていたが」

「でも甲斐くん、立派にやってるじゃない。連合チームなのに往路六位って、すごいと思うよ。正直なところ、ここまでやれると思ってなかった」

梢子は諸矢の教え子たちのことは大抵知っている。だから、甲斐のことも「くん」付けだ。

妻の言葉に諸矢はうなずきつつも、表情は真剣そのものだ。

「甲斐にとってこの舞台はまさに、自分を周囲に認めさせるための真剣勝負の場だ。俺がどれだけ甲斐の優秀さを主張したところで、そんなものには意味がない。いまの甲斐に必要なのは、周囲を黙らせるだけの実績だ」

「そのために、連合チームの監督を甲斐くんに譲ったの？」

諸矢はこたえようとして、ふいに押し黙った。瞳を閉じ、体のどこかから噴き出したらしい痛みをやり過ごすかのようにじっと瞑目《めいもく》している。

「大丈夫？」

応《こた》えの代わり、諸矢は右手を上げて誰かを呼びに行こうとする妻を押しとどめた。どれだけそうしていたか、

「俺にとって、箱根駅伝は、人生そのもの、だった」

切れ切れの言葉が、諸矢の口からこぼれ出てくる。「三十八年間、選手たちと一緒に、戦ってきた。だが、勝者はつねに一握りで、多くの者は敗者だ。だけどな、敗者にだって人生はあるし、敗者だからこそ得るものもあるんだよ。敗者は負けを認めることで勝者になる。俺はいったい、どれだけ多くのことを、箱根駅伝から教えてもらったんだろう。俺は本当に——幸せだったな」

諸矢は、目を閉じたままそこで言葉を切り、静かになった。

妻は青ざめた諸矢の顔をしばらく見つめていたが、そっと涙ぐむと、諸矢の老眼鏡を静かに外し、胸の上の新聞をとってソファの上に戻した。

2

「選手たちはみんなきっちり自分の仕事をしてくれました」

口調とは裏腹、往路優勝インタヴューでの平川に笑みはなかった。

昨年総合優勝の青山学院をかわしてのフィニッシュは、平川のプラン通りだったはずだ。その五区を走った芥屋信登は区間賞。この悪天候でも、区間新に迫ろうかという快走で、平川もさぞかし溜飲を下げただろうと思いきや、浮かべているのは厳しい表情だ。

「明日の復路は、どんなレースになりそうですか」

インタヴュアーの質問に、

「ガンガン行きますよ」

平川は眼光するどく、どこか一点を見据えながらこたえた。「ウチは一万メートル二十八分台のランナーばっかりですからね。期待してください」

そのセリフがまるで、平川自身に言い聞かせているかのように聞こえたのは、徳重の気のせいだろうか。その後、何人かの上位チームの監督や選手へのインタヴューが続いたものの、その中に学生連合チームの甲斐監督は含まれてはいなかった。

――蚊帳《かや》の外、か……。

徳重は考える。果たしてこれでよかったか。実際には、もっと注目すべきランナーがいたはずなのに。

学生連合チームの倉科弾が、それだ。

たしかに倉科の記録は、参考記録にしかならない。

しかしそれは、区間賞の芥屋の記録にあと五秒と迫る好記録であった。小さな体が、何かに導かれるように淡々と箱根路を駆け上がる様は、選手を抜き去るたび画面に映し出された。

その倉科について、通り一遍のデータは無くはない。だが、他の選手たちと比べると、その情報が薄かったことは否《いな》めなかった。芥屋の陰に隠れたとはいえ、七人抜きの快走には相応の実況があってしかるべきだが、実際にそれをやったのは放送センターの辛島だった。

辛島が紹介した給水係、キャプテン久保山《くぼやま》のエピソードは、事前資料のどこにも書かれていない、徳重も初めて聞く話だった。どこで仕入れたかは知らないが、辛島は倉科の人となりを語って視聴者を惹き付け、うまく凌《しの》いだのだ。

「学生連合、やけに頑張ってるじゃないか」

最終的な往路の順位が表示された画面を見て、北村がいった。「実質、六位だ。記録にならんとは勿体《もったい》ないな」

画面で整理された往路の順位表では、五位の早稲田と六位の東洋に挟まれている。表示はOP。これまでの箱根駅伝なら、最下位近くにいてもおかしくないチームが上位にいることに、いよいよ徳重は、落ち着かないものを感じた。

万が一、学生連合が復路でも注目の走りを見せたとき、それに応える中継ができるだろうか――。

無論、ありきたりの実況はできるだろう。カメラワークも問題ない。だが、やはりそこには「弱さ」がある気がするのだ。

本来ならもっと深掘りできたはずのものが、表面的なもので終わってしまうのではないか。

そんな懸念を徳重は抱いたが、いまさらどうすることもできない。

徳重の不安を余所《よそ》に、番組のエンディング・ロールが流れ出した。

辛島が明日の復路の放送について告知し、初日の番組はついに終了のときを迎えたのである。

十三時五十五分であった。

「お疲れ。ナイス・テイク。ナイス・ディレクション」

菜月に声をかけると、疲れた顔が振り返り、

「ありがとうございます」

という言葉とともに、安堵の表情を見せた。その表情に満ち足りたものが浮かんでいる。このまれに見る悪天候、そして激戦の中継を無事に終えたことに菜月自身、手応えを感じているのだろう。

番組が無事に終わり、スタッフ全員が緊張感から解放され、ほっと安堵するこの一瞬が、徳重は何よりも好きであった。

だが、それも一瞬だ。今日の放送が終わった瞬間、頭は明日の復路へと切り替わる。

案の定、放送センターの円堂とゲストスピーカーに挨拶をして戻ると、また真剣な表情になって菜月が箱根のスタッフと電話で話しているところであった。

「雪か」

「ええ」

電話を切った菜月の眉根が寄せられ、「本格的に降るかも知れません。どうします、徳重さ

ん」

小さく舌打ちした徳重は、スマホでピンポイント天気予報を検索し、そこに表示された雪マークを確認して唸《うな》った。

問題は箱根山中だ。雪がひどければ、例年通りの態勢で臨むことは難しいだろう。それどころか、定点カメラだけで中継しなければならない可能性だってある。

「三号車だけ残して、後は下ろすか」

中継車の中で、三号車だけが四輪駆動だ。大型車両の一号車やバイクを、積雪あるいは凍結した道路で走らせれば不測の事態に陥ることもある。それだけは絶対に避けなければならない。

誰にともなくつぶやいたひと言であったが、菜月がはっとした表情を見せた。飛車角抜きで戦うようなものだからだ。

「そもそも開催されるのか。最悪のケースもあるかも知れん」

同じく天気予報を見ていた北村が誰にともなくつぶやいたとき、

「そりゃあ、困るよ」

やり取りを聞いていた黒石が心外そうな色を目に浮かべている。「何がなんでもやってもらわないとな」

「そんなことはわかってんだよ」

北村が不機嫌に言い放った。「こっちは生ものを相手にしてるんだ。仕方ないだろうが」

「仕方ないで済むか。それは番組のリスクだろう」

「何がリスクだ」

北村が言い放ったところで、「まあまあ」、と徳重は間に割って入った。

「天気のことで言い争ってどうするんです。もちろん、我々はベストを尽くしますから」

徳重がそういうと、黒石はふんとひとつ鼻を鳴らして副調整室を出ていった。そのずんぐりした体が見えなくなるまで睨み付けながら北村は小さく舌打ちし、その目をまだつながっている箱根芦ノ湖の定点カメラの映像へ向ける。

番組の終了時よりも雪がひどくなっていた。

「こりゃ、積もるぞ」

北村がぼそりといったとき、副調整室に辛島が入ってきた。そのまま黙ってモニタを見上げると、眉を顰《ひそ》める。

「お疲れ様でした」

その辛島に徳重は小さく頭を下げ、そしてふときいた。「学生連合の倉科のコメント、良かったです。スタッフの誰かが取材してたんですか」

辛島は何かいいたげに徳重を見たが、出てきたのは、

「まあな」

というひと言だ。

「誰ですか。明日、学生連合が注目される走りをしたときのために、取材メモを共有したいんですが」

だが、

「そんなもんねえよ」

辛島はため息まじりに首を横に振り、あらためて徳重と向き合うと、

「おい、徳重。この天気、なんとかしとけよ」

冗談とも本気ともつかないひと言を残して、その場から辞去していく。

「俺はてるてる坊主じゃないんだよ」

天井を仰いだ徳重のもとに、スタッフから天気予報の詳細が届けられたのは間もなくのことだ。

決断のときであった。

菜月と相談し、

「皆さん、聞いてください」

インカムのボタンを押し、徳重はスタッフ全員に語りかけた。「明日にかけて積雪が予想されます。一号車と二号車、バイクは速やかに湯本の箱根町役場に下ろしてください。明日の中継は、三号車と定点カメラ中心で行きます」

最悪の事態にそなえる臨戦態勢だ。返事の代わりに、息苦しいまでの緊張感が伝わってきた。

「もし、走れるようなら朝一番で一号車は箱根に戻ります。ただ、その場合でも凍結が心配なので、バイクはそのまま湯本で待機。明日は絶対に負けられない戦いになるでしょう。復路の箱根を撮り切れるかどうか、皆さんの肩にかかっています」

インカムを切ったとたん、徳重は覚悟した。これは箱根駅伝の放送史上、滅多にない特別な放送になるだろうと。

果たしてこれから天気がどうなるか、天のみぞ知る、だ。

いま徳重に出来ることといえば、

「せいぜい、箱根の神様に祈ることぐらいか……」

小さくつぶやき、深く嘆息するしかなかった。

3

「連合チーム、すばらしいじゃないか。まさか、ここまでとはね」

午後三時から開かれた監督会議が跳ねた後、わざわざやってきて甲斐に声をかけたのは関東大学の監督、名倉仁史《なぐらひとし》であった。

どこか気取った口調は、いかにも〝プロフェッサー〟という渾名《あだな》にぴったりだ。学生時代から面識のある陸上競技界の大先輩だが、話したのは十数年ぶりだろうか。

「選手たちが頑張ってくれました。それだけですよ」

控えめに答えた甲斐の目の底を覗《のぞ》き込んだ名倉の脳裏には様々な思いが浮かんだようだが、出てきたのは、「ご謙遜だな」、という笑い混じりのひと言である。

「明日が楽しみですね。関東さんは、復路、自信があるでしょう」

甲斐の指摘に、名倉はただ唇に笑いを浮かべ、

「ウチは堅実に走るだけだから」

自分に言い聞かせるようなコメントを口にした。「あちらさんたちの作戦は知らないがね」

名倉の視線は、会議室を出て行く人混みの中に向けられている。その視線の先にいるのは、東西大の平川だ。

その平川も名倉を意識しているのだろう。視線に気づくや、おもむろに近づいてきた。

「残念でしたねえ、関東さんは。途中までは、行けると思ったんじゃないですか。坂本が期待外れでしたか」

往路三位に終わった原因は二区で本来の力を出せなかった関東大のエースにあると、平川はいいたいらしい。ずけずけとしたもの言いである。

名倉はおもしろくも無さそうに肩を揺すって笑いを浮かべたが、

「明日は負けないからな」

表情を引き締め、正面から言い放った。

「こちらこそ、負けませんよ」

その態度は、先ほど往路優勝のインタヴューで見せていた厳しい表情とはかけ離れているように、甲斐には思えた。虚勢なのか本音なのかはわからない。

「ウチは思い切り飛ばしていきますから。関東さんも頑張ってついてきてください。いいレースになりますよ、きっと」

ライバル心むき出しの平川は、名倉の横にいる甲斐を一瞥《いちべつ》すると、ふっと目を細めて口調を変えた。

「それと、まぐれは続かないからな、甲斐。〝箱根〟っていうのはそういうところだ」

学生連合チームが六位相当でフィニッシュしたことは、おそらく平川にとっても予想外の健闘だったはずだが、それを認める気はないらしい。

「お手柔らかにお願いします」

甲斐の返事に平川はふんとひとつ鼻を鳴らし、その場から離れていく。

「ああいう男だ」

その背中を見送りながら、名倉が吐き捨てるようにいった。「相手が誰だろうと、闘争心丸出しで挑んでくる。そして――負ける」

断言した名倉の目の奥に燃える闘志を見た気がした。

言葉に出すか出さないかは別にして、こと闘争心という意味では、名倉もまた平川に優るとも劣らない。

「お互い、健闘を祈ろう」

甲斐の肩をぽんとひとつ叩くと、名倉はその場から離れていった。

平川にせよ名倉にせよ、どんなレース・プランを抱えているかはわからない。

しかし、どんなプランを立てていようと、その通りに行くとは限らない。

甲斐は部屋の外に消えたふたりの方を見たまま、平川の言葉を小さく繰り返した。

「箱根っていうのはそういうところだ――か」

会場となっているホテルを出た甲斐は、ますます強く降り始めた雪空を見上げた。

天気予報が正しければ、この雪は明日も断続的に続くはずだ。箱根は雪。小田原から先は、おそらく雨だろう。

悪天候のレースは免れそうにない。

一般道を走る駅伝は、地形や天気に大きく左右され、ある意味自然との戦いになる。

誰にどこを走らせるか——。

監督の判断が、勝敗を分けることもある。

ここ芦ノ湖に来るまで、甲斐にはひとつ決めかねていることがあった。だがいま、その迷いは消え、残されたピースが塡《は》まった。

スマホを出した甲斐は、おそらく首を長くして連絡を待っているだろう相手にかけた。

佐和田晴《さわだはる》だ。

「明日、行くぞ。思う存分、暴れてこい」

第六章　天国と地獄

1

さっき見た東京箱根間往復大学駅伝競走の横断幕は凍てつき、つららがぶら下がっていた。微風。夜半から明け方まで奇跡的に止んでいた雪だが、小一時間ほど前からまた降り出している。

重い雲に覆われた空はどんよりと曇り、スタート地点の喧噪とは対照的に、不穏な気配を漂わせていた。

箱根は雪、小田原から湘南にかけては、雨——。

選手コールが先ほど終わり、歓声を浴びながら、往路トップの東西大学、時任英紀《ときとうひでき》がスタートしていくところだ。

続いて青山学院。関東大、駒澤、早稲田の順に復路のスタート地点から駆け出して行く。

六番目にスタート地点に立っているのは、学生連合チームの六区を任された猪又丈《いのまたじょう》であった。

——いよいよだ。

計図《けいと》は、箱根湯本駅近くにある箱根町役場の食堂で、甲斐とともにテレビ中継を見ているところである。

　復路の六区では例年、管理運営上の問題から、監督たちを乗せた運営管理車は、箱根湯本にある箱根町役場で待機することになっている。

　ここで選手たちが箱根の山を下るのを見守り、下りを終えたあたりでコースに合流、選手のうしろにつくのだ。

「頼むぞ、丈」

　計図は小さくいい、両の拳《こぶし》を握り締めた。

　期待はできる。

　ここに来る前、芦ノ湖スタート地点での丈は、いかにも調子が良さそうだった。上々の仕上がりに加え、昨日の弾の走りに刺激されたのだろう、目の底に、燃えるものが揺らめいていた。

　箱根町役場は、スタート地点からおよそ十八キロ。六区のコースとは早川を挟んだ反対側だ。スタートした先頭の選手が、その辺りまでやってくるのにおよそ五十分。選手たちはそれまで、監督から直接指示を受けることなく、自らの状況判断でひたすら走る孤独な戦いを強いられる。

　審判員の白旗が振られ、丈が猛然と出ていった。

　あっという間にスタートラインからの数十メートルを走り、最初の信号を左へ。カメラが切り替わり、箱根路に向かう丈の姿を捉えた。雪景色の中を、丈の力強い後ろ姿が遠ざかっていく。

除雪した道路だけが黒い帯のように続いて見えた。この日走るランナーにとって、敵はライバルだけではない。体温を奪う氷点下の気温と道路の凍結も要注意だ。体力と気力、そして集中力が試される展開になるだろう。

山を下るイメージが強い六区だが、実は最高標高地点の芦之湯までは約五キロの「上り」である。延々と続く下りに転ずるのは、その先からだ。

中継の画面が替わって、再びスタートの光景が映し出された。

丈に続くのは、東洋、中央、順天堂の選手たちだ。その後、一斉スタートとなった十二校が飛び出すと、テレビに東西大のコバルトブルーのユニフォームが映し出された。トップを行く東西大の六区、時任英紀である。

時任の背後には小さく、青山学院のフレッシュグリーンのユニフォームが揺れ動いていた。そのユニフォームは見ている間にも迫ってきそうで、これから始まる激戦を予感させる。

復路の攻防が始まった。

2

「おっ。青学がすぐ後ろに見えてるやん。おもろい展開やないですか。たまりませんなあ」

副調整室に響いた甲高い声に振り返った徳重は、意外な人物の出現に驚き、思わず腰を上げた。

お笑いタレントの畑山一平《はたけやまいっぺい》である。

その畑山を連れてきたらしい黒石が、にやついた笑いを浮かべながら徳重らのそばまで来た。畑山は以前、徳重が「箱根駅伝」への出演を断ったタレントである。

「どういうことです、黒石さん」徳重が小声で尋ねた。

「どこかの誰かさんが断ったおかげで、畑山くんの時間が空いたらしくてね。折角だからちょっと見てもらおうと思ってな。いいだろ」

最後の問いは、徳重にではなく、スポーツ局長の北村に向けられたものだ。

この日も、北村は放送が始まる二時間前にはこの副調整室にやってきていた。天候への対応が心配になったのだろう。

「どうぞ」

ぶすっとして、北村がこたえた。気に食わないのは顔に出ている。とはいえ、わざわざ黒石が呼んだタムケンプロ所属のお笑いタレントを追い返すのもまた、得策ではない。

「畑山くん、ここに座ってさ、じっくり見てくれよ。次の出番まで時間あるだろう。ずっと居ていいから」

冗談じゃないぞ――そんな徳重の思いとは裏腹、黒石は傍らの椅子をひいて畑山に勧めると、自分も近くの椅子にどっかと腰を下ろした。

「来年から君にもこの番組に関わってもらうかも知れないからさ」

黒石は、冗談とも本気ともつかないことをいった。徳重の前では菜月が背中を向けたまま黙っていたが、時折見えるその表情は、硬く強ばっている。

「駅伝って、好きなんっすよねえ」

緊張感が漂いはじめた副調整室に、畑山の甲高い声はよく響いた。「とくにこの『箱根駅伝』、むっちゃ好きなんですわ」

「それはよかった。畑山くんは高校時代、陸上やってたんだもんな。なにやってたの」

「短距離です。正月早々、こんな特等席で見させてもらえるなんて、もう最高です。ありがとうございます、黒石さん」

黒石が満足そうにうなずき、返事の代わりに右手を挙げてこたえた。

「青山学院の江南拓実《えなみたくみ》が、東西大学との差を詰めてきました」

センタースタジオの辛島の実況とともに、徳重は中継画面に精神を集中させた。

六区のトップを行く東西大と、それを追う青山学院という視聴者が待ち望んでいる熱いデッドヒートが展開されようという場面だ。

いまその首位争いをテイクしているカメラは、メインとなる一号車ではなく、唯一の四輪駆動の中継車である三号車のものである。この日は結局、昨日の放送直後に徳重が指示したように他の中継車両を箱根湯本に下ろしたまま本番を迎えることになったからだ。

こうなると多くの映像を定点カメラに頼るしかないが、それでどこまでカバーできるかはまったくの未知数である。この日の箱根駅伝中継は、番組史上最大の試練を迎えているといっていい。

「東西大学の時任くん、ちょっと疲れてきた印象ですね。体が少し揺れてきましたよ」

円堂の解説が入り、青山学院の逆転が近いことがそれとなく仄《ほの》めかされた。

首位争いのふたりは芦之湯前を通過し、それまでの上りから一転、曲がりくねるコースを下り始めて次第に九・一キロ地点の小涌園《こわきえん》前に近づいている。定点カメラを置く小涌園前には、雪にもかかわらず、この熱戦をひと目みようと大勢の応援客が沿道を埋め尽くしていた。

その雪はいま、箱根の光景を墨絵のように変え、画面の中を無秩序に舞っている。夜半からの整備のおかげでいまのところコース上に積雪はないが、心配なのは凍結だ。

「路面はどうだ」

徳重は、三号車のスタッフに電話をかけて気になる状況を問うた。

「いまのところ大丈夫ですが、この気温だとこれから先はちょっとわかりません」

三号車がテイクしている映像を一瞥《いちべつ》してから、徳重は、前の席にいる菜月に目を向けた。

沿道に配置したスタッフからは刻々と戦況が上がってくるのだが、すべてを映像で追うことはできない。どこでどの映像を伝えるか、難しい取捨選択はチーフ・ディレクターである菜月の手腕にかかっていた。

三号車は先頭争いをテイクし続けるしかない。

それ以外のチームについては、小涌園前、宮ノ下、大平台といった定点カメラに、かろうじて飛んでいるヘリからの映像と、鷹ノ巣山林道、さらに明星ヶ岳からの遠景を組み合わせるしかなさそうだ。やがて、その小涌園前に、先頭のふたりが近づいてきた。

青山学院の江南が、東西大の時任に迫るや併走が始まった。駆け引きは次第に熱を帯びてきたが、時任の劣勢は明らかだ。

往路にタレントを集め、先行逃げ切りを狙った東西大であったが、往路一位とはいえ安全圏と言えるほどのリードを保てなかったのは痛かった。ライバルチームが意気阻喪《いきそそう》するほどのタイム差を狙っていただろう平川監督の思惑は外れ、レースは想定外の展開になろうとしている。

一方、いまのところ後方にいる関東大は堅実な布陣だ。昨年煮え湯を飲まされた教訓を生かし、経験豊富なランナーで固めている。とはいえ、七区にエントリーしていた一年生、巽光司郎《たつみこうじろう》をそのまま起用したのは徳重の予想を裏切る采配だった。予想通りだったのは、八区。二年生相羽肇《あいばはじめ》から三年生の番道匠《ばんどうたくみ》に走者変更したことで、これで終盤の戦いも俄然おもしろくなってきた。同じ八区を走る東西大の八田貴也《はったたかや》と番道は、一年生の頃からお互いに意識し合うライバル同士である。

小涌園前の応援客から大声援が湧き上がった。重く湿った雪を吹き飛ばさんばかりである。いまそれが一段と大きくなったのは、じりっと青山学院の江南が前に出たからであった。東西大の時任がそれについていく形で、画面から消えていく。

続いて関東大、駒澤の二チームが現れ、声援を受けながらカーブを曲がって見えなくなった。

その後に現れたのは――。

「関東学生連合、武蔵野農業《むさしののうぎょう》大学の猪又丈が、前を行く早稲田大学の小菅恭一《こすげきょういち》に迫っています」

小涌園前を担当している梅宮《うめみや》アナの興奮気味の実況が入った。

猪又は大きなカーブを力強いストライドで通り過ぎていく。この調子ならおそらく、次の宮ノ下までの間に小菅を抜くだろうが、その様子を映像で伝えるのはほぼ不可能だ。

唇を噛《か》んだ徳重は、学生連合がこの日エントリー変更した選手がひとりいたことを思い出していた。

この後の七区を走る佐和田晴《さわだはる》だ。

このメンバー変更に果たしてどんな意味があるのか徳重にはわからないが、昨日の成績がフロックでないなら、復路にも甲斐監督の企みが隠されているはずだ。

「なんや、学生連合がえらい勢いですね」

傍らでいった畑山の口調はどこかつまらなそうだ。

「こういう展開、困るんだよなあ」

黒石が迷惑そうな口調で合わせる。「やっぱり、スポーツ中継ってのは、人気のあるチームに勝ってもらわないと」

「いいよな、台本がある番組は」

北村が嫌みで応じた。何事か反論しかけた黒石だが、そのときフロアの奥に目を凝らし、

「畑山くん、向こうにスポンサーの皆さんが来てるんだ」

そう声をかけた。「ちょっと顔出さないかい。皆さん、喜ばれると思うから」

「いいですねえ」

畑山が乗り気でこたえる。

まさか、スポンサーに直接、売り込むつもりか。

いやな予感に徳重が表情を消したとき、

「私も一緒に行こう」

北村が腰を上げた。「大事なスポンサー様だ。勝手なことをされては困るんでな」

小涌園前の定点カメラの映像は、刻々と変化する戦況を伝えている。

上位校は、あらかた徳重の予想した通りだ。

唯一の例外は、学生連合であった。

この後、猪又は、早稲田を抜いて五位に上がるだろう。すると、次に気になるのは、駒澤との差だ。

駒澤の走者、天野大空《あまのそら》のタイムは伸び悩んでいた。このままいくと、猪又が天野をとらえるかも知れない。

「青山学院江南が、東西大学時任を引き離そうとしています」

三号車の映像とともに、首位交代の様子が流れている。

青山学院が地力を発揮し、同時に東西大平川の戦略が明確に狂い始めた瞬間であった。

レースには、魔物が潜んでいる。

震える吐息とともに、徳重は改めてそのことを思った。

波乱の予感がした。

3

青山学院の江南がついに東西大の時任を捕えたとき、平川は怒りの形相でテレビを睨み付けていた。

箱根町役場の食堂である。

スタート時、東西大と二位青山学院との差は十数秒ほどしかなかった。見るからに好調な江南を相手に、九・一キロ地点の小涌園前まで首位を守った時任はむしろよく粘ったといえるかも知れない。ところが、そこで力尽きてしまったのか、並ばれてからの抜かれ方はあまりにあっさりしすぎていた――ように計図には見えた。

そのことに平川監督の怒りは沸点に達しているかのようだが、計図の隣にいる甲斐は、冷静そのものの表情でその展開を受け止めている。

データがあるからだ。

東西大の時任は、競り合いに弱いところがある。いままで三度出た箱根駅伝だけでなく、トラック競技の記録などからもその傾向は明らかであった。一方、ハマったときには手が付けられないほどの成績を収めることもある。ムラのある選手なのだ。

僅差《きんさ》のスタートでは、競り合いになる可能性は高い。平川は、本音では不安定要因のある時任を交代させたかったかも知れない。しかし、〝山下《くだ》り〟という六区の特殊性を考え、そのまま走らせたのだろう。もちろん、ハマることを期待して。だが、いままでのところ、平川の思惑通りにはいかなかったようだ。

あ――と計図が短い声を上げたのは、小涌園前の定点カメラが丈の姿を捉えたからだ。先にカーブを曲がってきたのは、前を行く早稲田大の小菅。丈は、そのすぐ後ろに迫っていた。芦ノ湖を出たとき四十秒ほどあったのに、僅かな差にまで縮まっている。

「いい走りだ」

甲斐が確信のこもった声でいい、テレビカメラが追う丈の後ろ姿を見届けた。

早稲田を抜くのは時間の問題だろう。

「駒澤とのタイム差は」

甲斐は、早稲田のさらに前を走っているチームとの差を問うた。追いつけると思っているのだろう。

「二十秒です」

小涌園前から宮ノ下までの距離は約二・五キロ。そのとき駒澤にどこまで詰め寄っているか。食堂が騒然としはじめた。学生連合だけでなく、首位交代も含めて随所で順位変更が頻発しているからだ。この先、十三・七キロ地点にある大平台のへアピンカーブを通過した順に、運営管理車は湯本大橋に移動して待機することになる。

テレビ画面が、宮ノ下の定点カメラに替わった。

富士屋ホテル前の急坂を、トップを行く青山学院の江南が駆け下りてくる。東西大の時任の姿は画面奥にかろうじて見えるほど。かなりの差が開いていた。

その時任がカメラの前を通過していき、少し遅れて関東大の榊原真樹《さかきばらまさき》が続いた。激しい二位争いが始まろうとしている。

「次だ」

甲斐がつぶやいたとき、おおっ、という声が食堂のどこかであがった。

駒澤大が来るのか。それとも丈の姿が現れるのか。

先に現れたのは、駒澤大の天野大空。だが、そのすぐ背後に武蔵野農業大学のスカイブルーのユニフォームが追っていた。丈だ。

「行けっ」

計図が短く声を出した。

鉄壁のストライドで丈が宮ノ下を通過していく。もはや駒澤とのタイム差はないも同然だ。天野を抜けば、四位に順位を上げることになる。

六区もまだ道半ば。駒澤の前に出るのは確実だろう。そのとき、

「そろそろ、行きますか」

競技運営委員の戸田に声をかけられた。

甲斐とともに駐車場で待機する運営管理車に乗り込み、後部座席でモバイルにテレビ中継を映し出す。首位青山学院が大平台のカーブに差し掛かるところであった。この雪にもかかわらず、青山学院の江南は快調に飛ばしている。

少し遅れて東西大の時任と関東大の榊原がほぼ併走して飛び込んできた。

「次、来い！」

テレビ画面を凝視した計図は、

「よしっ！」

小さく拳を握り締めた。

駒澤大を抑え、スカイブルーのユニフォームを揺らしながら先に現れたのは、丈であった。

抜いたばかりなのか、すぐ後ろに駒澤大の六区走者、天野がぴったりとついている。

激しいデッドヒートが展開されていたらしいのは、ふたりのランナーが発する気迫が物語っていた。

「行け行け、丈」

計図は、震える声でつぶやいた。

抜けば、四位。いよいよチーム目標に――夢に、王手が掛かる重要な瞬間がやってくる。

行ける。

そう思ったとき、
あっ――計図は思わず叫んでいた。

カーブに差し掛かる手前である。着地したと思った丈の脚が、滑るように流れたのだ。まさに、刹那《せつな》の出来事であった。

大柄な丈の体がバランスを崩し、腿《もも》の辺りから激しくアスファルトに叩きつけられたかと思うと、勢い余ってそのまま一メートルほど道路の傾斜を滑っていった。それを避けるようにして、天野が前に出て行く。

「丈――！」

思わず計図は叫び、定点カメラが捉えている丈の姿に目を凝らした。

すぐに、丈は立ち上がった。飛び跳ねるようにして。

天野を追いかけていく。

その後ろ姿を、助手席の甲斐が瞬きもせず凝視している。

「凍結してたのかな」

ドライバーの谷本が気の毒そうに言い、のろのろとクルマを前に出しはじめた。

甲斐が腕時計を一瞥した。

丈と運営管理車との合流地点までまだ四・三キロある。時間にすれば十二分ほどだ。

「何事もなく走ってこい。頼む」

計図はただひたすら祈ることしかできなかった。

4

「あっ、転倒しました！　関東学生連合の猪又、大丈夫でしょうか。腰の辺りを強く打ったように見えましたが……」

大平台の定点カメラが捉えた映像に、辛島もさすがに心配そうだ。

徳重も思わず立ち上がり、快走を続けてきた選手の思いがけないアクシデントの様子を見つめる。

「何でもないといいんですけどねえ」

解説の円堂が声を震わせるほど、派手な転倒であった。体重を支えていた右脚が宙に浮き、大柄な猪又の体がバウンドするほどの勢いで、地面に叩きつけられたのだ。

ところが――猪又はすぐに起き上がり、再び走り出した。何事もなかったかのように。そして、定点カメラの撮影範囲から外れて見えなくなった。

その後の猪又の走りはどうなのか。

移動中継車があれば伝えられるだろうが、あるのは三号車のみで、その三号車は首位を行く青山学院を継続してテイクしている。箱根の道は狭い一車線で、車両の位置取りを変えるのは不可能であった。

主力の一号車やバイクカメラが合流できるのは十八キロ付近で、まだ四キロほど先になる。それまでは〝飛車角抜き〟の戦いだ。

「猪又くん、どこか痛めたかも知れません」

案の定、しばらくすると沿道に配置したスタッフからの一報があった。「顔をしかめて、時々、腰や腿のあたりに手をやってます」

菜月が何事か考えている。

「学生連合、駒澤から離されてきました。どこか痛めた可能性があります」

沿道のスタッフから新たに猪又に関する情報が上がってきたのは、それからしばらくしてからだ。リポートを上げたスタッフがいるのは、転倒のあった大平台から曲がりくねった道を一・五キロほど下った常盤橋《ときわばし》付近である。

「マッさん、バイクカメラ、いまどこですか」

鋭い直感で何かを察したのだろう、菜月が二台あるうちの一台のバイク担当ディレクター、松畑《まつはた》に話しかけた。

——町役場で控えてますよ。

松畑のどこかのんびりした返事がある。

「旭橋《あさひばし》まで行けませんか。学生連合の猪又くんをテイクして欲しいんです。あと六分ちょっとで旭橋あたりまで到達すると思うんです——カナさん、凍結とか大丈夫ですか」

最後のひと言は、函嶺洞門《かんれいどうもん》を担当しているディレクター、飯島佳奈《いいじまかな》への問いだ。

——この辺りの道路の雪は消えてます。ただ、凍結の可能性もなくはないので、アナバイクはやめた方がいいと思います。

はっきりした意見であった。アナウンサーバイクは二輪だが、バイクカメラは、トライクと呼ばれる三輪車だ。

「わかりました。じゃあ、アナバイクは待機。バイクカメラだけ出してください」

——おい、大丈夫か。

徳重は、ひそかに身構えた。アナウンサーを乗せたバイクとカメラバイクは通常ワンセットで動く。それをバラしてしまって、誰が実況するのか。

副調整室のモニタに映し出されたバイクカメラの映像が猛然と動き出した。徳重も知っている、箱根町役場から旭橋に抜ける県道七三二号線沿いの光景だ。

商店や民家、温泉旅館に挟まれた道路である。家々の屋根や山には薄《うっす》らと白いものが混じっているが、路面の雪は溶けていそうだ。本選に使われる国道一号線が交通規制と渋滞で走れないため、早川を隔てた反対側にある裏道を回ろうというのであろう。

弥坂《やさか》で右折し、弥栄橋《やえいばし》を渡って湯場滝《ゆばたき》通りへ。その後、徳重すら、「狭いなあ」と思わず仰《の》け反《ぞ》るほどの小路を駆け抜けた。ますとみ旅館前を過ぎた先の突き当たりが、旭橋のたもとになる。そこでUターンしたバイクカメラがひとりのランナーを捉えたとき、徳重は息を呑んだ。

そこに映っていたのは、腰や腿の辺りをしきりに手で叩き、かばいながら走る猪又丈の、悲壮なまでの姿だったからだ。

箱根の山で降っていた雪は雨に変わっている。

猪又のすぐ後ろに、臙脂《えんじ》のユニフォーム、早稲田大学の小菅がついていた。

抜かれるだろう——。

「マツさん、五秒後行きます」

菜月の指示が飛び、首位青山学院を映していた三号車の映像からスイッチされた。

「おい、実況だいじょうぶか」

徳重は思わず立ち上がった。

菜月からの返事はない。

本来なら、そのバイクカメラの実況は、安原の役目である。だが、その安原はおよそ一キロ先の十八キロ付近で待機中だ。それでは間に合わない。

「宮本――」

徳重がさらに声を掛けたとき、

「辛島さん、お願いします」

菜月から思いがけないひと言が飛び出した。

「おいおい、マジかよ」

――これは無茶振りに近い。

いくら辛島でも、この状況での実況は難しい。ここは安原が乗るアナバイクが動けるところまで待った方が得策ではないか。そのとき、

「関東学生連合の猪又に早稲田の小菅が迫っています」

徳重の不安を、辛島の実況が遮《さえぎ》った。

「猪又、先ほどの転倒が原因で脚を痛めたか。ペースが落ちています。ここには声を掛けてくれる運営管理車はいません。粘れるか、猪又。早稲田の小菅がやってきた。そして――いま、センターライン側から抜いていきます」

5

大平台のカーブを曲がるところまで、丈は絶好調であった。体が軽く、思うように脚が出て行く。

雪の中で交錯し舞い上がる沿道の声援を受けて走る丈には、ひとつの確信があった。

この日の自分が、いままでの陸上競技人生で間違いなく最高の走りをしているということだ。夢の箱根駅伝の舞台で、強豪校相手に堂々と渡り合い、ついに四位という望外のポジションにまで上がってきた。

まだ行ける。

丈は確信を持っていた。

雪を伴った風がカーブを曲がるごとに様々な角度から吹きつけ、丈の視界を白っぽく染め上げている。

だが、体中をアドレナリンが駆け巡る丈にとって、降りしきる雪も、低い気温も、敵ではなかった。そのすべてを蹴散《けち》らし、水を得た魚のようにひたすら坂道を下っていく。大柄な体から繰り出すゆったりとして力強いストライドで、丈は闘志をさらに掻き立て、気分を高揚させていった。

箱根の見どころのひとつ、大平台にさしかかった。

風の音に拍手と歓声が入り混じる中、見晴らしのいいタイトなヘアピンカーブへ、直線を走るような勢いで突っ込んでいく。外側へ振られそうになるのをしっかりと左足で受け止め、体を傾けてコーナーの出口を向いたそのとき――。

丈の視界は、一瞬のうちに回転した。

見据えていたアスファルトの道路が傾き、天と地が逆さまになるほどの勢いで脚が宙に浮く。何が起きたのか考える間もなく、尻の辺りから激しく地面に叩きつけられ、傾斜のある道路を一メートルほども滑っていった。

不思議なことに痛みは感じなかった。いや、感じる余裕すらなかった。

飛び起き、再び走り出したのは無意識の動作である。それまでの多幸感は打ち払われ、周囲の色彩まで変わった気がする。沿道から上がった悲鳴が耳の底で折り重なって響いていた。

一旦跳ね上がった心拍数は、数百メートルも走るうちに次第に落ち着いてきた。凍結した路面ではなく融雪剤を踏んだらしいことは、転倒する瞬間靴底に残ったざらざらした感触で察しが付いた。

体の異変に気づいたのは、そうした冷静さを取り戻した後である。

右の尻から右脚の付け根辺りにかけて、鈍痛が始まっていた。

大したことはないとはじめは思った。ところが、それはまもなく脚を踏み出し、地面を蹴るたびに鋭く、疼《うず》くような痛みに変わっていったのである。

「嘘だろ」

その異変に、丈は信じられない思いであった。カーブで体のバランスを保とうとすると脚の踏ん張りが利かず、外側に吹き飛ばされそうになる。

思うように脚に力が入らなくなっていた。

どれだけ腕を振り、気を逸《そ》らそうとしても、容赦ない痛みは、どんどん丈の内面で大きくなっていく。

ペースが落ち、焦りが膨らんできた。

晴の待つ小田原中継所まで、あと五キロはある。

走りきれるだろうか。

そのとき、駒澤大の天野がペースを上げたのがわかった。転倒したものの、なんとかついていた後ろ姿が次第に遠くなっていく。

常盤橋を越えようとしていた。不安に苛《さいな》まれた丈の耳の奥に、妙に大きく沢の音が響いてくる。雪の降りしきる箱根路で聞く水の音は、自然の厳しさを一層際立たせ、そこで戦う自らの存在をより小さく、無力なものに感じさせた。

さっきまで至福に満ちていたはずのコースは、いまや恐怖と絶望のロードに変わった。天国から地獄へ、一瞬のうちに突き落とされたのだ。

自分の体がコントロールできない。痛みの塊《かたまり》がピンボールのように跳ね回り、体中を駆け巡っている。それは丈の気持ちを打ち砕き、戦う意志さえ奪い取ろうとでもするかのようだ。

くそったれ。

丈は毒づいた。

俺は絶対に諦めない。なんとしてもこのタスキを――つなぐ。

その一事だけを念じ、手と脚を動かし続けた。強い痛みと戦いながら。

余計なことを考えるのをやめ、とにかく前に進むことだけに集中しはじめた。

頭に入っているポイントをクリアしていくことだけを考える。

箱根登山鉄道のガード下。塔之沢《とうのさわ》発電所に続く吊り橋。玉ノ緒《たまのお》橋。千歳《ちとせ》橋。そして函嶺洞門前――。

どこからともなくバイクカメラが現れたのは、旭橋の入り口にさしかかったときであった。

「後ろ、来てるぞ」

沿道から声がかかってまもなく、痛みと闘う丈の右側に、人影が差した。いまや斜めに降りしきる雨のカーテンをこじ開けるようにして、臙脂のユニフォーム、早稲田の小菅が前に出ていく。

抜かれたくない。

丈は奥歯を噛みしめた。食らいつきたい。

だが、脚は――思うように動かなかった。

丈の気持ちを踏みにじるかのように、小菅の背中はどんどん離れていく。

いったい俺は、どれだけ遅いんだよ！

悔しさに焦燥感が入り混じり、丈の精神状態はパニックに陥る寸前の崖っぷちだった。

そのとき――。

「丈。丈」

誰かが名を呼んだ。

甲斐の声だった。運営管理車が合流したのだ。

「落ち着いていこう。落ち着け！　俺たちがついてるぞ。一緒に走ろう」

その言葉が、バランスを崩しかけた丈の感情をかろうじて引き戻した。

一緒に走る――。

そのひと言が、胸に沁《し》みた。

そうだ――俺はひとりじゃない。

「頑張れ。晴が待ってるぞ。お前のタスキを待ってるんだ。顔を上げろ、丈！」

甲斐がまたいった。

――そうだ。待っててください、晴さん。

いまや丈は気力だけで脚を動かし続けている。

どこまで走れるかはわからない。

だけど俺は――。

「絶対に止まらない」

丈は自分に言い聞かせ、前を見据えた。

6

「うわっ。これヤバくないですか」

　スポンサーに挨拶したらさっさと帰るものと思っていた畑山は、副調整室に戻ってくるなり声高に叫んだ。

　バイクカメラの映像の中で、学生連合チームの猪又は右脚の付け根あたりを押さえて走っている。

　小田原中継所まで、あと僅か百メートルというところだ。

　それまでペースを落としながらもなんとか走ってきた猪又だが、ここにきて目に見えてスピードが落ちていた。相当の痛みを我慢して頑張ってきたのだろう。だが、いよいよ力尽きようとしている。その猪又の後ろには、寄り添うように甲斐の乗る運営管理車がついていた。

「おい、大丈夫かよ」

　思わず黒石も心配そうに口にする。

　徳重は菜月の横に立って、猪又の戦いを見据えた。

　同じモニタを見上げている菜月の表情も強ばっている。

　順位とは関係のない映像であった。だが、猪又のみせる気迫は、見る者を離さない迫力に満ち溢れていた。テイクせざるを得ない映像があるとすれば、まさにこれである。それをいま、菜月はそのまま流していた。

「関東学生連合の猪又、心配です。小田原中継所までもう百メートルもありません。それでも必死で走っている」

辛島の実況に、猪又の表情がアップになった。

歯を食いしばり、痛みを堪《こら》えながらも、目を見開いてひたすら前を向いている。がむしゃらに腕を振っている猪又は、半ば右脚を引きずるようにして走っていた。かなりのスローペースだ。止まるかも知れない。そう徳重は危惧した。

その猪又の脇を、後ろから来た東洋大と中央大が抜いていく。

鬼気迫る表情で中継所を目指す猪又は、もはや気力だけで前に進んでいるように見えた。その事態に、副調整室が静まり返っている。

「学生連合って、どうせ記録にならないんでしょう。そんな頑張らんでも――」

畑山がいったとき、

「うるさいっ！」

突如、背後を振り返った菜月が怒鳴《どな》りつけた。

菜月のあまりの剣幕に、はっと息を呑んだ畑山が凍り付き、さすがの黒石も唖然《あぜん》として目を見開いている。

一時四位というところまで上昇した学生連合だが、このアクシデントによってすでに八位にまで順位を落としていた。いや、そもそもタスキがつながるのかというピンチだ。

その一部始終を、バイクカメラがずっとテイクし続けているのである。

モニタを見つめていた菜月が、はっとして徳重を見上げたのはそのときであった。向けられたのは、問うような眼差しだ。菜月の表情に浮かんでいるのが「迷い」であることを、徳重は瞬時に悟った。

——この映像をテレビで流し続けていいのか。

何らかの故障と闘いながら必死に中継所を目指すその姿は、視聴者の興味を引くに違いないだろうが、勝負とは関係がない。果たしてこれがスポーツ中継といえるのか。

それを菜月は疑問に思ったのだ。

「——徳重さん」

ひと言問うた菜月に、徳重もまたしばし迷い、そしてうなずいた。

「いいぞ。これでいい」

口にしたのは、それだけのこたえだ。それで十分であった。しかし——徳重は唇を噛《か》んだ。

この映像を流すだけでいいのか。

「こっちでもらおう」

辛島の声がインカムに入ったのは、そのときである。

「お願いします、辛島さん」

瞬時に菜月が応じると、

「関東学生連合の猪又は、坂道の街、長崎で育ちました」

辛島の実況が始まった。

「自宅は、市内の急坂を上ったところにあって、高校時代は毎日、その坂道を下って、そして上って通学したことで足腰が鍛えられたそうです。自分はトラック競技では大した選手じゃないかも知れない。だけど、箱根の山でなら、絶対良い走りを見せられると思うんです――そう話してくれました」

脚の痛みと闘いながら前に進む猪又に、辛島の実況は静かに語りかけるようだ。

「中学時代はサッカー少年でした。〝内向的な性格だった自分にはチームプレーは向きませんでした。でも走ることは大好きです。だから、個人競技である陸上を始めたんです。そして、高校時代からこの箱根駅伝に出ることを目標にして、毎日頑張ってきました。本選ではいままで自分を応援してくれた両親や監督、武蔵野農業大学や関東学生連合のチームメイトのために全力で走りたいと思います〟――そう語ってくれました、猪又丈。中継所まであと三十メートルです。佐和田晴が待っています。チームメイトが待っている。猪又、頑張れ！」

「辛島、さん……」

徳重は胸を打たれ、そうつぶやくことしかできなかった。いったい、いつの間にこんな丁寧な取材をしたんだろう。おそらくこれは、辛島自身が取材して得た情報に違いない。そう徳重は確信した。ただスタッフの取材メモを読んでいるだけではないリアリティ。そして滾《たぎ》る情熱と選手への愛情――。

徳重の胸に熱いものがこみ上げてきた。

自席に戻った北村が真剣そのものの表情でモニタを睨み付け、黒石と並んで見ている畑山も、神妙な顔で押し黙っている。

頑張れ、猪又！

徳重も心の中で声を上げた。

一歩、また一歩。

その猪又から、七区のランナー佐和田晴へ。

ついにそのタスキが――、
渡った。

「武蔵野農業大学二年生猪又丈から、調布《ちょうふ》大学四年生佐和田晴へ。関東学生連合、魂のタスキがいまつながりました！」

辛島の実況とともに、副調整室にいたスタッフたちから一斉に拍手が湧き起こった。

第七章　才能と尺度

1

「うおおっ！」

雄叫《おたけ》びとともに丈《じょう》は、激しく腕を振り始めた。降りしきる雨に髪を濡らし、目を見開き歯を剝《む》き出す様は、まさに手負いの猪《いのしし》そのものだ。渾身《こんしん》のラストスパートである。

「丈！　丈！　頑張れ！」

大声で丈を鼓舞した晴《はる》は、丈がかけていたタスキを右手に握り締めるのを見ていた。

最後の瞬間、何かにつっかかるようにしてバランスを崩しながらも、丈は、腕をまっすぐに伸ばし、運んできたタスキをしっかりと晴に手渡したのである。

「お願いします！」

言い放ったとたん、丈の顔は痛みで歪《ゆが》み、背後から銃で撃たれたかのようにその場に崩れ落ちていった。

その姿を見届けることなく、晴は飛び出した。

強風が横から吹いている。右手の早川《はやかわ》からだ。かと思うと風は舞い始め、時に背中から、そして前からも吹き始めた。

前方に、中央大の伊勢蒼太《いせそうた》の背中が見えている。

この悪天候に難儀しているらしいことは、そのペースから容易に想像できた。

先ほど、地下にある待機スペースから出てチェックした気温は、一度。だが、風雨にさらされながら高速で走るランナーの体感温度は、確実に氷点下だ。

前を行く伊勢のランニング・シューズは着地するたびに小さな水しぶきを上げ、中央大のアスリートビブスが体に張り付いたようになっている。伊勢に限ったことではない。ほとんどのランナーが、この天候に戸惑い、手を焼いているに違いない。——晴を除いて。

晴にとってこの天候はさして珍しいものではなかった。むしろ、「日常」に近い。

だんだん伊勢の背が近づいてきた。

スタートしたときは二十メートルほどあった差はすでになく、晴はセンターライン側に寄って前に出ようと試みた。

伊勢がペースを上げ、しばらく併走になり、そのまま新幹線の高架をくぐっていく。

競っていた伊勢がジリジリと遅れ始めたのはそれから間もなくのことであった。ふたりの併走は、東海道本線のガードを越えたあたりで終わりを告げ、その後、しばし晴の単独走になった。

小田原の市街地へと向かう道路は雨に濡れ、風が道路脇の商店に掲げられた国旗を翻弄している。雨がユニフォームを肌にまとわりつかせシューズを濡らしているが、晴がそれを意に介ある。


すことはない。

「東洋さんから三十秒だ。行けるぞ。ゴー、晴！」

甲斐からそんな指示が飛んで、計図《けいと》も乗せた運営管理車が伴走するかのようにぴたりと晴の背後に付いた。小田原市内の中心部、小田原市民会館前の三キロポイントを通過するところである。

晴は、青森にある浅虫《あさむし》温泉の出身だ。実家は祖父の代から続く小さな割烹《かっぽう》旅館である。

父は幼い頃に病気で亡くなり、旅館は母がひとりで切り盛りしていた。

歴史はあるものの、いまは往時の活気を失いつつある温泉街で、女手ひとつで旅館を経営していくのは並大抵のことではないはずだ。それでも母は不平ひとつ言わず、朝から晩まで働き続けている。晴や従業員の前では決して疲れた表情は見せず、笑顔を絶やさない。

そんな母の性格を受け継いだのか、子供の頃から、晴は粘り強い質《たち》であった。そして、誰の血を受け継いだのか、生まれつき足が速かった。子供の頃の駆けっこや中学校のマラソン大会では、いつも一等賞。中学でも、そして地元の公立高校に進学しても、晴が選んだのは陸上競技部だった。

とはいえ、最初から箱根駅伝に関心があったわけではなかった。もちろん存在は知ってはいたものの、自分とは関係ないもの――最初はそんなふうに考えていた。正月のテレビで流れているのをぼんやりと観ていた程度である。

ところがあるとき、晴はそのおもしろさに目覚めることになる。きっかけを作ったのは、陸上競技部の監督を兼務する体育教師、谷原郁也《たにはらいくや》であった。谷原はかつて「箱根」を走ったことのあるランナーで、正月二日と三日には、自宅に部員たちを招いて、箱根駅伝を観戦するのを恒例行事にしていたのである。

その谷原の熱い解説に晴は魅せられ、たちまち箱根駅伝のファンになった。

「先生、箱根駅伝って、すごいですね」

復路の総合優勝を見届け、頰を紅潮させた晴に、そのとき谷原はいったのだ。「お前だって、頑張れば出られるぞ」、と。

——えっ、俺が出られる？

それは、青天の霹靂《へきれき》といってもいいひと言であった。

箱根駅伝と自分の存在を結びつけて考えるなど、夢にも思っていなかったからだ。

しかし、もし出られるのなら絶対に出たい——そう晴は強く思った。

大それた目標だったかも知れない。だが、一旦掲げてしまうと、生来の粘り強さを発揮し、陸上競技部での練習以外に、晴は自主練をスタートさせることにした。

浅虫温泉から夏泊《なつどまり》半島方面に向かう往復十キロのコースの走り込みがそれだ。

そして、その練習で晴が得たのは、ランナーとしての実力だけではなかった。あえていえば、自然との向き合い方である。

海岸沿いの自主練コースは、夏の、熟れた陽が沈む、ため息しか出ない美しい光景を見せてくれることもあるが、季節が変わると陸奥《むつ》湾の荒れ狂う自然が猛威を振るい始める。風速十メートルを超える強風が吹き、体を吹き飛ばさんばかりの潮混じりの雨が斜めに吹きつけてくる。そして、時としてそんな手に負えないほどの日が何日も続くのだ。

そうした厳しい自然の中を、晴はひたすら走ってきた。

しかし、高校時代の晴は、駅伝有名校の推薦を受けられるレベルには及ばなかった。インターハイの出場も逃し、全国に名前を轟《とどろ》かせるような選手たちとは比べようもない。結局、谷原の大学時代の先輩が監督を務めている調布《ちようふ》大学に進むことになったのである。

調布大学陸上競技部の歴史は浅く、箱根駅伝本選への出場経験はない。駅伝部を設立したのが五年前で、同時に強化方針が打ち出され、全国から優秀なランナーが集められているというふれこみであった。

「箱根を走れるように、頑張れ」

高校を卒業するとき、谷原からそう激励されて入部した晴であったが、本選の壁は予想以上に厚かった。

いわゆる伝統校、実際に箱根駅伝に出場している大学には、高校時代に全国レベルで知られた選手が推薦枠で入部してくる。新設で実績のない調布大学は、いくら全国から選手を集めているといっても、その選手層は有力校と比べて明らかに見劣りしていた。

それでも、学生連合チームに招集されるだけの記録が残せたのは、トラック競技では平凡でも駅伝やマラソンには強いという、晴の「個性」の賜《たまもの》といっていい。

アップダウンがあるコース、ときに風が強く吹き、雨も降る。寒さも含めて、大抵の悪コンディションは晴の得意とするところだ。

管理されたトラックの走力だけなら、晴はただ、少し速いだけのランナーだ。

だが、甲斐はそれだけではない晴の個性に注目してくれた。名前は晴でも、雨の日に強い。

この悪天候の七区で、その個性を最も発揮できるこのタイミングを見計らうように、出場の機会を与えてくれたのである。

かくして——。

晴は、憧れていた夢の舞台を、いま走っている。

悪天候に見舞われた、雨の箱根駅伝本選の舞台を。その檜舞台を見据える晴の視界に、遠く鉄紺《てつこん》のユニフォームが見えてきたのは間もなくのことであった。

2

一号車の映像が、首位を行く青山学院、北川旭《きたがわあさひ》の単独走を映していた。

箱根湯本で待機していたこの一号車、バイクカメラ、アナウンサーバイクが一斉に現場に復帰し、中継は万全の態勢に戻ったばかりである。

先頭を行く一号車が小田原の中心部を東へ抜けようとしている。

四・二キロ地点の山王橋《さんのうばし》の交差点を越え、二車線だった道路が一車線に変わるところだ。好天であればこの辺りから空気が変わり、ランナーはその温度変化への対応を迫られる場面になったはずだ。例年、給水ボトルの水を首筋にかけたりする場面が見られるのは、そうした対策の一環である。

しかし、この日は逆であった。冷え切った空気がランナーを苦しめ、さらに雨と強風による悪コンディションに悩まされる。首位を行く北川もまた時折、吹く強風に煽《あお》られ顔を顰《しか》めていた。

「手元の時計では、一キロを二分五十五秒のペースで走っています。北川にしては少しスローペースでしょうか」

一号車でその走りを間近でみている横尾《よこお》アナの情報に、

「このコンディションなら、まずまずじゃないでしょうか。他のランナーも条件は同じですし、これからどう組み立てるかですね」

一号車解説の相沢《あいざわ》がいう通りだと、徳重《とくしげ》も思う。

箱根から湘南へ、険しい山を背に風光明媚な旧街道をひた走る七区は、変化に富むコースであり、とかく戦略がものをいう。細かなアップダウンのある前半から飛ばすと、十二キロ手前の押切坂《おしきりざか》の急斜面が立ちはだかるのだ。

オーソドックスな戦略は、前半に体力を温存し、貯めたパワーで押切坂を攻略してからスパートをかけるといったところだろうか。

しかし、どんな戦略を選ぶのかは、ランナーの実力、各チームが置かれた状況によって変わる。

上位での過酷なデッドヒート、十位以内に与えられるシード権をめぐる熾烈《しれつ》な闘いともなると、前半から前のめりで突っ込んでいくこともあるだろう。

各チームの監督たちは戦況を予想し、それぞれの戦略に沿って選手を起用している。

その意味で最も注目に値するのは、関東《かんとう》大の七区を任された巽光司郎《たつみこうじろう》だと徳重は見た。

昨年、若手の積極起用が裏目に出、手の届きそうだった総合優勝を逸した関東大の名倉《なぐら》監督は、今年は経験のある三年生、四年生の選手中心でチームを編成すると思われていた。

ところが、名倉はこの七区を、あえて一年生の巽に任せたのだ。

背景にあるのは、高学年の選手たちだけでチームを組むことへの迷いだったかも知れない。

だが、その名倉の采配が、当たろうとしている。

「関東大学、一年生の巽光司郎が東西《とうざい》大学の鬼島公人《きじまきみひと》に迫ってきました」

バイク担当の安原《やすはら》の実況とともに、画面が替わった。

「鬼島、四年生の意地を見せろ！　集大成の走り、見せてみろ！」

ちょうど五キロの常剱寺《じょうけんじ》入口を過ぎるところで、東西大の平川《ひらかわ》が飛ばした檄《げき》が音声に入った。

それを背中で聞いた鬼島の表情は顰《しか》められ、時折苦しそうに頭を揺らしている。

首位を青山学院に明け渡し、その追い上げにまごついている戦況に、平川監督は感情を高ぶらせているようだが、鬼島のペースが上がったようには見えない。

徳重は、鬼島のことが少し気の毒になった。精神論はともかく、このコンディションは平川が鬼島にいった「集大成の走り」向きではないことだけは確かだ。

ジリジリと追い上げてきた関東大の巽が、歩道側から鬼島に並んだ。

陸上競技の世界は、ある意味残酷である。

ときに運に左右される勝負もあるが、多くの場合、実力がものをいう。一年生の年若だろうと、才能と実力に長《た》けた者は、努力をした四年生の前へ行く。それがロードでの現実だ。

実際、巽が前に出た。

菜月《なつき》の指示でテイクし続けるバイクカメラの映像の中で、みるみる巽が引き離していく。一方の鬼島は、敗色に塗《まみ》れて陰が薄くなり、やがて灰色の雨の中に塗りつぶされていく運命だ。

沿道に配置したタイムキーパーから、各ランナーの位置が刻々と報告されている。

「五秒後、CM行きます」

菜月が指示し、中継画面がニッポンビールのCMに切り替わった。

3

「いやあ、緊迫した二位争いでしたねえ。関東大の巽くん、すごいなあ」

傍らから畑山《はたけやま》の甲高い声が上がった。

まだいたのか、そう言いたげな目で菜月がちらりと後ろを振り向く。相変わらず黒石《くろいし》もいて、アルバイトに持ってこさせたコーヒーをその畑山に渡すところであった。

「もしMCやらせてもらったら、頑張りまっせ、黒石さん。よろしくお願いします」

畑山の勘違いしたひと言に、徳重は閉口した。早く帰れともいえず、ただひたすらお笑いタレントのつまらないコメントを聞き続けるのは、不愉快以外の何物でもない。

「畑山くんが出たら盛り上がるだろうなあ。視聴者は大喜びだ。なあ、徳重」

わざと、黒石は徳重に話を振ってくる。

「さあ、どうでしょうね」

バカバカしくなってお座なりな言葉を返した徳重の横では、北村が不機嫌な表情で腕組みしていた。

菜月が各中継カメラの映像に目を凝《こ》らし、スタッフからの様々な情報に耳を傾けている。

「もうすぐ山梨学院が帝京を抜くと思います」

「帝京、映してます」

ディレクターからの連絡に、「CMの後、バイクカメラ行きます」、菜月が指示を出した。

「下位でも順位が混沌としてきました。山梨学院大が帝京大にいま――並ぶところです」

力を込めたバイクアナの実況に合わせ、画面右側に順位表が表示された。

そこの山梨学院と帝京の順位が入れ替わる。

十三位法政、十四位拓殖、十五位山梨学院、十六位帝京の順だ。

しかし、テレビ画面では、帝京の後ろに法政と拓殖の選手が走っている。

復路一斉スタートのチームは、見た目の順位と実際の順位が逆転することがままま起きるのだが、いまがまさにそうであった。

この見た目の順位に惑わされず画面上に正確な順位を表示しているのは、通称MESOC《メソック》と呼ばれる、大日テレビ独自のシステムだ。箱根駅伝初代チーフ・プロデューサー坂田《さかた》信久《のぶひさ》のリクエストにより、平谷《ひらや》修三《しゅうぞう》率いるプロジェクトチームが製作したものであった。

ちなみに、ＭＥＳＯＣとは、「マラソン・駅伝・速報・オンライン・コンピュータシステム」の略である。

「五秒後、三号車行きます」

細かな菜月のスイッチングで新たに映し出された映像に、徳重はふたたび目を奪われた。

学生連合の佐和田《さわだ》晴が、前を行く東洋の里中健《さとなかけん》を捕えようとしていたからだ。

小田原市街地を抜け、酒匂橋《さかわばし》を越えたあたりである。

「粘るなあ、学生連合。もう粘らんでもええって」

菜月に聞こえないよう、畑山が小声でぶつぶついっている。

「関東学生連合と東洋との差は、十秒です」

三号車の実況に、

——抜くぞ。

確信した徳重は、映し出された佐和田晴の、雨も風も、ものともしない堅牢なフォームに、思わず驚愕の眼差しを向けた。

なんなんだ、この安定感は。

酒匂川では海側から吹いてくる強風に曝《さら》されているはずだが、びくともしない。

それどころか、ますますペースを上げていく。

手元の資料を探し、佐和田晴のプロフィールを見た。エントリー全選手の自己ベストやレースでの実績をまとめたものだが、意外なことに、データ上の佐和田はそれほど抜きん出た実力の持ち主とはいいかねた。

一万メートルの自己最高記録は二十八分五十三秒。二十八分台のランナーがザラにいるこの箱根駅伝でさほど速いわけではない。

なのに、いま徳重が目の当たりにしている佐和田の走りはまさしく出色だ。

いったい、これはなんだろう。

首を捻《ひね》った徳重は、

「ついに並びました！」

声を張り上げた実況に、再びモニタを見上げた。「六区、猪又《いのまた》の転倒で順位を落とした関東学生連合、佐和田がふたり目のランナーをいま——抜き返しました。六番目に上がりました」

東洋の里中は抜かれまいと佐和田の背後に食らいつくが、努力の甲斐もなく徐々に引き離されていく。

同じ雨に濡れているのに里中は必死の表情、一方の佐和田には余裕がある。

「今年の学生連合、すごいチームじゃないか」

北村がふうとひとつ息を吐きながら、率直な意見を口にした。

「同感ですね」

徳重も同意するしかない。「逆境を跳ね返して、よく走ってますよ」

「学生連合って、正式な記録は残らないんだろ」

そう問うたのは黒石だった。「頑張る意味、あるのか」

「きっとあるんですよ、彼らには」

こたえた徳重の脳裏に浮かんだのは、マスコミで取り沙汰されていた甲斐監督への批判、ひいては学生連合チーム不要論であった。

逆境の中、彼らは負けることなく団結し、自分たちの走りで世の中に認めてもらおうとしているのだろうか。

だとすればこれは、ただタスキをつなぐためだけの走りではない——徳重はそう思った。

ランナーとしてのプライド、そして自らの存在意義を証明するための走りなのだ、と。

4

「この佐和田くんっていう子、すごく速いわね。こんなひどい天気なのに」

一緒にテレビを見ていた梢子《しょうこ》は感嘆して目を見開いた。七区も後半にさしかかり、十一・八キロにある二宮の計測ポイントを通過したところだ。

ここを選手が通過するたび、チームと個人のタイムがテレビ画面の右側に表示されていく。

勝負所の押切坂を前に、誰がどのくらいのタイムで来たのか。果たしてそのタイムで、これから迎える坂道をどう攻略するのかが、諸矢《もろや》の興味をそそるところだ。

その佐和田は二宮の計測ポイントを三十三分四十秒で通過していた。一キロ二分五十一秒というペースだ。

　速い。

　画面で確認できるほどの篠突《しのつ》く雨、海側から吹き付ける強風にほとんどのランナーが苦戦を強いられる中、区間上位のタイムを叩き出している。

「こんな速い子が連合チームにいるなんてね。甲斐くん、ラッキーよね」

　梢子の感想に、諸矢はすぐに返事ができなかった。

　おもむろにベッドサイドにおいてあるランニング雑誌を手にすると、箱根駅伝特集の最後のほう、おまけ程度に掲載された学生連合チームのページを開き、佐和田晴のデータに目を凝らしてみる。

　それからやおら顔を上げ、驚きを湛《たた》えた目をテレビ画面に向けた。

　すでに佐和田を映した画面は切り替わり、一号車が中継する首位を走る青山学院に替わっていたが、諸矢には別の映像が見えているかのようだ。

　佐和田晴。一万メートルのベストタイムは二十八分五十三秒。主な大会での入賞歴は——無い。

　そんなランナーが堂々区間二位の走りを見せているのである。

「……しかもこの条件で」

　ぼそりとつぶやいた諸矢は、ふいに自分の考えが「逆」ではないかと思い至った。

〝こんな条件だからこそ〟、の間違いではないか。

「佐和田は、今朝のメンバー変更で出場したんだったな」

諸矢がきくと、梢子はこたえの代わりに「はい、どうぞ」、とテレビの脇にあった読み古されたスポーツ新聞を諸矢に渡した。当初のエントリーメンバーを報じた紙面である。

そこに記載された学生連合の七区は、桃山遙《ももやまはるか》となっていた。

その桃山の自己記録を見てみる。一万メートルの自己最高記録は、二十八分四十秒だ。

「こっちの方が速いじゃないか」

なのに甲斐は、桃山から佐和田へと変えたのだ。

不可解といえば不可解な交替であった。

何かあったのだろうか、とも思う。たとえば桃山の故障とか。

だが、これが甲斐の作戦ではないか——そう思うと諸矢は妙に落ち着かない気分になった。

職業的な——いや元職業だが——興味から無性に知りたくなるのだ。なぜ七区で佐和田を起用したのかを。

甲斐のことだ。諸矢には想像もつかない理由で交替させたのではないか。それが甲斐という男だ。もしそうなら、その理由が知りたい。テレビでは報じられない理由を。

かつて——。

諸矢にとって駅伝の出場選手を選ぶ基準は、個人記録と、監督目線で見た調子の良し悪しであった。

そして自分の判断は常に正しいと、諸矢は思い込んでいた。

そんな諸矢の考えに一石を投じたのが、甲斐という男だ。忘れもしない、出雲《いずも》駅伝で三位に沈んだ後の反省会である。

なぜそんな指摘ができたのか。

理由は後で知れた。

甲斐は、日々の練習や競技の内容、戦況、気温、天候、結果、チームメイトと交わした会話の内容などを、実に詳細に記録していたのである。

頼んで見せてもらったそのノートは、ある意味オリジナルのデータベースと呼んでいいシロモノであった。

諸矢が古びたやり方と勘に頼っていたとき、甲斐は客観的なデータで分析し、物事を考えていたことになる。

そして、選手ひとりひとりの能力や性格、考え方について深く掘り下げていた。

トラック競技で速くても、駅伝で勝てるとは限らない。

そのぐらいのことは諸矢でもわかる。

甲斐は、様々な角度で選手を評価し、結果との因果関係に注目し、自分なりに分析していた。

こいつは、ただ者ではない——そのとき甲斐に対して諸矢が抱いたのは、驚愕というより畏怖に近い感情であった。

甲斐には諸矢には見えないものが見えている。甲斐独特の世界がそこにあるかのように。

同時に、その甲斐の分析を見て気づいたこともあった。

様々な才能を見定めるためには、それに見合った尺度が必要だということだ。長さを測るのに定規が必要なように。

トラック競技では一歩譲っても、駅伝という、自然の中や一般道で行われる競技ではトラック競技とは別の尺度が必要になる。

——世の中に〝才能〟のある者はいくらでもいる。足りないのは尺度なのだ。才能を評価し、世の中に出す尺度である。

甲斐がキャプテンだった二年間、諸矢が強烈に胸に刻んだのはそのことであった。

様々な尺度を持ち合わせた甲斐なら、適材適所という、言葉では誰でも知っていながら、実践が極めて難しい決定を下すことができるに違いない。

この日のエントリー変更が、まさしくそうである可能性は高い。

「関東学生連合の佐和田が、前を行く早稲田大の三浦大輝《みうらだいき》をとらえようとしています」

実況とともに画面が切り替わった。

佐和田はペースを崩すことなく押切坂を乗り切り、十六・八キロにある城山公園前の交差点に差し掛かろうとするところだ。

ついに佐和田が、三浦の前に出た。

「関東学生連合、またひとつ順位を上げました！」

テレビ画面の右端にある順位表の中で、オープン参加を示す「ＯＰ」の文字が、五番目に上がった。

すぐ上には駒澤の名前があるが、そう離れてはいないはずだ。

佐和田がどこまで詰められるか。

さっきまでテレビカメラに映るほどの雨が降っていたが、いまは幾分おさまってきたように見える。

諸矢は、部屋の窓に視線を転じ、薄い雲に覆われた横須賀の空とそこに舞うカモメの姿をしばし眺めた。

——甲斐、お前は大した奴だよ。

諸矢は心の中でつぶやき、興奮で疲れた体を休めるためそっと瞳を閉じた。

5

相模湾から吹き付ける強風が頬にぶつかってくる。

海からなら南風のはずだが、その風には肌を突き刺すような〝芯〟があった。雨脚《あまあし》は弱まったものの、風は勢いを増してコース上空で渦を巻いているのだろう。

さすがに疲労が溜まってきたが、脚はまだ前に出ていた。腕を振り、前へ、もっと前へ——そう念ずれば体が前に進んでいく感覚がある。

沿道の応援客から見れば、こんな天気の中で走るランナーはおよそ悲壮な修行僧のように見えるだろう。だが、晴の胸は充実感で満たされていた。

——いい走りだ。攻めて攻めて攻めまくれ。今日のお前なら行ける！

十五キロの声掛けポイントで甲斐が放ったひと言が晴の背中を押し、早稲田大の三浦を抜く原動力になった。頭に入っている三浦の一万メートル自己ベストは二十八分四十五秒。トラック競技でなら、晴よりも速いランナーだ。

その三浦より前を、晴は走っている。

さざれ石の信号を通過して、レースはいよいよ最終盤に入ろうとしていた。ここで十九キロ。圭介《けいすけ》が待つ平塚中継所まで残り二・三キロの地点である。それは同時に晴に残された陸上競技最後のロードでもあった。

晴はこの四月から、国内に何カ所か展開している大手ホテルチェーンに就職することが決まっていた。陸上競技から引退し、一から接客業やホテルの経営を学ぶために。

陸上競技のランナーとして、晴は自分を一流だと思ったことはない。それどころか、自他共に認める二流である。だけど、そんな自分にも出番はある。

沿道の応援を浴びながら、晴は調布大学の後輩たちに大声で伝えたい気分だった。

こんな俺だって、ここまでできるんだ。

お前らにできないはずはない。

だから、諦めるな。走れ。走り続けろ――。

サングラスをキャップの後ろに回した晴の視界で、テレビの中継車と運営管理車の間に挟まれ、藤色《ふじいろ》のユニフォームが揺れている。

駒澤大の皆川岳《みながわがく》だ。

二十秒ほどの差に詰まってきた皆川の背中を、さっきから晴は虎視眈々《こしたんたん》と見据えていた。

よし、差を詰めるぞ。

晴は自分に言い聞かせた。――行け！

心の声とともに晴はスパートを仕掛けた。沿道の声援、風、小粒になった雨、潮の入り混じった匂い。すべてが素晴らしい。まさに夢のようだ。だがこの感動を晴が味わうことはもう二度とない。

長者町《ちようじやまち》の信号を越えた。残り一キロだ。その最後のアップダウンを、晴は渾身の力走で藤色のユニフォームを追いかけていく。

一秒でも削り、八区で待つ圭介にタスキをつなぐために。

関東学生連合という〝敗者〟集団の存在価値を、ここに証明するために。

第八章　ギフト

1

学生連合の八区走者、乃木圭介《のぎけいすけ》が平塚中継所を飛び出していったのは、駒澤大の準エース、前島聖《まえじまひじり》が出た十五秒後のことであった。

「京成《けいせい》大学の一年生、か……」

徳重は自席で小さくつぶやいた。

予選会十四位で姿を消した京成大学が最後に箱根駅伝に出場したのは二十年以上前のことだ。予選会でも下位の成績に甘んじ、長く低迷してきたチームである。

そんなチームが復活の兆しを見せたのは、三年前。京成大の強化方針が抜本的に見直され、ラグビー部と野球部が強化対象から外れ、代わりに陸上競技部が選ばれたのがきっかけだった。部の強化を一任されたのが、同大出身、実業団などで活躍していた三原宗司《みはらそうじ》監督である。

徳重も知る三原はマメな男で面倒見もいい。

自ら全国津々浦々を歩いて選手をスカウティングするところから始めた三原の地道な努力が実り、京成大は次第に勢いを盛り返してきた。予選会十四位という成績は、それまでの京成大からすれば長足の進歩といっていいだろう。

この乃木も、いわゆる「三原チルドレン」のひとりだろうか。

それが知りたいのに、手元の資料にそういうことが書かれたものはなかった。

いずれにせよ、上り調子の京成大から学生連合に選ばれたわけだから、それなりの実力の持ち主だろうことは間違いない。だが――。

駆け出した乃木の後ろ姿はひょろりとしていて、いかにも頼りなげな印象だった。

首位をいく青山学院の柳葉瑛人《やなぎばえいと》、それを追う関東大の番道匠《ばんどうたくみ》、さらに東西大の八田貴也《はったたかや》と駒澤大の前島も、全員が経験豊富な三、四年生だ。その顔ぶれの中で乃木の存在は場違いなほど浮いて見える。未知数の一年生に、実力者の集うこの八区は荷が重すぎるかも知れない。

八区についての一連の情報を辛島がまとめ、画面は再び平塚中継所のタスキリレーに戻っていく。

副調整室が騒がしくなってきた。

「さあ、始まるぞ」

胸の前で両手を組み合わせ、北村が前屈みになってモニタを睨《にら》み付けた。シード権を争うチームのタスキはすべてつながった。視聴者の関心は、「この後遅れてやってくるチームのタスキが果たしてつながるのか」、である。

繰り上げスタートのタイムリミットは、首位通過から二十分。悲喜こもごものドラマが始まった。

七区のコースを見つめ、タスキを待つ選手。そのチームメイトのため、必死で走るランナーたち。

間に合え。間に合ってくれ――。

沿道で見守る応援客、そしてテレビの視聴者、その全員の心の叫びが聞こえるかのようだ。が、しかし――その純度の高い祈りが届かないこともある。

最後に、誰もいない中継所に着いたランナーの悲痛な叫びとともに、映像は再び一号車へと戻っていった。

「東西大八田貴也が、関東大番道匠との差を縮めてきました」

CMを挟んで、再び熾烈《しれつ》な上位争いの映像が流れ出した。映しているのはバイクカメラだ。ライバル同士の激しいバトルである。サザンビーチを通過し、茅ヶ崎《ちがさき》を通過していく。スタートして六・九キロ地点である。

「関東の番道、さすが粘りますねえ」

畑山が感心したようにいった。抜かれると思った番道だが、背後から東西大が迫ったことに気づくやペースを上げ、再び引き離したからだ。

菜月は、この二位グループの争い、そして首位をいく青山学院の映像を中心にして、下位グループの順位争いをうまく捉《とら》えていた。

往路と違い、先頭から最下位までのランナーが散《ばら》ける復路は、カメラワークの巧拙が試される。チーフ・ディレクターは、コース上で起きる様々な事象の軽重と優先順位を瞬時に判断しなければならない。

それを菜月は、無難にこなしていた。細かく、ときにワイプ——画面下にもうひとつの画面を小さく映す画像——も織り交ぜて的確なスイッチングで捌《さば》いている。

茅ヶ崎の計測ポイントでの順位が画面に表示されはじめた。

一位青山学院、二位関東大、三位東西大、四位駒澤大——。

タイム差とともに表示された結果は、大方徳重の予想通りだ。だが個人記録は——。

「まさか」

徳重はしばし、唖然としてその文字を眺めやった。一番上に表示されているのは、学生連合の——乃木圭介の名前であった。

そして、前を行く駒澤の前島とのタイム差は、わずか七秒。

平塚中継所では十五秒の差があったはずなのに——縮まっている。

同じことを思ったかはわからないが、北村もまた何か含んだ眼差しをモニタに向けていた。

前島の、一キロ二分五十秒というペースは、この天候を考えれば上々だろうが、乃木はそれを上回るペースで走っているということだ。

「三号車、五秒後にいただきます」

菜月もまた、縮まりつつあるタイム差に気づいている。

画面が切り替わった。

「なんやこれ。ホンマにこれで速いんかい」

畑山が首を傾《かし》げるのも無理はない。たしかに、乃木の走りは一見すると速そうには見えなかった。ゆったりとしていて、ジョギングでもしているかのようにリラックスして見える。だが、よく見るとストライドの幅が広く、蹴りが鋭い。

しかし、前を行く前島のガツガツとアスファルトを削るような力強い走りと比べると、それは伸びやかでいかにも対照的な構図に見えた。剛と柔とでもいったらいいだろうか。

八・四キロ付近の菱沼《ひしぬま》海岸の信号を過ぎ、左手にあるゴルフ場の脇を通過するあたりだ。砂防林に挟まれたほぼ直線のコースで、強豪駒澤の選手と学生連合の一年生が競っているのだ。

終盤の八区でこの二チームが同じカメラのフレームに収まっていること自体、本選ではめったにないことであった。六区の雪に始まり、まさに異例ずくめのこの日の復路だが、異例だからこそ番狂わせが起きやすいのかも知れない。

――雨、だいぶ小降りになってきました。

沿道のスタッフから報告があった。――北風が強くなっています。

画面に映る砂防林が揺れていた。冷たい風が枝を揺らし、不穏なレース展開を囃《はや》し立ててでもいるかのようだ。

そんな中、学生連合の乃木がついに、前島に並ぼうというところだ。

「おいおい、マジかよ」

副調整室で畑山が叫んだとき、前島がちらりと背後を振り返った。その表情に驚愕に似たものが浮かんだように見える。

まさか乃木が迫ってくるとは思わなかったのだろう。

「前島くんがペースを上げたように見えましたが」

放送センターの辛島が鋭くその変化を見抜いた。「――バイク、どうでしょうか」

「学生陸上競技界を代表する前島聖が、ギアチェンジです」

安原の実況がそれを継ぐ。「前島がいつの間にか背後に迫っていた関東学生連合、乃木を一気に引き離そうというところ。乃木は――」

ついていけません――そういいたかったのかも知れない。

だが、現実はそうはならなかった。

「あっ、乃木もついていきます。前島に食らいついていく」

安原の声に驚きが混じった。「しかし、どれだけ粘れるか」

どうせすぐに脱落するだろう――そんな思いが滲《にじ》んでいる。

だが、その予想に反して――安原だけではなく、多くの視聴者の予想に反して、乃木は離れなかった。スパートをかけた前島の後ろにぴったりとついている。

「この走りは……」

徳重は思わず体を乗り出してモニタを見つめた。このひょろりとした一年生のどこに、こんなスタミナがあるのか。バイクカメラが、前島の硬い表情と、その背後にいる乃木の、淡々として対照的な表情を映している。

役者が違う――はずである。なのに学生長距離界の一角を担っているといってもいい前島が、無名の一年生を引き離せないでいる。

「どうなってんねん、これ」

畑山がぽかんとしてつぶやいた。「さっさと引き離したれや」

この中継を見ている多くの視聴者が同じことを思っているかも知れない。

だが――。

ふたりの駆け引きはそのまま膠着《こうちゃく》状態になり、

「一号車、お願いします」

という菜月のスイッチングによって、画面は首位青山学院へと切り替わった。

「青山学院の柳葉《やなぎば》くん、少しペースダウンしていますね」

一号車解説の相沢の指摘で、レースの雲行きはいよいよ怪しさを増してきた。

2

「圭介、いいペースだぞ。駒澤さんの走り、目に焼き付けておけ。ここから前にいる選手たちがどう走るのかじっくり観察しろ。来年、絶対に役に立つからな」

三キロでの声掛けポイントだ。まさにその通りだと、圭介は思った。

トップクラスの選手と真剣勝負の場で足を合わせることができるのは、めったにない経験に違いない。その藤色のユニフォームまで約三メートル。

先ほど待機スペースで挨拶した前島の印象は、笑顔で応じる明るい気さくな人であった。一年生の圭介からすれば雲上人だが、「お互いに頑張ろうな」、そう声を掛けてくれたことで緊張が少しほぐされた。きっと部内でも面倒見のいい先輩なのだろう。

だがスタートラインに立つや、その表情は人が変わってしまったかのように厳しいものになった。

平塚中継所を出たとき十五秒ほどあった前島との差は、いまほとんどないところまで詰めた。砂防林に囲まれた直線のコースは雨がほとんど止んでくれたこともあり、比較的走りやすかった。松林が風を防いでくれているからだ。

ちらりと前島が振り返ったのは、

「抜けるかも知れない」

そう思った圭介がペースを上げたそのときだ。

前島がペースアップし、距離は再びもとの三メートルに開いた。振り切ろうとしたのかも知れないが、前島のスパートにはそれほどの鋭さはない。

余力を蓄えている。

じっと前をいく背中を見据えながら、圭介は推測した。

厳しい表情を浮かべてはいるものの、近くで観察していると、まだ十分に余力があるのがわかるのだ。その証拠にランニングフォームの乱れは微塵《みじん》もない。後ろを走っていて、気持ちいいほどだ。

これが前島という選手のスタイルなのだろう。そして、おそらくこの走りは、後半に向けての戦略がベースになっている。

八区は、大きくふたつのパートに分けられる。

平塚中継所から九・五キロ付近、浜須賀《はますか》の交差点までの砂防林に囲まれた海沿いのフラットなコースと、その先に続く市街地のアップダウンのあるコース。後半の難所は、なんといっても十五キロから先に控える遊行寺《ゆぎようじ》交差点からの急坂だ。これは、二区フィニッシュ前の〝戸塚の壁〟より鋭く、聳《そび》え立つ壁のようにランナーの前に立ちはだかる。

圭介は、前島の背中を見ながら浜須賀の交差点を左に折れた。

湘南らしい松林から離れ、市街地へ。遠く大手町へと続く道である。

前島がまた少しペースを上げ、圭介もそれに続く。

ふたりの縦走の先に、先行する東西大と関東大の姿があるはずだが、いまはまだその姿は見えなかった。だが、そう離れてはいないはずだ。そして、一キロあたりのペースで自分が上回っていることも、先ほど五キロでの声掛けで、情報としてもたらされていた。

仕掛けるには、まだ早い。

圭介は、ただ前島にぴったりとついていくことだけを考えて腕を振り、脚を動かし続ける。

——勝っても負けても良い経験。がんばって！

朝、圭介のスマホに届いた母からのメッセージが、ふと頭に浮かんだのはそのときであった。

乃木圭介の実家は、品川区内で小さな金型《かながた》工場を営んでいる。

父が社長。経理を担当している母は、一応、専務取締役という肩書きなので、社員たちはみんな母のことを「センム」と呼ぶ。

父は神経質なところがあるが、母はおおらかな楽観主義だ。会社といっても、従業員二十名のちっぽけな町工場で、兄弟はふたり。

「会社は俺の代で終わりだ。お前たちは好きな道を探せ」

子供の頃から父に言われ続け、三つ違いの兄はその言葉通り、バイオリンの道に進むため音大への進学を選んだ。

一族に音楽家はいないものの、兄は小学生の頃から抜きん出た才能を発揮していたから、父は黙って学費を出した。

そんな兄が、圭介は羨《うらや》ましかった。

音楽ひと筋の兄と違い、圭介にはそこまで打ち込めるものはなかったからだ。

同時に、兄を見ていると、その道で際立つためにはただ「何か」が好きなだけではダメなのだということもよくわかる。

必要なのは、才能だ。

兄のバイオリンを聴くと、まさに「ギフト」という言葉がしっくりくる。

だが、才能は限られた人にしかないから才能なのである。

自分には何もない。

そう思っていた圭介が、意外なところで自らの才能に気づいたのは、友達に誘われて高校の陸上競技部に入部してからであった。

それまでも足は速い方だとは思っていた。だが、本格的に陸上にのめり込んでみると、圭介のレベルは同学年の部員たちを遥かに超えていたのである。

その年、一年生ながらブロック大会決勝に進んだのは、部内では圭介ただひとりであった。入賞こそ逃したものの、二年と三年では五千メートルでインターハイに出場。箱根駅伝の強豪校からも奨学生としての誘いが来た。

しかし、その誘いを断った圭介が選んだのは、スカウティングにきた三原宗司監督の率いる京成大学だ。

私立の難関校である京成大は、もともと圭介が目指していた大学だったこともある。だがそれ以上に圭介を惹き付けたのは、三原の情熱と、強化プランの合理性であった。

三原は、箱根駅伝で勝つためには何が必要なのか、そのために自分がどういうステップでチームをビルドアップしていくのかといった方針を、細かく圭介に説明した上で「ウチには君が必要だ」、と力強く勧誘してくれたのである。

京成大が長く低迷しているのは百も承知だ。だが、三原ならきっと「箱根」に連れて行ってくれる——そのとき、確信のようなものを圭介は感じた。

今回の予選会では敗退したものの、来年は必ずこの舞台を走る。それだけの自信が、いま圭介にはあった。

その前に自分の力がどれぐらい通用するのか——それを試すこの機会は、圭介にとって、またチームにとって、願ってもない好機だ。

「二位グループまで五十秒！　行けるぞ！」

十キロの給水ポイントでボトルをもって駆け寄ってきたのは、京成大のチームメイト、飯田《いいだ》宙《そら》であった。宙の表情は、あたかも自分たちのチームが本選を駆けているかのように真剣そのものだ。

冷たい風を遮る砂防林はもうない。体温を押し下げるような北風が吹き付け、そのせいで沿道の声援が切れ切れに聞こえる。

辻堂《つじどう》団地前歩道橋に向けてコースは次第に上りになり、圭介は、前島の走りを慎重に窺《うかが》い始めた。

そろそろ仕掛けてくるはずだ。

二位グループの関東大の番道匠と東西大の八田貴也と比べれば、実力は前島の方が上である。前を走っている選手たちの走りは想像するしかないが、すでに、その見えない相手との駆け引きが始まろうとしていた。

前島さんが出たところで、自分も出よう。

そう圭介は心に決めた。

高砂《たかすな》歩道橋をくぐり、浜見《はまみ》山《やま》の信号を越えたところで、道幅が狭まった。二車線が一車線になり、前方を走る運営管理車や中継車両が折り重なって見えている。

上りになり、そして下っていく。

引地川《ひきじがわ》を越えた。

まだ前島は出ない。

圭介を引き連れ、鉄壁のペースを守ったまま東海道線と小田急線の線路下を通過していく。

「圭介、いまはまだ余裕をもって走れ。焦らなくていい」

運営管理車の甲斐から声がかかった。「遊行寺から真剣勝負だ。そこからは腹を括《くく》っていくぞ」

右手を上げて応える。

いよいよ藤沢《ふじさわ》橋の信号を越え、遊行寺の信号が見えてきたのは間もなくのことである。圭介の視線の先に、コバルトブルーのユニフォームが揺れていた。東西大の八田だ。前島にも見えているはずである。

仕掛けるだろう。

しかし、斜め後ろから窺《うかが》える前島の表情が切迫していて、圭介は自分の見立てが少しぐらつくのがわかった。

果たして前島に、ここからスパートするだけの余力はあるのか。もし前島が「ガス欠」なら、どこかで自分が前に出なければならない。

いまか。それとも——。

圭介の胸にかすかな迷いが生じたとき、それを見透かしたかのように前島がするすると前に出た。

嘘だろ――！

一瞬の隙を衝《つ》かれた。あっ、と思ったときには、前島との距離は一気に十メートル近くに広がっていた。

「なんだ、この鋭さは」

驚愕しながら、圭介も一気にスパートを掛けて食らいついていく。その眼前に急な上り坂が立ちはだかったのは、まさにそのときだ。

狭い片側一車線。住宅街と土手に挟まれ圧迫感のある道路に沿道の声援が反響し、耳元で暴れ回っている。

それをものともせず、前島の背中はどんどん前に出て行った。すごいスピードだ。なすすべもなく、東西大の八田が呑み込まれていく。

圭介もそれに続いた。心拍数が跳ね上がり、アゲンストに変わった風を搔《か》き分けながらも、遊行寺の坂道を駆け上がる。

過酷な戦いであった。

上りきったとき、前島の背中は、すでに三十メートルほど先を走っていた。

――速い！

学生陸上競技界トップクラスの実力を目の当たりにした気分だ。だが、決して越えられない壁ではないことも圭介は体のどこかで感じ取っていた。才能が教える直感のようなものだ。

十七・一キロ付近にある鉄砲宿《てっぽうじゅく》の信号が見えてきた。残り四・三キロ。一番苦しいところで

け！」

「行け行け！」

沿道から声がかかった。振り向かなくてもわかる。京成大のチームメイトたちだ。

視界の先に東西大のコバルトブルーのユニフォームがちらちら揺れているのが見えてきた。その先には関東大のベンガラのユニフォームも見える。

抜けるぞ、圭介！

運営管理車から見守る甲斐の、心の声が聞こえるかのようだ。

——勝っても負けても良い経験。

母はそうメールに書いてきた。だが——。

いや。勝たなきゃだめだ。

いま明確に、圭介はそう思った。

頭の中で、勝負のゴングが激しく鳴り響いている。

——行くぞ！

圭介は全力で前に出ていった。

3

「隼斗。隼斗！」

「ゴー、圭介！　ゴー！」

あるそのとき、

駆け寄ってきた兵吾《へいご》が、手元のモバイルに映しだしたテレビ中継を隼斗に向けた。十区、鶴見中継所のウォームアップ・エリアである。

――駒澤大学の前島が、東西大八田に迫ってきました。あと十メートル。

実況が声を張り上げている。テレビの画像でみると、八田と前島の差は十メートルどころか、ほとんど重なって見えた。

圭介のイエローのユニフォームも、そのすぐ後ろで揺れている。

「遊行寺で仕掛けるのか」

隼斗は驚いて顔を上げた。その難所でまず前島が、八田を抜いた。優勝候補の実力者同士の戦いだが、軍配はあっと言う間に前島に上がり、いまその背後から、今度は圭介が迫っている。

――今度は関東学生連合、京成大学一年生乃木が、東西大八田の背後についていっています。

「行け、圭介！　行け！」

兵吾は興奮を抑えきれない様子だ。

圭介の接近を知り、なんとか引き離そうとする八田の様子を定点カメラが映している。

沿道で無数の小旗が揺れ、湧き上がる歓声とともに、片側一車線の狭い道路が天然の闘技場のような圧迫感と凝縮感に満ち始めた。

急勾配と濃密な人いきれの中で、圭介は東西大相手に勝負を仕掛けようとしているのだ。

なんて奴だ。

箱根駅伝を初めて走る一年生とは思えない。落ち着き払った走りっぷりに、隼斗は瞠目《どうもく》した。

圭介がペースを上げたのがわかった。

重苦しい曇天を撥《は》ねのける鋭い出足である。見つめるモバイルの小さなスピーカーから声援が吹き出し、風に舞い上がっていく。

「行け！」

隼斗も叫んだ。「ゴー、圭介！」

必死に腕を振り、脚を前に進めようとしている八田は、すでに上体が左右に揺れていた。圭介がセンターライン側に寄り、八田と並んだのも束の間、するすると前に出ていく。

そのまま差を広げ、

「ものすごいことをやってくれる」

兵吾がもはや、唖然とした顔になった。「普通、遊行寺で抜くか」

だが、それをいとも簡単に圭介はやってのけたのだ。羨ましいほどの才能の片鱗を見せつけながら。

学生連合にもこんな選手がいるのか――おそらくこの本選を見ているすべてのひとが驚いたに違いない。

定点カメラが、抜かれた八田の表情を捉えていた。悔しそうに首を左右に振り、歯をむき出し、必死で坂道を駆け上がっている。

「しかも相手は東西大の八田だぞ。すごい奴だ、圭介は」

興奮さめやらず、兵吾は雄叫《おたけ》びまで上げ始めた。そのとき、

「なに遊んでんだ、バカ。うるせえんだよ」

冷ややかな言葉が割って入り、その相手を見るや、隼斗は眉を寄せて押し黙った。

コバルトブルーのグラウンドコートを纏《まと》い、険《けん》のある眼差しを隼斗と兵吾のふたりに向けているのは、ひとりの長身の男であった。短い髪を茶に染め、その上にサングラスを載せている。

東西大の安愚楽《あぐら》一樹《かずき》だ。

「あっ、失礼」

兵吾がいつもの礼儀正しさを発揮して詫びた。

「調子こいてんじゃねえよ、連合チームが」

その兵吾に向かって、安愚楽は吐き捨てる。「お前らがどうなろうと、世の中にはなんの関係もねえんだ」

その言い草に、隼斗はカチンときた。

「俺たちは、真剣にやってる。オープン参加だとか、そういうことは関係ない」

「綺麗事《きれいごと》か」

安愚楽はせせら笑った。「お前、徹底的に叩き潰してやるからさ」

言い放つと、安愚楽は言い返そうとする隼斗のことなど無視してさっさと背を向けた。

「なんだ、あのひと」

兵吾が眉を顰《ひそ》め、手元のモバイルに再び目を落とした。

いつのまにか画面は替わり、中継は首位を行く青山学院を映している。

「世の中にはなんの関係もない、か」

隼斗の腹の中で怒りの焔《ほのお》が揺れ動き、誰にともなくつぶやいた。「世の中にはどうでもよくても、俺たちにとっては違うんだよ」

4

学生連合の乃木が八田の前に出て行く様子を、瞬きもせず徳重は見ていた。

またひとつ、遊行寺で新たなドラマが生まれた瞬間である。

この八区の難所で、いままでどれだけの選手が、チームが、悔し涙を流したことだろう。

ふたりの攻防を見ながら、

「八田くんにしては、あっさり抜かれたな」

北村がいった。

思い当たる理由はある。

八田は、十月の出雲駅伝、十一月の全日本大学駅伝に出場、さらに十二月の日体大記録会でも一万メートルを走っている。

トップアスリート故の過密スケジュールだ。

優秀な手駒を各大会に惜しみなく投入したしわ寄せが、肝心の箱根駅伝本選で出たとも考えられる。だとすればこれは、選手というより監督の采配の問題というべきだろう。昨日の往路で二区を走った東西大のエース、青木翼がやや精彩を欠いていたのもうなずけた。

一方の駒澤大前島は、昨年初めの故障もあって出雲には出場したものの、全日本はエントリーから外れて、満を持しての登場だ。案の定――。

「関東大学番道匠に、駒澤大の前島聖が迫ってきました！」

画面がスイッチされ、安原アナの興奮した実況が飛び込んできた。

「本気で仕掛けてきたな」

つぶやいた北村の側では、菜月が前島のランニングフォームに目を凝らしている。この先の伸びしろを見通そうとでもするかのように。

息詰まる戦いだ。関東大の番道も粘っている。ペースを上げ、前島に道を譲ろうとはしない。

三年生の番道は、一年生で箱根駅伝初出場、この八区を任された。そのとき、区間十二位と監督の期待に応えられなかったせいか、昨年はエントリーから外れ、代わりに出場した一年生の給水係に回った苦い経験がある。

だが、〝プロフェッサー〟名倉の一、二年生の積極起用は結果的に失敗に終わり、今年は上級生が中心にエントリーされ、番道もこの八区に復活した。その監督の期待に応えなければならない――。番道にも負けられない理由があるのだ。

「番道くんの表情、アップでお願いします」

菜月のリクエストに、必死の形相で前を向く番道の顔が映し出された。サングラスはしていない。濡れた髪を日やけした額に張り付かせ、半ば唇を開き、一重まぶたの奥からは殺気すら漂う眼光が放たれている。

「いい絵だ。野性味がある」

北村のコメントに、

「カッコええわあ」畑山も同意する。

それはランナーとして生きてきた男が、いまこの瞬間にやってきたことのすべてを出し切ろうとする貌《かお》であった。だが、その戦いにも終止符が打たれようとしている。

「関東大の番道に、駒澤大学前島が並びました」

安原の実況が告げた。「そしていま——歩道側から抜いて行きます」

「バイク。引き続き番道くんをテイクしてください」

菜月が指示を出した。

駒澤大学の前島が単独二位に上がった瞬間である。だが、その前島より、菜月は抜かれた番道に光を当てたのだ。

いま、死に物狂いで前島を追おうとしている番道の表情には鬼気迫るものが宿っていた。思わず息を呑むほどの迫力が映像から伝わってくる。菜月は、これを見せたかったのだろう。ドラマは敗者にこそ宿る。箱根駅伝とは畢竟《ひっきょう》、敗者の美学そのものだ。

前島との距離が離れていく。

「駒澤大学の前島、東西大学と関東大学を抜いて二位に上がりました。おや——」

安原の実況に戸惑うような間が訪れたのはそのときだった。

ふたりのランナーの息詰まる攻防が終結したかと思いきや、その余韻にひたる間もなく、新たな戦況が輪郭を露《あら》わそうとしている。

　バイクカメラが捉えた映像にひとりのランナーが入ってきた。

目に鮮やかなイエローのユニフォーム、学生連合の乃木圭介だ。今度はその乃木が、番道に迫ろうとしている。

「関東大の番道のすぐ後ろに、関東学生連合、京成大学一年生、乃木の姿が上がってきました。ぐんぐん差を詰めて、いま——番道の前に出ようというところです」

　並んだふたりの姿がカメラのフレームに収まり、徳重は刮目《かつもく》した。

　学生連合の、しかも一年生の選手が、学生陸上競技界でトップクラスの選手相手に堂々渡り合い、負かそうとしているのである。

「おいおい。この一年坊主、すごいやんか」

　畑山が立ち上がり、腕組みしてモニタを見つめた。

　再び、修羅の形相と化した番道のアップが大映しになる。次に、無名の一年生選手が映し出された。

　序盤とまったく変わらない、伸びやかなフォームであった。

　十九・五キロにある原宿の信号を抜けたところである。八区も残りはあと二キロだ。番道の眉間《みけん》の皺がさらに深くなり、苦しげに顎が上がった。懸命にアームカバーをつけた腕を振り、脚を動かしている。

　センターライン側から、涼しげな表情を浮かべた乃木が前に出ようとしていた。

「関東学生連合の乃木が前に出て行く！　どんどん差が開いて行きます」

安原の実況には興奮というより、困惑が入り混じっている。

「何者なん、この一年坊主」

畑山が誰にともなく尋ね、徳重は手元の資料に乃木圭介の名前を探した。

京成大学一年生。進学校として知られる中高一貫の有名私立校を経て、昨年京成大学に入学。一万メートルの自己最高記録は二十八分三十八秒――。

「これだけか」

事前のアンケートで得ただけの情報に徳重は小さく舌打ちして、腕を組んだ。

その情報量に比べ、いま目の前で起きていることは、あまりに衝撃的であった。

スター誕生――。本来ならそう表現してもおかしくはない状況である。箱根駅伝のスター選手ふたりを、無名の一年生が抜き去ったのだから。

乃木が番道を抜き去ったところで、菜月は画面を一号車に戻した。

「青山学院柳葉、苦しくなってきましたね」

一号車の解説、相沢が断じた。映像は、ペースダウンしながらも戸塚中継所を目指す青山学院大の八区走者、柳葉を映している。

「平塚中継所を出るとき一分三十秒近くあった差が、縮まっています」実況の横尾がその後を継ぐ。

「二位駒澤大との差は二百メートルもありません。一号車からも駒澤大の前島の姿が確認できます」

残り距離を考えれば、抜かれることのないタイム差だが、こうなるともう何が起きるかわからない。

箱根駅伝はひとり二十キロ以上、まさにハーフマラソンに匹敵する距離を十人が走る過酷な競技だ。距離が長ければ、それだけ不確定要因が増えることになり、十人が全員、期待通りの結果を残すのは簡単なことではない。

体調、モチベーション、そして天候。様々な要因が番狂わせを演出し、ときに前評判がひっくり返る驚きの展開が待ち受ける。

機械が走っているわけではない。走っているのは生身の人間、しかも学生である。

確実なものは何もない。だからおもしろい。

「あとたった一・四キロやないか、頑張れや青学！」

疲労の滲む柳葉に向けて、畑山が声援を送った。

しかし、その一・四キロがただの一・四キロではないことを、徳重は知っている。細かなアップダウンが続き、疲労が蓄積した選手に容赦ないボディブローを見舞う一・四キロだ。

最初の長い上りが始まった。上りの終点は吹上《ふきあげ》の信号あたり。その後は下り、並木道を通り過ぎると、まもなく上りに転じる。その坂道を上ってしまえば、戸塚中継所は目と鼻の先だが、そこまでが長い。

いま柳葉は、ギリギリの体力と精神状態でこのコースに挑んでいるはずだ。

「まあ、なんとか首位でタスキがつながるんじゃないか」

レースの行方を見切ったかのように、黒石がいった。「青学、駒澤、関東、東西。いいんじゃないの?」

どこか忘れてませんか、そう徳重が言おうとしたとき、

——学生連合の乃木くんが、駒澤に迫ってます。

驚きの一報がインカム越しに流れ、俄《にわか》に副調整室がざわついた。

菜月が瞬きもせずモニタを見上げている。

画面ではバイクカメラが駒澤大の前島の走りを前方から捉えているところだ。そこにいま、イエローのユニフォームが大きく映り込んでいる。

「バイク、そのまま駒澤をテイクしてください。五秒後行きます」

中継画面が切り替わったとたん、

「関東学生連合、京成大学一年生の乃木が、乃木が、こ、駒澤大の前島に迫ってきました。ものすごい追い上げです!」

泡を食った安原の実況が、かえって臨場感を盛り上げた。

「はあ? ここまでやるかよ、おい」

畑山は呆れた口調だ。「もうええやんか、学生連合」

前方の一点を見据えた乃木の凜《りん》とした表情を、カメラが捉えている。

前島を——見ていない。乃木が見ているのは——首位を行く柳葉だ。

そのことに気づいて、徳重は慄然《りつぜん》とした。

乃木が前に出た。

追いすがる前島に粘る隙を与えず、引き離しにかかる。

これが一年生の走りか。

たしかに努力もしているだろう。だが、この伸びやかなフォーム。二十キロもの距離を走りながらもぶれることのない上体。八区の最終盤に強豪校の四年生ランナーを抜き去る走力は、まさに天性のものだ。

すごい選手が出てきた。

なのに、そのすごさをこの中継は十分に伝えることができないでいる。

これは番組の、いや徳重の敗北以外の何物でも無い。そう思ったとき――。

「京成大学の三原宗司監督に誘われたとき、乃木は考えたそうです。この監督なら、箱根に連れて行ってくれる」

辛島が話し始め、徳重は思わず立ち上がった。

「長く低迷していた京成大は昨年の予選会で十四位でした。ですが、来年には必ず本選に出場できる。だから、ここでの経験をチームに持ち帰って仲間たちと分かち合いたい。そう乃木は話してくれました。この日のために、沿道には、その仲間たちが大勢来てくれています。ぼくはひとりで走るんじゃない。その仲間たちと一緒に走るんです――。先ほど二十キロ地点には三原監督もいて、乃木に声援を送りました。京成大の乃木圭介、来年はその仲間たちを引き連れ、必ずまたこの箱根路に戻ってくるでしょう。いまからその姿が楽しみでなりません」

「ええ実況ですなあ」

畑山がそんなことをいって、黒石がどこか不機嫌な顔で押し黙った。

ありがとう、辛島さん。

すとんと椅子にへたり込んだ徳重は、スイッチされた画面が映し出す戸塚中継所の光景をぼんやりと眺めた。

一位でタスキをつないだのは、青山学院である。だが、二番目に入ってきたのは、やはり駒澤でも関東でも東西でもなかった。

イエローのユニフォーム、乃木圭介から学生連合チームの九区走者、松木浩太《まつきこうた》へ渡された白地に赤のタスキが輝いて見える。

走り終えた乃木は倒れ込むでもなく、スタッフのかけたタオルを肩に、コースに向かって一礼して静かに消えた。まるで何ごともなかったかのように。

続いて駒澤大のタスキがつながった。関東大、東西大の九区走者が飛び出していき、それから次々に各チームのランナーが飛び出していく。

中継画面の右側に、八区の個人記録が並びはじめた。ひと目見るなり、

「おい、マジかよ」

素《す》っ頓狂《とんきょう》な声を上げたのは畑山だ。「こんなこと、あるんですか」

徳重も、そして副調整室の誰もがそのランキングから目を離せなくなっていたが、こたえる

者はいない。

一番上に、乃木圭介の名前があったからだ。

タイムは、一時間四分二十秒。歴代ベストテンに入る好記録だ。

本来ならば区間賞である。

そのとき、

——宮本さん、インタヴュー、駒澤の前島くんでいいですか。

確認してきたのは、戸塚中継所でインタヴューを担当する若手アナ、小宮《こみや》だ。

一番速く走ったのが、前島ではなく乃木であることはわかっている。だが、学生連合チームの乃木の記録は正式記録にはならない。よって二番目のタイムを出した前島が区間賞ということになるのだが、インタヴューすべきは果たしてどちらの選手なのか。

これには、さすがの菜月も、一瞬言葉を呑んだ。

果たしてどっちだ？

徳重も内心、自問する。どっちの選手の話を聞くのが、放送として正しいのか。だが、その難問のこたえを、菜月はすぐに出した。

「前島くんにインタヴューしてください」

ルール上の区間賞を、菜月は選択したのである。心からそれでいいと思っているわけではないことは、いくぶん強《こわ》ばった横顔が物語っている。

「区間賞を獲得しました、駒澤大学の前島聖選手に来ていただきました」

戸塚中継所でインタヴューが始まった。

「おい、学生連合じゃなくていいのか」

そう問うたのは黒石であった。

「乃木は参考記録ですから」

徳重は菜月の判断を尊重したものの、その言葉は妙に上滑りしているように聞こえる。

「参考記録といっても、真剣なチャレンジの結果じゃないのかよ」

黒石はいい、せせら笑うように付け加えた。「選手へのリスペクトはどこへいった」

反論はできない。菜月もそのやりとりを背中で聞いている。そのとき、

「タイムで、連合チームの乃木くんに負けました。悔しいです」

全員が一号車の中継画面の下にワイプされたインタヴュー映像に目を向けた。区間賞インタヴューのマイクを向けられた前島がいったのだ。

「乃木くんは素晴らしい走りをしていたと思います。最後に抜かれたときには、本当に驚きました。本当の区間賞は彼ですし、それに値する走りだったと思います。できればどこかで、もう一度乃木くんと走りたいですね」

口にしたのは最高の賛辞だった。真の勝者を称《たた》える前島のスポーツマンシップに副調整室は静まり返り、そして拍手が起きた。

「前島くんに、救われたな」

自らも拍手を送りながら、北村が嘆息した。「結局、選手が一番よくわかってるんだ」

インタヴューが終わるや、徳重は瞑目《めいもく》した顔を天井に向けた。

第九章　雑草の誉《ほま》れ

1

　自分の吐く息の音を果たして聞いているのか、それともただ感じているだけなのか、松木浩《まつきこう》太《た》にはわからなかった。鶴見中継所に向かうたっぷりと湿り気を帯びて凍てつく空気を裂いて、浩太は走っている。

　沿道の声援に入り混じって耳元で舞う冷たい風は、亡霊の啜《すす》り泣く声のようだ。

「青山学院の小西《こにし》くんまでは約四十秒だ。まずは落ち着け、浩太。自分のペースをしっかり摑んで行こう」

　戸塚中継所のすぐ先、最初に運営管理車が後ろについたとき、甲斐がスピーカー越しに話しかけた。いつものように冷静な声である。

　——まずは落ち着け。

　その言葉のおかげで、ふわふわした真綿の上を走っていたような感覚が遠のいていった。同時に、アスファルトの硬い感触がシューズの底から伝わってくる。

　自分が考慮すべき問題は、首位の青山学院ではないことを、浩太は十分に理解していた。

青山学院の小西賢《けん》は、一万メートルを二十七分台で走る俊足だ。強豪チームの〝裏二区〟を任されるのに相応《ふさわ》しい。まともに仕掛けて追いつける相手ではない。

それより問題は、後方にいる三チームであった。

浩太はいま、全体の二番目という望外ともいえる位置を走っているが、三位の駒澤大との距離は僅かに二十メートルほどしかない。

タイム差にして五秒ほど。

そしてその後ろには、関東大と東西大もさして遠くない位置で上位を狙っている。駒澤大の並木雅博《なみきまさひろ》、関東大の荒川湊《あらかわみなと》、東西大の高梨伊織《たかなしいおり》の三人は、いずれも箱根駅伝では知られた一流のランナーたちだ。浩太にすれば、トラック競技で幾度挑戦しても勝てなかった相手でもあった。

――駅伝はトラック競技とは違う。

打ち合わせの席で、甲斐からくどいほどいわれたひと言が、脳裏に蘇った。

だからお前にも勝機はある――そう甲斐は、浩太に説いたのである。

その言葉を信じて、浩太はいま走っている。

最長区間である九区は、二十三・一キロ。

七・七キロ付近の権太坂《ごんたざか》まではアップダウンの連続、その後は一転、ほぼ平地が続く。

ペース配分が難しい。

前半を飛ばせば、後半のスタミナが心配になる。後半勝負とみるならば、前半は抑え気味に入るべきだろうが、どこでスパートするかの戦略がものをいう。

甲斐とも相談し、周りの状況を見ながら、最初は軽めに入ろう。そう浩太は考えていた。後半のスタミナ切れだけは絶対に避けたいという思いもある。

一キロを過ぎ、細かなアップダウンが始まった。矢部町《やべちょう》歩道橋をくぐってから後方を振り向き、駒澤大の並木との距離を確認する。

その距離がスタート時点とほぼ変わっていないところを見ると、やはり並木も後半勝負と考えているのだろう。

そんなことを思いながら浩太は、自らの走りの感触をずっと窺っていた。

落ち着け。そう思うのだが、緊張のせいか、いつもの自分の走りではない。

元来、神経質な質《たち》である。やや背中から押すように吹いている北風も気になった。

だがその一方、権太坂を越えるまで、レースは膠着《こうちゃく》状態が続く——そんなふうに決めつけてもいた。

それまでにいつもの走りを取り戻そう。そう考えていた浩太が、自分の読み違いに気づかされたのはその直後のことであった。ふいに背後から人影が差したのだ。

駒澤大の並木だ。

いったい、いつの間に——!

並木は試合巧者だ。さっき振り向いて距離を確認した浩太を見て、その油断を衝《つ》いてきたと気づいたときには手遅れだった。

考える間もなく、並木との予想外の競《せ》り合いに引きずり込まれた。

こうなると、仕掛けた並木の方が精神的に有利だ。本選を三度走って、コースのことも知り尽くしている。

思いがけない展開に首筋で鼓動を感じ、かっと顔面が熱くなった。

並木が一段とペースを上げ、前に出ようとする。

浩太もそれに合わせ、心の準備が追いつかないまま併走が始まった。

アップダウンのあるコースは矢部町歩道橋を過ぎて下りに転じる。そのまま一キロ以上も並木と競り合い、東海道線陸橋が見えてきたところで、浩太は左手に巻いたランニング・ウォッチのタイムを確認した。

想定を上回るペースだ。そのことに浩太は少なからず動揺し、そして迷った。

スタミナ温存を考えてペースダウンするべきか、このまま並木のペースに合わせて競り合うべきか。

答えは自ずと出た。

長丁場の序盤でレースプランを変更するのは、あまりにもリスクが高すぎる。

ペースを落とした浩太を尻目に、並木は、悠々と浩太との距離を広げていく。

「あのペースで最後までもつのか」

その後ろ姿を見つめながら、浩太は懐疑的だった。だが並木の走りには躊躇《ちゅうちょ》というものが一切ない。

これが一流の走りか。あいつと俺を分かつ走りだろうか。

浩太の胸のどこかに巣くっていた卑屈さが芽生えたのはそのときだった。

並木は一年生のときから箱根駅伝を走り、卒業後は実業団に入るらしい。おそらく社会人ランナーとしても活躍するだろう。常に陽の当たる道を歩んできた男である。

一方、浩太のいる清和《せいわ》国際《こくさい》大学は、北野《きたの》監督の指導むなしく、この四年間、一度たりとも本選に手が届かなかった。並木と比べたとき、浩太の一万メートルの自己最高記録はさほど見劣りするわけではない。

だが、浩太は常に日陰の、無名の存在に甘んじるしかなかった。注目されることも、期待されることもなく、ただ壺の底にいて空を見あげている虫のような存在。箱根駅伝の常連と、出場経験のない弱小チーム。まるで向日葵《ひまわり》と雑草だ。這《は》い上がろうにも這い上がれない構造的不利がそこにあった。

王子神社前を通過し、柏尾《かしお》小学校入口の信号を過ぎていく。上柏尾歩道橋を越え、名瀬《なせ》道路の高架下をくぐる。その間に並木の背はみるみる小さくなり、そのうち間に中継車が入り込んで見えなくなった。

こんなにも差がつくものか？

突き付けられたその現実に、浩太は混乱した。

腿《もも》の軽微な違和感に気づいたのは、そのときである。

「大丈夫だ」

自分に言い聞かせた。実際、それは痛くなるわけでもなく、走りに支障を来《きた》すような類いでもないように思える。

「浩太。いま三分ペースだ」

背後についている運営管理車から甲斐の声が告げ、意外なひと言が付け加えられた。「脚、大丈夫か」

2

——脚、大丈夫か。

耳を疑うひと言だった。

思わず後部座席から甲斐をのぞき込んだ計図は、次いでフロントガラス越しに見える浩太のランニングフォームに目を凝らしてみる。

そういえば先ほど、スタートから四キロ付近にある不動坂の信号を過ぎた頃、甲斐は、助手席側の窓から頭を出してじっと浩太の走りを見ていた。何か気になることでもあったのだろう。

さらに目を閉じて、何かに耳を澄ませていた。ちょうど、そのあたりだけ応援の人たちの姿がまばらになる場所である。

肌を刺す冷気が車内に流れ込み、計図の隣に座っている競技運営委員の戸田《とだ》が、いったい何をしているのかという顔で甲斐を見ていた。

「いま、無理しなくていいからな。少しペースを落としてみろ。ここで無理するな。がまんだぞ、浩太」

甲斐の言葉に、浩太は右手を上げてこたえた。

「監督」

声掛けが終わるのを待って、計図は戸惑いつつ問うた。「浩太さんの脚、何かあるんですか」

「調子のいいときの音じゃない」

「音……？」

思わず、計図は驚いて繰り返した。浩太のフォームから何かを察したのかと思ってはいたが、まさか、シューズの音に耳を澄ませていたとは。

体の動かし方、フォームの特徴、表情、そしてシューズの立てる音——。

そのすべてが、甲斐にとって、選手の調子を見分けるバロメーターになっていたとしたら。甲斐が選手の走りを見て、その調子を誰よりも早く見抜くことができるのもわからないではない。

そういう——ことか。

計図は後部座席でひとつ息を吐《は》くと振り返り、浩太を追ってくる選手の位置を確認した。ベンガラのユニフォームがすぐ後ろにいた。三十メートルほどだろう。関東大の荒川だ。そのまた後ろには、東西大の高梨もいるはずだ。

三番手グループといっていい状況が形成されつつあった。

沿道の商店に立てられた幟《のぼり》が風にはためき、雨はやんでいるが濡れた路面は乾く間もなく黒く浮き上がって見えている。

浩太から首位青山学院までの差は約九十秒。駒澤の並木とのタイム差は、テレビ映像でわかるポイントから逆算すると、いまのところ十秒ほどだろうか。

浩太の走りを見守っている甲斐の表情が厳しさを増した。計図の胸を過《よぎ》ったのは、六区での猪又丈の転倒と故障の顚末《てんまつ》である。

終盤の九区であんなトラブルが起きたら、もはや挽回の余地はない。

高速環状二号ガード下をくぐり、芹《せり》ヶ谷《や》団地入口を過ぎた。

あと数百メートルも行けばコースは坂下口からの長い上りに変じ、山谷《さんや》の信号を越えて権太坂の急坂になる。

息を詰めて浩太の走りを見守る計図が、自分の乗る運営管理車のすぐ後ろまで関東大の荒川が近づいてきたことに気づいたのはそのときであった。

「コースを空けて通してください」

走路管理員の久山《ひさやま》の指示で、ドライバーの谷本《たにもと》が邪魔にならないようクルマを路肩に寄せ、荒川を前に出した。

荒川が迫っていることに、浩太は気づいていないだろう。

どうする――。計図が迷ったとき、

「来てるぞ！」

開け放したままの窓越しに、沿道の応援客からの声が聞こえた。振り返った浩太の焦りの滲《にじ》んだ表情が、計図を不安にさせる。

浩太のペースが上がらない。いや、もしかすると、速く走ろうにも走れない何かがあるのかも知れない。

――浩太さん。

祈るような思いで見つめる計図が、ようやく浩太のペースアップを認めたのは次の瞬間であった。明確にピッチを上げ、眼前に現れた権太坂の上りに挑んでいく。

これ以上、抜かれるわけにはいかない。

そんな浩太の気持ちが、その走りには込められているような気がする。意地の走りだ。

関東大との壮絶なバトルが始まろうとしていた。

3

「この坂、ホンマきつそうですねえ」

畑山がいうのも無理はない。八区の遊行寺《ゆぎょうじ》、九区の権太坂《ごんたざか》。どちらも、復路のレースを左右する難所だ。そのために、番組では固定カメラを設置して、これに挑むランナーたちの戦いを捉えているのである。

山谷の交差点あたりから始まる権太坂は、一キロほど先、狩場町《かりばちょう》第三歩道橋の手前で終点を迎える。急坂の始まりと終わりの標高差は、二十六メートル。この過酷な坂道を攻略しても、タスキを渡す鶴見中継所までの残り距離は十五キロもある。スタミナが試される最長区間だ。

自信みなぎる荒川の表情とは対照的に、松木の強ばった表情が、徳重には気になった。荒川が箱根駅伝を走るのはこれで三度目。いずれも九区を任されており、ペース配分やコースの状況、周辺の雰囲気まで勝手知ったる道中だろう。しかも走りは堅実。優秀なランナーが集う関東大で、〝プロフェッサー〟名倉が最も信頼を置く選手のひとりといっていい。

松木の少し後ろにいる東西大の高梨伊織も、同じく箱根の常連だ。首位をいく青山学院大の小西賢、駒澤大の並木も含め、この終盤で優勝争いを演じているランナーたちは、いずれも学生陸上競技界のスターたちであり、箱根駅伝ファンにとっては馴染みの顔である。

その中にあって、松木の存在だけが、いわば異質であった。

清和国際大学は、箱根駅伝本選への出場経験がない。大学の強化方針が打ち出され、実業団を引退したばかりの北野公一《こういち》を監督に据えたのが四年前。昨年の予選会十三位という成績は、北野の強化が確実に実りつつあることを証明しているように思える。

だがいまのところ、清和国際大は、一般の箱根駅伝ファンにとって未知のチームといっていいだろう。いったいどんなチームなのか、どんな選手がいるのか、世の中にはほとんど知られていない無名集団だ。そこから選抜され、名だたる有名ランナーに混じって九区を走っている松木浩太についても、視聴者で知る人はほとんどいないはずだ。

手元の資料にある松木のトラック競技の記録はなかなかのものだが、先ほど駒澤大の並木にあっさりと抜かれ、いま関東大の荒川にまで抜かれようとしているその走りは、記録とは違い凡庸なものに見えた。この大舞台に相応しい役者たちのオーラに完全に飲み込まれてしまったかも知れない。

この九区を二位でタスキを受けた松木だが、序盤だけで二つ、順位を落としたことになる。

「学生連合は、八区が良すぎましたわ」

畑山が俄《にわか》解説者然として論じ、それを受けて黒石まで、

「ついでに東西大も、学生連合の前に出てくれるとうれしいな、北村。視聴率が取れるぞ」

そう皮肉めいた口調でいった。

箱根駅伝というテレビ番組を制作する者として、関東学生連合の躍進をどう伝えればいいのか。いままで徳重も、そしておそらくは菜月も、正面から向き合ったことはなかった。

順位と記録を競うこのレースで、そのいずれもつかないチームの戦いを伝えることがいかに難しいか。だが彼らは、持てる力の限りに戦っている。無名ではあっても、徳重が目の当たりにしているのは、混じり気のない真剣な戦いなのだ。

荒川と松木との差は、さらに開いて行った。

松木は顔をしかめ、苦しげに歯を覗かせて首を斜めに傾げている。スピードは上がらない。

いまこの男は、果たして何のために戦っているのか。

徳重は自問してみる。

参考にしかならない記録や順位のためか。あるいはランナーとしての本能か。手元にある松木の資料には、箱根駅伝への抱負としてこう書かれていた。

——いままで自分を支えてくれた人たちのために走りたい。

なるほどとは思うが、ありふれたひと言にも読めた。ここにいる選手は誰だって、誰かに支

えられて走っているのだから。

やがて、松木の姿は関係車両の陰にかくれて見えなくなった。

松木のスピードは一キロ三分をオーバーするペースで、上り坂を差し引いても遅い。まもなく、東西大の高梨にも抜かれ、もしかするとその後続にも抜かれる可能性すらある。

例年にない大健闘を見せた学生連合だが、もはやその命運も尽きかけている。今年の学生連合チームにとって、この展開は終わりの始まりにしか見えなかった。

4

清和国際大学の北野さんから電話有り——。

母が残したそのメモは、自室のデスクに置いてあった。

ちょうど通っていた公立高校で開かれた就職説明会に出席して帰宅したところである。

大学に行く同級生たちが多い中、浩太が就職の道を選ぼうとしていたのには、家の事情によるところが大きかった。

浩太の家は、富山市内で和食の店を営んでいた。

三階建ての家は、二階と三階が住居部分で一階が店舗。東京の名店「志乃原《しのはら》」で修業した父が包丁をふるい、母はフロアを仕切る女将。のれんの内側に、調理補助の見習いであるケンちゃんこと内野《うちの》健一《けんいち》がいて、忙しい日にはアルバイトがひとりくる。

小さな店ではあるが、料理屋としての歴史は古く、亡くなった祖父が創業して、かれこれ六十年。味で評判の老舗《しにせ》であった。いまは二階を住居にしているが、祖父がまだ健在で包丁を握っていた頃は二階まで客席になっていた。

店の名前は、「まつ木」。苗字そのままだ。

しかし祖父の死によって料理人が父ひとりになってしまい、店舗は一階だけに。事業の縮小を余儀なくされた。浩太が小学校四年生のときである。店の経営は苦しくなる一方で、松木家には、浩太を大学で四年間遊ばせておくだけの余裕はなかった。

「学校を卒業したら、『志乃原』に修業にいって、そのあとはウチの店に戻ってくんがやぞ」

浩太が一人前になって店を手伝えば、以前のように繁盛させられる。父はそう考えていた。浩太に期待されていたのは、「まつ木」三代目として、目下零落《れいらく》中の店を再興することである。

料理の修業を始めるのなら、早いほうがいい。父も高校卒業と同時に修業に出た。「家だと甘くなる。修業するなら外に出した方がいい」という祖父の考えからだったらしいが、その考えは父にも受け継がれている。

自分の前に敷かれたそんなレールを、浩太は「なんとなく」受け入れようとしていた。だがその将来像は、どこかピントが合っていない写真に似ていた。

料理人になって店を継ぐ。それが本当にやりたいことなのか、浩太には自信がなかったのである。かといって、他にやりたいと思うことも見当たらない。

浩太は、中途半端に揺れていた。

北野からの連絡があったのは、そんなときであった。

「清和国際大……」

母のメモを見て、浩太はつぶやいた。聞いたことはあるが、どんな大学か詳しいことは知らない。そこに書かれた北野という名前にも心当たりはなかった。ついでにいうと、相手の連絡先も書かれてなく、用向きも不明だ。

「なんのことだよ」

メモを丸めて捨てた浩太宛てに、「清和国際大学の北野」から再び電話があったのは、その夜のことであった。

「浩太くんですか。私、清和国際大学の北野といいます。陸上競技部の監督をしています」

その電話を、浩太は店の厨房で受けた。そこに置かれた電話だけ自宅と共通の番号になっている。

「陸上競技部……？」

厨房の流しで皿洗いの手伝いをしていた浩太は、電話を顎と肩で支え、エプロンで濡れた手を拭きながら繰り返した。

「実は、君に清和国際大学について話を聞いてもらいたいと思って電話したんだ」

驚いたことに、北野の電話は同大陸上競技部への勧誘であった。

「将来有望な長距離の選手に声をかけているんだ。興味があれば、直接会って話したい。どうだろう」

「あの——どうしてぼくに？」

浩太は少々、戸惑いながらきいた。たしかに、高校の三年間、浩太は陸上競技部に入っていた。真剣にインターハイを目指していたのだ。その夢は結局、かなわなかったが。

「実は、先日の地区大会での君の走りを見ていた」

気のない返事を、浩太はした。高校三年間のすべてを注ぎ込んだ五千メートル決勝。結果は七位でインターハイの出場はならなかった。上位者の辞退があっても、繰り上げはない。

「君はもっと伸びる。一緒に『箱根』を目指さないか」

やや唐突に思えるひと言に、

「箱根駅伝、ですか……」

北野のいう、「箱根」が箱根駅伝のことだと気づいて、浩太はつぶやいた。

箱根駅伝はもちろん憧れだが、いきなり「目指さないか」といわれても困る。そもそも就職しようと思っていたわけだから、なおのことである。

「あの。それ、大学に行くという話ですか？」

注文の声や人の笑い声が溢れている店内で、浩太は少し声の調子を落としてきいた。「ウチ、大学に行く余裕ないんですけど」

やんわりとした断りだが、北野は引き下がらなかった。

「一度話だけでも聞いてくれないかな。直接会って、話そう」

北野が、富山の高校まで訪ねてきたのはその翌週のことである。

そのとき――。

北野は、清和国際大学のスポーツ推薦枠で奨学金を出すという条件をもってきた。陸上競技部の寮住まいだから、生活費もほとんどかからない。

魅力的な提案だった。

箱根駅伝を走る――。いままで考えもしなかった目標が、突如出現したのだ。しかしそれは、一旦目の前に出現するや、浩太自身も驚いたことに目が眩《くら》むほどの輝きを放ち始めたのである。

だが、大学への進学は、浩太を当てにしている家業に関わる大問題である。

就職するといった手前、いまさら大学へ行きたいとはいいづらい。

悩んだ浩太に、解を授けたのは体育教師の坂上《さかがみ》だった。陸上競技部の顧問である。

坂上は、浩太の話を聞くと、その目を真っ直ぐに見据え、

「お前、本気で『箱根』、走りたいがか？」

そう、きいてきた。

おそろしく単純ではあるが、その問いは浩太の喉元につきつけられた刃のようだった。

随分長い沈黙の末、ようやく浩太は答えを絞り出した。

「走りたいです」

単純なひと言だが、それを口にするのには覚悟が必要だった。清和国際大に進むことは、父の期待を裏切ることに等しい。

「全国レベルで言うたら、今のお前でっちゃ間違いなく二流だちゃ」

浩太の答えを黙って受け止めた坂上は、真剣な目を向けた。「清和国際大学の陸上競技部は実績がないがだから、名の知れた選手はおそらく採れんがやろ。だからその北野監督が狙っとんがは、いまは二流でも磨きゃあ光る選手。それがつまりお前っちゅうことやろ。ありがたいことやけど、箱根への道のりは険しい。そう簡単なことじゃないがやぞ。四年間、本選に出られんかもしれんぞ。それでもいいがか？」

体育館の脇にある、体育教員室である。自席の椅子を回転させ、浩太と対峙《たいじ》している坂上は、開いた脚の腿のあたりに両手を置き、心の底まで届くような眼差しを向けてきた。

迷いが完全に吹っ切れたわけではない。

だが、箱根駅伝という目標は、代替の利かない、目指すべき唯一の目標に思えた。インターハイを逃した悔しさもある。大学でリベンジしたい。もし就職してしまったら、その機会は永遠に失われるのだ。

家を継ぐのは大学を出てからでもできる——そう浩太は自分に言い聞かせた。

「行きます」

今度は答えるまでそう時間はかからなかった。言い切った浩太を坂上はじっと見つめ、小さな吐息を漏らした。

坂上が浩太の実家にわざわざ足を運び、清和国際大へ進学させて欲しいと父と母を直接説得してくれたのは、その数日後のことである。

その席で見た父の苦り切った顔を、いまも浩太は忘れることができない。

すべての話を聞いた父は、しばし黙りこくり、

「わかりました。よろしくお願いします」

そう頭を下げた。

「大学の四年間は遠回りになるかも知れませんが、浩太くんの人生にとって無駄にはなりません」

坂上はそんなことをいい、それから浩太の方を向いた。

「松木、よかったな。でも本当にチャレンジすんがは、こっからやぞ。行くからには、必死でやらんとあかんぞ。努力すりゃあ、かならず実、結ぶはずやちゃ」

5

だが——世の中には実を結ばない努力もある。

そのことを、浩太は誰よりも知っている。この四年間で辿《たど》り着いた皮肉な真実だ。

北野が全国を行脚して集めたランナーたちは、ひと言でいえば玉石混淆《ぎょくせきこんこう》であった。

北野という男は、冷徹な現実主義者である。

絶対的な専制君主として君臨し、箱根駅伝に出場するために必要なことはなんでもする一方、精神論やなだめすかしの類いは一切ない。

だが、そんな北野の、「このチームを箱根へ連れて行く」という情熱は本物だった。いくら選手に厳しくしても、ひとつ屋根の下に暮らしている浩太らには、その気持ちはひしひしと伝

わってくる。

最初は、指導方法に対し不満を口にするチームメイトもいた。

そんなチームで、浩太はいつも不満を聞く側であった。たしかに、北野監督は厳しく、選手を追い込み、ときに強度を上げたハードな練習を課している。だが、浩太はそれに不満を抱くこともなければ、間違っていると思ったこともなかった。

いわば二流の自分たちが人並みの練習しかしなかったら、二流で終わる。

地区大会敗退のリベンジを果たし、全国に名を馳せたスピードスターたちと箱根駅伝で渡り合うのなら、それぐらいの練習はして当然ではないか。

もっとも、上級生たちは突然の強化方針に戸惑い、北野の監督就任で一変した雰囲気についていけないものは部を去って行った。このとき、清和国際大学の陸上競技部のカルチャーは、完全にリセットされたといっていい。

だが、残った部員たちはやがて、北野の指導方針に賛同していくことになる。

様々な記録会や大会で結果を残し、パッとしなかったチームが確実に強くなっていく手応えを感じたからだ。

北野監督についていけば強くなれる——。

そんな空気が部内に浸透し始め、チームメイトたちの目の色が変わった。

そして迎えた、秋の箱根駅伝予選会。

清和国際大学は二十五位と惨敗を喫し、一年生ながら主力ランナーのひとりとして抜擢《ばってき》された浩太は打ちひしがれた。

箱根駅伝の難しさを痛感した瞬間でもあった。

誰かひとり速い選手がいても、箱根への扉は開かない。

一チーム十人から十二人の選手が走り、その上位十人の合計タイムで競う予選会を勝ち抜くためには、ランナーの質だけではなく選手層が問われる。圧倒的な駒不足だった。

だが、ハーフマラソンの距離で、強豪チームと戦えるランナーを揃えるのは容易なことではない。いわば特殊な戦いなのだ。

一流の人材は、強豪校に流れてしまう。誘いに乗って入ってくるのは、浩太のように一流になりきれなかった選手たちだ。磨けば光る原石である。北野は、スカウティングのため全国を飛び回っていた。

しかし、その原石が期待通りに輝くかどうかは、わからない。

二年生時の予選会で、清和国際大学は二十位の壁を突破し十九位になった。順位は上がったものの敗退には違いない。

「お前がチームを引っ張れ」

北野監督にいわれて三年生で主将になった浩太が部員に提示したスローガンが、〝監督を『箱根』に連れていこう〟だ。

絶対に行けると信じていた。北野のスカウティングによって可能性を秘めた選手が集められ、そろそろ駒が揃ってきたという思いもあったからである。

だが、万全の態勢で挑んだはずのその予選会の結果は、十五位――。

成績発表の場で泣き崩れる仲間たちもいる中、浩太は茫然《ぼうぜん》とステージのボードを眺めていた。

胸に浮かんできたのは、高校の恩師、坂上の言葉だ。

――箱根への道のりは険しい。そう簡単なことじゃないがやぞ。

あれだけ努力しても、必死になっても、予選会の壁は越えられなかった。

「我々の努力が足りなかった」

それは、絶望の淵に突き落とされた部員たちに向かって放った北野のひと言だ。

本当にそうだろうか。浩太は疑問を抱いた。

俺たちの努力は足りなかったのだろうか。

だが、答えは見つからない。

「予選会、ダメやったちゃ」

実家に敗退の報告をしたのは、その日の夜のことである。電話に出た母は報告するまでもなく清和国際大の予選会敗退を知っており、

「ちょっと待っとられ。いまお父さんに代わっちゃ」

父と代わった。

「そういうこともあっちゃ。残念やったのう」

電話に出た父の声はいつになく沈み、重苦しい沈黙が挟まる。

だがその沈黙には、別の意味も込められていた。予選会敗退というだけではない、他の理由

が。父が、その胸の内を語るまで、浩太はそのことに気づかなかった。

「あのな、浩太。実は、店を畳むことにしたがよ」

は、と小さく声を出したきり、浩太は言葉を無くした。

「ちょっと前から売上げが落ちとったがよ。このへんに、新しい店がいくつかできたやろう。そんながも影響しとんがやと思う。いろいろやってみたんやけど、どうにも客は戻ってこんし、借金ばっかり膨らむ一方ながよ。それで、柳田《やなぎだ》先生に相談したら、いろいろ取り計らってくれたがよ」

柳田は、県議も務める地元の重鎮で、酒蔵の次男坊ながら地方政界で活躍している男だった。「まつ木」の常連客のひとりでもある。

「今度、立川ホテルチェーンが富山に進出するいう計画があるがやちゃ。そこで料理長を探しとるらしくて。柳田先生の口ききで、雇ってもらえることになったちゃ」

銀行からの借金を返済するため、自宅兼店舗も売却し、余ったカネで健一に退職金を払い、自分たちは市内のマンションに引っ越すことを、父は淡々と話した。

「なんでけ？　そんなこと……。聞いてないよ、俺」

「お前に心配かけるわけにはいかんかったがよ」

父がみせたのは、箱根駅伝に賭ける浩太への気遣いだ。

「家のこった心配せんでいいから。お前に残せんかったんは残念やけど、これも世の中の流れだと思えば仕方無いちゃ。とにかくお前は来年、箱根駅伝に出られるように頑張らんにゃ」

もし自分が高校を出てすぐ修業し、家業に戻っていたらこうはならなかったかも知れない。浩太の胸の中で、激しい後悔が渦巻いた。

「それっちゃ、もう決まったがけ？　あのさ。俺、いまから大学やめてでも手伝おうか」

思わずそう口にしたが、父が寄越《よこ》したのは淋しげな笑いだけだ。

「どんなことにでも潮時があるいうことやろ。いまがそうだったがやちゃ」

それは父が自らに言い聞かせているようにも聞こえる。父にとって祖父から受け継いだ「まつ木」は、なんとしても守りたい大切な店だったはずだ。

それを手放すと決めるまで、どれだけ父は悩んだのだろう。

それでも父は、決して浩太に戻ってこいとはいわなかった。つらかったに違いない。

「お前、教職課程とっとったやろ。考えてみりゃあ、ウチの店継ぐより、学校の先生になった方がずっと手堅《てごと》うていいわ。お前はお前の人生を進めば、そっでいいがやちゃ」

そういうのに、父はどれだけの力を振り絞っているのだろう。思わず言葉を詰まらせた浩太に、父は続けた。「お前が箱根を走るのを見るがを、お母さんと楽しみにしとっから。来年こそ、予選突破できるよう頑張らんにゃいかんぞ」

6

予選突破は、清和国際大学の悲願でもあった。

〝監督を『箱根』に連れていこう〟を合い言葉に、最大限の努力と情熱を練習に注ぎ込んだ結果——。

またしても、敗退した。

努力は、必ずしも実を結ぶわけではない。

長く殺風景な権太坂を上りきった八キロ付近。一車線道路が二車線に拡がり、視界が開けてきた。市児童公園入口の信号を越えて下りに転じ、苦しい上りの坂道から解放されたところだ。

前走する荒川との差はジリジリ開いていく。

焦りが、冷静さを奪っていく。

俺って、この程度か——。

自分への怒り、悔しさ、ふがいなさに胸を塞《ふさ》がれ、一瞬、集中力が途切れたそのとき——。

隙を衝《つ》いてきた新たなランナーがいた。コバルトブルーのユニフォーム、東西大の高梨だ。

高梨は音もなく現れ、浩太の横に並んだかと思うと、鋭く前に出ていった。

必死に、その高梨に食らいついていく。

ここで負けたら、本当の負けだ。浩太はそう自分に言い聞かせた。しかし、浩太の抵抗を嘲《あざ》笑《わら》うかのように、高梨は余裕で走っているように見える。

速い——。

浩太は、かすかに戦《おのの》いた。おそらく、一キロ二分五十秒を切るスピードだろう。不意打ちのようにして戦いに引き込まれ、気づいたときには後手に回っている。

高梨との距離は三メートルほどだが、少しでも浩太がペースを緩めれば、その差はあっという間に広がっていくに違いない。

いま出来ることは、その距離をなんとかキープすることだけだ。ひた走る浩太の脳裏に、

――今のお前でっちゃ間違いなく二流だちゃ。

坂上の言葉が蘇った。

高梨の履いているシューズが、アトランティスの最新型だと気づいたのもそのときだった。

市販前のプロトタイプじゃないか、と浩太は疑った。

名門チームの有名選手である高梨には、おそらく一流シューズメーカーのフィッターがついているのだろう。一方の浩太が、試合用に大事に履いてきたのは同じメーカーの旧型だ。

高梨との距離はわずか三メートルだが、浩太にはそれが途轍《とてつ》もなく遠い距離に感じられた。

この差は、埋められない。

所詮《しょせん》、俺はこいつに勝つことは無理なんだ。勝てるわけがない。

劣等感で一杯になった浩太の胸で絶望が膨らみ始めた。浩太の感情は行き場を失い、彷徨《さまよ》い、ついに八方塞がりになろうとしている。そのとき――。

「浩太。――浩太」

ふいに誰かが呼びかける声がして、浩太は思考の渦から現実に引き戻された。甲斐だ。

「空を見てみろ」

その甲斐の声がいった。運営管理車からマイク越しに語りかけてくる声だ。

えっ――？

思いがけないひと言に、浩太は、前を走るコバルトブルーのユニフォームに固着したようになっていた視線を上げ、遠く前方に向けてみる。

いままで雲に分厚く覆われていた空に出来た裂け目から、神々しいほどの太陽光線が地上へ降り注いでいた。天空から光の粒子が零《こぼ》れ落ちてきて、透明な器の中ではじけているかのようだ。それが輝ける天然のオベリスクのようにして、そこにある。自分を誘《いざな》うかのように。

それを目にしたとたん、浩太ははっと我に返った。

波が押し寄せてくるように、沿道の歓声が戻ってきた。

「四年間、お前はやれることはすべてやってきた。精一杯努力してきたんだ」

甲斐が語りかけてくる。「お前がやるべきことは、自分に誇りを持って走る、ただそれだけだ。お前にはお前の走りがあるはずだ。ひとりのランナーとして、誇りを取り戻せ。いまがそのときだぞ」

腕を振り、一歩一歩地面を蹴りながら、浩太は甲斐の言葉に耳を傾けている。

「浩太。いままでお前が背負ってきたものは全部ここに置いていけ。肩の力を抜いて、気楽にいこうじゃないか。リセットして、あの光に向かって走れ。さあ、気持ちよく走るぞ。これからだ」

なぜだろう、涙がこみ上げてきた。

走りながら顔を上げ、浩太はその空を見つめる。暗い雲が割れた隙間に覗《のぞ》く空の、群青《ぐんじょう》にも近い青さが目に鮮やかだ。きっと、この青さの向こうに未来と呼べるものがあるのではないか。

そんな気がした。自分が進むべき未来が。

唇を噛《か》み、コース前方に視線を戻す。

腕が振れてきた。

脚が前に伸びはじめる。

地面を蹴る、軽快な音が心地よく耳に届いた。それまでの重苦しい感覚は魔法のように消え、しなやかさが体に宿る。きっと、あの空がくれたんだ——そう浩太は思った。

両手に給水用のボトルをもって、清和国際大学のチームメイト、稲本圭《いなもとけい》が駆け寄ってきた。

「東西まで二十秒差！　頑張れ！」

まるで一緒に十キロの道のりを走ってきたかのように表情は必死だ。「これからだ！　行けるぞ！」

浩太は、差し出されたボトルからブルーのテープを巻いたボトルのスポーツドリンクをとって、冷静に口に含んだ。

もうこの状況に臆することも、恐れることもない。

俺は——俺だ。

「サンキュ！」

ボトルを圭に返し、浩太は前方に揺れるコバルトブルーのユニフォームを追ってペースを上げた。

7

「いいレースだ」

　徳重の隣席で、北村が誰にともなくいった。

　先頭をいく青山学院の小西がスタート地点である戸塚中継所から十四キロ、高島町の交差点を越えるところだ。

　そのわずか五十メートルほど後ろにまで迫ってきているのは、駒澤大の並木で、こちらは区間新記録が期待されるほどのハイペースで走っている。

　その後ろ、百メートルほど遅れて関東大の荒川。そこから十五秒ほどのところに東西大の高梨がいる。学生連合の松木は、他のランナーたちと比べると明らかに精彩を欠き、じりじりと後退していった。

　このままいけば、現在四位の東西大までが優勝を狙えるポジションだろう。九区にまできて、この小さなタイム差に四チームがひしめくのは、近年にない白熱した優勝争いに違いない。

「白バイ隊員の紹介、行きます」

　菜月の指示で、一号車が映す画面に、神奈川県警の交通機動隊が大写しになった。

　――まずセンターライン側、神奈川県警第二交通機動隊、小林夏美《こばやしなつみ》巡査です。

　辛島が、名前や所属、事前に取材したコメントも含めて丁寧に紹介していく。視聴者は何も考えずに聞き流すかも知れないが、交通規制にはじまり、沿道の警備、ランナーの誘導など、警察による正月返上での協力があって初めて、「箱根駅伝」というコンテンツが成立している。

「このあとヘリコ、行きます」

九区も後半になって、菜月が出す指示も矢継ぎ早になってきた。

一号車のカメラが、首位を走る青山学院を映していた。

「先頭をいく青山学院の小西くん、少しペースが落ちてるんじゃないですか」

解説の相沢は微細な変化を見逃さなかった。映像ではわからない、一流の経験者ならではの指摘だ。

——一キロ、二分五十五秒です。

沿道に配置されたスタッフからの報告が上がる。

北村が思わず立ち上がり、興奮のひと言を口にした。

「逆転——あるぞ」

後続のランナーたち、駒澤大の並木、関東大の荒川、東西大の高梨は、いずれも小西を上回るペースで走っているからだ。

——駒澤大の並木くんと青山学院との差、縮まってきました。

副調整室が再び慌ただしくなってきた。

バイクカメラが、追い上げる並木の表情に寄ってテイクしている。鋭い眼光であった。狙い澄ましたように前方を見据えた鉄壁のフォーム。上体は固定されているかのように動かない。

「ターミネーターか」

畑山の感想は、たしかに的を射ていた。そして、

「三号車、行きます」

菜月が切り替えた画面に、徳重は思わず目を疑った。

東西大の高梨を捉えた映像である。高梨は先ほど学生連合の松木をかわして、四番目に上がり、いまは前を行く関東大の荒川を追い掛けているところだ。

ところが、その高梨の走りを前方から捉えたカメラアングルに、意外な選手が映り込んでいた。

「あれっ。学生連合、おるやん」

畑山が目ざとく見つけた。「まだ粘っとるんかい。とっくに脱落したと思ってたわ」

北村も、少し驚いたような目でその画面を見据えている。

――松木くん、一キロ二分五十秒を少し切るペースに上がりました。東西大に追いつくかも知れません。

まさか。

スタッフの情報に徳重は刮目《かつもく》し、三号車の画面に映る松木を凝視した。

――強い。

改めて胸に湧き上がったのは、学生連合チームに対するそんな思いだ。このまま学生連合が五位相当でフィニッシュしたら、大健闘である。だが、松木はいま明らかに上位を狙って仕掛けようとしていた。

「三号車。下がって学生連合の松木くんテイクしてください。この後もらいます」

菜月が出した指示に徳重は思わず立ち上がり、両手を腰にあてて移動していくカメラ映像を見つめる。

「この大事なところで学生連合のテイクはないいな」

非難めいたひと言が徳重の耳に入った。黒石だ。「撮る価値ないだろ」

菜月にも聞こえたはずだ。その表情が強ばり、ヘッドセットを外してこちらを振り向こうとしたとき、

「ここに、撮る価値のない選手なんかいない」

きっぱりとした北村の反論が割って入った。「選手ひとりひとりにドラマがある。強豪校だろうが、学生連合だろうが関係ない。彼らはみんな、この本選の舞台を走ってるんだ」

有無をいわせぬ語気に、ふん、と鼻を鳴らした黒石がそっぽをむいた。畑山が気まずそうに鼻のあたりを指でこすっている。

移動していた三号車のカメラが、ぴたりと学生連合の松木を捉え、

「五番目を走っているのは、関東学生連合です」

辛島の実況が始まった。「清和国際大学の松木浩太、四年生。富山県出身、最初で最後の箱根駅伝です。松木の実家は富山市内で料理店を開いていたそうです。本当はそれを継ぐはずでしたが、継げませんでした。両親には申し訳ないことをしました。だけど、その代わり陸上競技からはたくさんの宝物をもらいました。仲間を信じ、大切に思う気持ち、ひたむきに努力する大切さ。四月からは地元に戻って高校の先生になります。これから教え子になる生徒たちに、

自分が得たものを伝えたいです――そう話してくれました」

慌ただしく手を動かしながら、副調整室の誰もが辛島の実況に耳を傾けている。

松木の走りが、輝いて見えた。

「無名かも知れません。だけど、この走りは本物だ」

自分でも驚いたことに、徳重はそう声に出していた。「きっと、視聴者の心にも響くでしょう」

そのとき、

「首位が入れ替わります！」

一号車実況の横尾が声を張り上げ、ついに優勝争いが動き始めた。ペースが上がらない青山学院の小西に、駒澤大の並木が追いつくところである。

「ついに――ついに駒澤大の並木雅博、青山学院の小西賢を捉えました！」

藤色のユニフォームが前に出て行くのを見つめながら、徳重は腹の底から震えるような興奮が這い上がってくるのを感じた。

画面の順位表示が変わり、駒澤大が一番上に上がる。二位青山学院、三位関東大、四位東西大。そして、順位のないOPの記号とともに、学生連合の名前が表示されている。

二区以降、一度も先頭を走ったことのなかった駒澤大がついに、首位に立った瞬間である。

横浜駅に近づくにつれ、沿道は次第にコンクリートで固められた都会の光景へと変貌しようとしていた。先頭、駒澤大の並木が間もなく十四・四キロ付近、横浜駅近くの給水ポイントに差し掛かり、

「横浜駅、定点カメラ。五秒後行きます」

菜月の指示で、高速道路の高架下、黒く上下にうねるように伸びるだだっ広い片側四車線道路の映像に切り替わった。

8

くそっ。抜けない！

前を行く、東西大の高梨との距離は思うようには縮まらなかった。三十メートルはあるだろうか。

高梨もまた、背後から浩太が近づいていることを察知し、ペースを上げて振り切ろうとしているのがわかる。

高梨の揺さぶりに浩太は必死に食らいつき、さっきから前に出る機会を狙っているのだが、高梨はなかなか隙を見せなかった。

高梨はコースを知悉《ちしつ》し、戦い方を知っている。

十キロの給水ポイントを過ぎたあたりで始まったふたりの縦走はすでに四キロほど続いていた。高島町の交差点を越えてＪＲ根岸線のガード下をくぐる。それまで二車線だった道路が四車線に変わると、突如視界が開けた。ビルが建ち並ぶ大都市の光景がふたりのランナーを見下ろしている。

頭上を首都高の高架が走るコースに応援客の声援が輻輳《ふくそう》して響き、高梨との距離を詰め切れない浩太を焦らせた。経験したことのないレース環境だ。沿道から注がれる視線や声援までもが、見えないカケラのように降り注いでくる。

十四・四キロの給水ポイントが近づいてきた。

抜けないかも――。

そんな弱気がどこからともなく頭をもたげ、脳裏を過《よぎ》っていく。東西大の給水係が飛び出し、前を行く高梨にボトルを差し出すのが見えた。

浩太の給水係は、同じ清和国際大のチームメイトが務めてくれることになっている。ところが――。

清和国際大のジャージに「給水」のビブスをつけた人影が、飛び出すや、

「なにやってんだ、浩太！」

大声で浩太を叱りつけた。

両手にボトルを握り締めて駆け寄ってきたのは、事前に聞かされていたチームメイトではない。

監督の北野公一だった。

いったい……考える間もなく、

「バカ野郎！」

その北野は、頭ごなしに浩太をどやしつけた。「前半しっかり休んだだろう。さっさとギアを上げないか！」

容赦ない檄《げき》である。「こんなとこで負けてたまるか。お前なら抜けるはずだ。抜け！」

横浜駅前の給水ポイントは、給水係と併走できる距離が長い。五十メートルほどあるだろうか。誰憚《はばか》ることのない大声の叱咤《しった》に、浩太はうなずくのがやっとだ。

「四年間のすべてをぶつけろ！　――お前ならできる！　お前なら――できるはずだ！」

えっ――浩太は思わず目を見開いた。

北野の顔が涙でぐしゃぐしゃになっていたからだ。

「前を向け！」

それが北野の最後の激励だった。

北野が声を振り絞ったところで、ふたりの併走にはピリオドが打たれた。

陸上競技人生の中でどれほどの距離を走ってきただろう。だが、ひとつだけ確かなことがある。これほど力強く、勇気をもらえる数十メートルは絶対になかったということだ。

たしかに――世の中には実を結ばない努力もあるだろう。

だが、何も生まない努力なんかない――。それに気づいた浩太の胸に、熱いものがこみ上げた。

――監督、ありがとうございます。

心の中で浩太はつぶやき、前をいくコバルトブルーのユニフォームを静かに見据えた。

抜け！

北野の力強い言葉が、浩太の背をぐいと押してくれた気がする。

どうしても届かなかった高梨の背中が、そのときじりっと近づいてきた。

――学生連合と東西大の差、もうほとんどありません。

スタッフからの一報が入ったとき、徳重は虚を突かれて視線を上げ、三号車が映している映像を凝視した。

「まさか……」

コバルトブルーの東西大のユニフォームのすぐ後ろに、学生連合のタスキをかけた松木がいる。

実際には、数メートルの差があるだろうか。しかし、高梨の前方からテイクしたテレビカメラ映像で見ると、ふたりの姿はほとんど並んで見えた。さらにその背後には、東西大と学生連合、二台の運営管理車が重なって見える。

生麦《なまむぎ》駅入口の交差点を過ぎたあたりだ。

「高梨。お前、最後にこんな走りで卒業していくつもりか。ラスト三キロだ！　関東大に追いつくぞ。お前なら行けるはずだ！」

音声が、平川監督の激しい檄を拾った。その声は裏返り、優勝候補として挑んだはずの本選で、思い通りの結果が出ていないことに苛立っている。

平川は、学生連合の松木のことを口にしなかった。

あえてスルーしたのだろう。学生連合の甲斐を批判し、チームの存在意義を否定していた平川にしてみれば、ここで学生連合に抜かれることほどの屈辱はない。

「浩太。いいぞ、ゴーゴーゴー！」

学生連合の運営管理車からマイクを通じた甲斐の声が掛かった。「最後の三キロだ、浩太。気持ちよく走ろう。四年間、よく頑張った。この景色を目に焼き付けておけ。ここから、お前の新しい人生が始まるんだ」

平川とは対照的な声掛けである。選手への優しさ、勝負を超越した世界観に導くような言葉たちが、松木に力を与えたかに見える。

「本選三位以上、か」

ぼそりと、北村がつぶやくようにいって、徳重を見た。「たしかそんな目標だったよな、学生連合は」

どこかで小耳に挟んだのだろう、北村はそれを知っていた。

「学生連合が三位？　あり得ませんて」

畑山はバカバカしいとばかりに吐き捨てたが、そばにいる誰も、それに応じない。

目の当たりにしている松木の粘りは、なにかが起きることを予感させるに十分だ。たとえ参考記録にしかならないとしても。

「関東学生連合松木がいま、東西大高梨を捕えようとしています」

三号車の実況が声を張り上げた。徳重たちが見守る中、松木が高梨に並び、ついに——前に出た。

東西大の運営管理車がハザードを出し、甲斐を乗せたクルマが前に出て行く。

曇天下だった道路に、日差しが弾けているのを、徳重は見た。

都心に向かうにつれて沿道の応援は増えていき、カメラに映る歩道は鈴なりの人で溢れ返っている。湧き上がった歓声が北風に舞い、天空に遊ぶ。

東西大の高梨と松木の差が、今度は逆に開いて行った。

高梨はもう、松木には追い付けないだろう。

二十二・五キロ付近の鶴見橋を渡ると、鶴見中継所まで残りわずか五百メートルだ。

松木が学生連合のタスキを外し、右手に巻き付けている。

リレーゾーンで待っているのは、キャプテンの青葉隼斗だ。

すべての力を出し切った松木の全力疾走。そしてキャプテンの青葉に白と赤のタスキが渡される瞬間を、鶴見中継所の定点カメラがテイクしていた。

「隼斗！　頼む！」

最後にそう叫んで見送った松木は、今走ってきたコースに向き直り、深々と頭を下げた。

第十章

俺たちの箱根駅伝

1

雨粒のついた病室の窓から、カモメの滑空する鈍色《にびいろ》の空が見えている。

降りしきっていた朝方からの雨は、止んだ。

いまその分厚い雲に切れ目が入り、目映《まばゆ》いばかりの光脚が地上に突き刺さっている。

「空を見てみろ、か」

先ほど、中継車のマイクが拾った甲斐の言葉を、諸矢はつぶやいた。そして——。

もし俺なら、大舞台の雰囲気に飲まれた松木にどう声を掛けただろうと、考えてみる。

技術的なアドバイスか。それとも、人目を憚《はばか》らぬ叱責か。

いずれにせよ、「空を見てみろ」、などという声掛けはしなかったはずだ。

だが甲斐は、松木の内面を見抜いていた。

松木がなにを思い、どう走っていたのか。それを理解していたからこそ、第三者からすれば意表を衝《つ》くひと言で、いまにも崩れていきそうだった松木のメンタルを立て直せたのだろう。

それはおそらく、甲斐にしかできないファインプレーだ。実際、その後の松木の走りは瞠目《どうもく》すべきもので、見ている諸矢の方が励まされたくらいだ。

「隼斗《はやと》くんがスタートしたよ、お父さん！」

その松木から隼斗にタスキが渡った瞬間、妻の梢子《しょうこ》が興奮した顔を諸矢に向けた。「大丈夫かしら。抜かれたりしないかな」

大丈夫だ——とはいえなかった。

気休めに意味はない。諸矢は黙ったまま教え子の後ろ姿を強く見つめ、

——隼斗、頼んだぞ。

胸の内でエールを送った。三十八年間見てきた明誠学院大の瑠璃紺《るりこん》のユニフォームはあっという間にカメラのフレームから外れ、鶴見中継所から出て見えなくなる。

それからやや遅れてやってきたのは、東西大だ。

松木に抜かれ、悔しさに顔を歪めて鶴見中継所に飛び込んできた東西大の高梨《たかなし》は、フィニッシュと同時に倒れ込み、スタッフに抱えられてリレーゾーンから消えていく。

「はーい、高梨。お疲れさーん」

平川の平べったいひと言が運営管理車から投げられた。冷淡さの滲《にじ》むその声には、高梨の走りに対する不満か、あるいはままならないレースへの苛立ちか、いずれとも知れぬものが透けている。

ともあれ、東西大のタスキはつながった。

受け取ったのは、諸矢も知っている安愚楽《あぐら》一樹《かずき》だ。茶髪に長身、鋭い眼光の面構えは、いか

にも「悪童」の呼び名に相応《ふさわ》しい。高梨からタスキを奪うようにして引き継いだ安愚楽は、猛然たる勢いで中継所から飛び出していく。

諸矢が刮目《かつもく》したのは、安愚楽の纏《まと》うその気配に、ただならぬものを感じたからであった。殺気――と言えば言い過ぎか。だが、それに近い、凄まじいまでの意志の力が、そこに滲んでいた。

「ひと波乱、あるか」

諸矢は、ひとりごちた。案の定というべきか、

――東西大の安愚楽が、関東学生連合の青葉に迫ってきました！

アナウンサーの実況が入ったのは、それから間もなくのことであった。

2

冷静になれ――。

リレーゾーンにいるとき、隼斗は胸の内で幾度も繰り返していた。だが、無視しようにも容赦なく膨らんでくる極度の緊張感は、制御不能な〝システム〟として隼斗の心に組み込まれてしまったらしい。

頭の中に居座っているのは、予選会での失速だ。体調管理が万全でも、メンタルは時として予想外の不調を引き起こす。制御からかけ離れた、システムの暴走だ。

「隼斗。気楽に走ろう」

先ほど、待機スペースにいたときの、兵吾の言葉が頭に浮かんだ。隼斗がナーバスになっているのを気遣ったのだろう。真正直で心優しい男は、それでいて自分も頬のあたりを引きつらせていた。

気楽になんか走れるもんか。

選手や大会関係者でごった返す鶴見中継所の喧噪の中にいて、隼斗は思った。これからの自分の走りで、チームの結果が決まるのだ。

タスキをつないできたチームメイトの努力が実るのか、無駄になるのか、すべては自分の走りにかかっている。失敗したら後がない。想像していた以上の重圧だ。

中継所に首位で入ってきたのは、駒澤大だった。青山学院大、関東大と続く。

十区のスタートラインに立ち、隼斗は浩太が運んでくるタスキを待った。

新たな歓声とともに鶴見中継所に飛び込んできた浩太は、悲壮なまでの表情を浮かべてその手にタスキを強く握り締めている。

「浩太！　浩太！」

気づいたとき、隼斗は大声で仲間の名を連呼していた。浩太は最後の力を振り絞り、全力で直線を駆けてくる。

その浩太からどうタスキを受け取ったのか。

「隼斗！　頼む！」

浩太のひと言に押し出されるようにして、気づいたとき隼斗は、最終区間のコースに飛び出していた。

たちまち、沿道の歓声に包まれた。押し寄せる波のようだ。経験したことのない雰囲気である。

これが、箱根駅伝か――。

戦《おのの》くような感慨とともに、隼斗は思った。

もの凄い、圧迫感だ。

選手はレースで戦う前に、この舞台に物怖《ものお》じしない精神力が試されるだろう。

いまの隼斗がまさにそうであった。

「隼斗、隼斗。肩の力を抜け」

コースに出てすぐ、運営管理車の甲斐から声が掛かった。「俺たちが後ろにいるからな。一緒に走るぞ。落ち着いていこう」

手を軽く上げて応えたものの、最初の一キロは、地に足がついていないようで心許《こころもと》なかった。心の底に埋め込まれた緊張のシステムが暴走しないよう、祈るような気分だ。

次第に周囲が見え始めたのは、スタートしてから約二キロを過ぎたあたりである。レッドゾーンまで上がった心拍数が落ち着き、隼斗はようやく本来の冷静さを取り戻そうとしていた。

ランニング・ウォッチのタイムを確認する。

一キロを約二分五十五秒のペースは、事前に甲斐と打ち合わせたプラン通りだ。前半はやや抑え気味に入り、後半で勝負に出る作戦である。

まもなく、多摩川を渡る六郷橋《ろくごうばし》の橋脚が視界に入ってきた。神奈川との県境となるこの橋を渡ると、そこはいよいよ東京都だ。

——さあて六郷橋だぞ。

幼い頃、箱根駅伝好きの祖父と一緒にテレビの中継を見ていたときの記憶が、ちらりと隼斗の脳裏を過っていく。

小さな隼斗の面倒を見、老後の資金を崩してまで大学進学を支援してくれた祖父は、埼玉県羽生《はにゅう》市の藍染《あいぞめ》工場で働いてきた人であった。

腕の良い職人で、いまでも後輩から相談があると工場に赴いて指導することをいとわない。こうと決めたらやり抜く一途な性格で、責任感も強い。口下手で人付き合いは苦手だが、心に熱いものを秘めた誠実な人である。

一方の祖母は、そんな祖父をずっと支えてきた明るい人だ。祖父とは逆に、社交的で面倒見がよく、周りの人たちから慕われている。

隼斗の父が若くして亡くなったとき、途方に暮れた母に手を差し伸べ、隼斗の面倒を見るから実家に戻ってこいといってくれたのはこの祖父母だった。

「学費、出してくれてありがとう」

大学に入学するため家を出るとき、礼を言った隼斗に、祖父も祖母もはにかんだような笑みを見せ、

「元気でな」

そんなひと言だけで送り出してくれた。そのとき――、

「俺、ぜったい箱根駅伝、出るからね」

気楽な調子でいった隼斗に、

「出られるといいな」

祖父のぎこちない返事は妙に記憶に残っている。

明誠学院大は、かつて箱根駅伝の常連だったが、そのときすでに精彩を欠いてシードから外れていた。いかに伝統校だろうと、強豪ひしめく関東学連の予選会を勝ち抜き、箱根駅伝に出場するのは簡単なことではない。その難しさを、長年の箱根駅伝ファンである祖父は十分に知っていたのだ。

昨年の予選会が終わり、

――ダメだった。ごめん。

電話をかけた隼斗に、

「人生、いろいろあるさ。元気出せ、隼斗」

祖父の言葉は、淡々としていた。自分が大袈裟《おおげさ》に悔しがれば、それだけ隼斗を落ち込ませてしまう。そのことを祖父はわかっていたからだろう。予選会をテレビ観戦していた祖父が、隼斗の不調がチームの足を引っ張ったことにしょげかえっていたという話は、後になって母から聞いた。

――ぜったいに出るからね。

四年前、軽々《けいけい》に口にした自分が愚かしく、どうしようもなく情けなくなった。それまではいえた、「来年こそは頑張るから」、というセリフはもういえない。

「ごめん」

もう一度、隼斗はいった。それ以外の言葉を、返すことができなかった。そのとき、隼斗の箱根駅伝への挑戦は終わった――はずであった。

学生連合チームへの参加は、一旦絶望の淵に沈んだ隼斗にとって一筋の光だった。だが、その光は、友介《ゆうすけ》とのすれ違いや監督人事にまつわる確執をも同時に照らし出したのだ。

かくして――憧れだった本選は、明誠学院大のチームメイトに、自分と甲斐の存在を認めてもらうための戦いになった。

六郷橋を上り、東京の大田区に続く下りに差し掛かると風が舞い始めた。つい今し方まで川下から激しく吹いてきた横風が、突如、真正面からのアゲンストに変わる。

東京と神奈川をまたぐ六郷橋は、一区ではランナーがスパートの機会をうかがう重要なポイントであり、十区では熾烈な優勝争い、あるいはシード権争いのゴングが打ち鳴らされる場所といってもいいだろう。

三キロ地点になり、

「東西さんが来るぞ」

後ろにぴたりとついた運営管理車の甲斐から声が掛かった。「このペースでいいからな。慌てなくていい。勝負は後半だからな」

――このペースでいい？　抜かれろということか。

気になる声掛けだったが、指示のまま一定のペースをキープしていく。安愚楽は、まだ来ない。

戦況に変化が訪れたことを知ったのは、その先、雑色《ぞうしき》駅入口の信号までできたときだ。

最初に、応援の人が両手でメガホンをつくり何かを叫んでいるのに気づいた。ちょうど一陣の風に耳を聾《ろう》されて聞き取れなかったが、その意味はすぐに理解するところとなったのである。

視界の片隅にひとりのランナーが飛び込んできたからだ。

安愚楽である。

やや斜め右に、コバルトブルーのユニフォームが揺れたかと思うと、センターライン側から横に並び、そのまま前に出ようとした。

――速い。

その想定外のハイペースに隼斗は戸惑いを禁じ得なかった。

隼斗も少しペースを上げ、様子を窺う。併走が始まり、真正面から吹いていた風が横からのそれに変わった。風音に混じって、安愚楽のシューズが地面を蹴る乾いた音が伝わってくる。

列車がレールを打つような、乱れのないリズムだ。

安愚楽は鋭い眼光をまっすぐ前に向け、隼斗のことなど一顧《いっこ》だにせず、黙々と走っている。

しばらくはそのペースに合わせてみた隼斗だが、そのとき甲斐のアドバイスを思い出した。

たしかに、このペースで二十三キロを走るのはリスクがありすぎる。

とはいえ、安愚楽を前に出せば、学生連合チームは五位相当に落ちる。それでいいのか。目まぐるしい逡巡《しゅんじゅん》が一瞬にして渦巻き、隼斗の腹の底に居座る緊張システムが再び不気味な振動を伝え始めた。だが――。

迷いに迷った末、隼斗はややペースを落として自ら併走にピリオドを打つことにした。

安愚楽との距離が開いていく。

現時点で、この判断が正しいかどうかはわからない。

スタートから約六キロの蒲田歩道橋を通り過ぎ、呑川《のみがわ》を渡った。

背後から観察していると、安愚楽の長身から繰り出されるストライドは大きく悠々としていた。路面を蹴る鋭さは、大舞台での強さを誇示しているかのようだ。

安愚楽の一万メートルの記録は東西大の中では決して速い方ではない。それでも平川監督が最終区間に起用したのは、闘争心を前面に出す気持ちの強さを買ってのことだろう。

だが、この安愚楽のペースがそう長続きするとは思えなかった。どこかで必ず逆転のチャンスがやってくる。そのときを待て――隼斗はそう自分に言い聞かせた。

その安愚楽はいま、前にいる関東大の竹光大斗《たけみつたいと》に迫ろうとしている。

人気選手の猛然とした走りに、沿道が興奮に包まれ、大歓声が上がった。コース全体が熱を帯び、底知れぬ高揚感の中に浮かんでいるかのようだ。

三年生の竹光は関東大の看板選手のひとりで一万メートルの自己最高記録は二十七分台の俊足だ。十区では最速のランナーだが、いまは比較的スローなペースで走っているようにみえる。

それが作戦なのか、この日の調子なのか、隼斗には計りかねた。

地力で勝る竹光が、安愚楽の勢いにどう対応するのか。

それは隼斗のこれからの戦略にも影響する。いまは安愚楽に抜かせたが、ここは最終区、十区だ。どこかで、安愚楽を抜き返さなければならない。

必ず抜いてやる。そう隼斗は自分に誓っていた。

友介のためにも。

梅屋敷《うめやしき》駅入口の信号を過ぎたあたりで、竹光がペースを上げたのがわかった。安愚楽に絡《から》んでいく。

前方のつばぜり合いを視野にいれつつ、隼斗もそれに合わせて徐々にペースを上げた。これ以上離されたくはない。ふたりのランナーの背を見ながら、隼斗はスパートのタイミングを窺い始めた。

3

「よーし！　行ったれや！」

東西大の安愚楽が学生連合の青葉を捕えたとき、畑山の大きな声が副調整室に響き渡った。

六郷橋を渡ると、コースは地図上で京浜急行電鉄の線路とほぼ並行する直線に変わる。

四・五キロ付近を過ぎ、雑色駅入口の信号を通過した辺りだ。重苦しい空がついに割れ、日差しが降り注ぎはじめた黄金色のロードを、バイクカメラが捉えている。

——安愚楽くん、二分五十秒を切るペースで走ってます。

沿道のスタッフからの連絡に、「えっ」、と徳重は思わず声を上げた。十区はまだ始まったばかりである。果たしてこのペースで最後までスタミナがもつのか——。

傍らでは北村が何事か考え、顎をさすりながら真剣な眼差しをモニタに向けている。予想外ともいえる安愚楽のスタートダッシュを見て、北村なりにレース最終盤の展開を読もうとしているのだろう。

安愚楽と青葉、ふたりのランナーが併走しはじめた。

だが、それも束の間、次第に安愚楽が前に出始める。

——東西大の安愚楽が前に出ました！　優勝候補の一角といわれた東西大がここにきて地力を発揮していきます。

実況の安原が声を張り上げ、コバルトブルーのユニフォームが大映しになった。

「ええ顔してるわ。次は関東大やで。頼むぞ」

興奮した口調で畑山はいうと、声色を変えて余計なコメントを加えた。「学生連合もよう頑張ったわ、ホンマ。青葉くん、さようなら」

その畑山の言葉通り、安愚楽と青葉との距離はじりじり開いていく。決して青葉が遅いわけではない。安愚楽のペースが速すぎるのだ。

その安愚楽はすでに前を行く竹光をも、射程に入れたようだった。

箱根駅伝の人気者、〝悪童〟安愚楽の躍進に沿道の歓声が弾け、モニタ越しにも興奮が伝わってくる。

菜月が真剣そのものの表情でモニタを凝視していた。勝負の潮目が変わろうとしているのだ。選手たちが蒲田の計測ポイントを通過したところで、画面右側にMESOCによるタイムが並び始めた。スタートから五・九キロの地点である。

一位で通過していったのは、駒澤大の片野樹《かたのいつき》だ。やや遅れて二番目に通過したのは、青山学院大の西岡龍之介《にしおかりゅうのすけ》。そのタイム差は——わずか二十秒だ。

副調整室のスタッフたちからどよめきが起きたのは、それに続く関東大竹光と東西大安愚楽のタイムが表示されたときだ。残りの距離を考えれば、十分に首位を奪還できるだろう僅差《きんさ》だった。いずれ安愚楽が首位を行く片野を捕えるシーンがあるかも知れない。

徳重は震える息を吐き出した。史上まれに見る接戦である。

「安愚楽、猛チャージや！」

立ち上がった畑山が興奮して声を上げた。「逆転できるで！　てっぺん狙え！」

畑山の叫びは、そのまま視聴者の声といってもいいかも知れない。

そんな盛り上がりの中、安愚楽にやや遅れて計測ポイントに入ってきたのは、学生連合の青葉である。

その記録を目にして、ふっと徳重は我に返った。

おや、という顔で北村もモニタを見つめている。学生連合青葉は、東西大に逆転されたとはいえ、一キロのタイムでは駒澤大、青山学院大をも上回り、ほぼ関東大と並んでいたからである。

――青葉くん、さようなら。

先ほどの畑山のひと言が脳裏を過《よぎ》った。畑山に限らず、青葉が安愚楽に抜かれたとき、学生連合チームの躍進にもピリオドが打たれたと、誰もが思っただろう。ところが、安愚楽の活躍の裏に隠れていただけで、青葉は予想を裏切る好走を見せていたことになる。

やがて、鶴見中継所でのタスキリレーが終了し、全二十一チームのランナーが戦いの場を十区に移した。

沿道は二日間に亘《わた》るレースの行方を見届けようとする人たちで溢れかえり、無数の小旗がさざめく波のように光り輝いている。

その最終区のロードを、首位駒澤大の片野が走っていた。斜め左の低い位置から差し込む逆光の中、伝統の藤色のタスキが揺れている。鶴見中継所から八キロ付近、大森警察署先の運河を越えるあたりだ。

「片野のペースは伸びてこないな」

手元の計測タイムがスタッフから報告され、北村が誰にともなくつぶやいた。

この状況なら、本当に東西大が大逆転を成し遂げるかもしれない。その安愚楽は、じわじわと竹光の背中に迫っている。

「バイクカメラ、竹光くんのアップお願いします」

菜月の指示で、画面がスイッチングされた。サングラスで目は見えないが、頬を強ばらせ、

唇を結んだ竹光の表情は、内面の緊張を映しているようにも見えた。そのペースが上がり、

「おっ、本気出してきたぞ」

また北村がそろりとつぶやいた。「戦闘開始だ」

「さあ、安愚楽選手、どうするのでしょうか」

畑山が実況よろしく声を張り上げるが笑う者はいない。

ペースを上げたはずの竹光だが、安愚楽もついていった。その距離はどんどん縮まって、モニタで見るとほぼ重なって見える。だが、安愚楽はすぐに抜こうとはしなかった。

息詰まるような神経戦がふたりのランナーの間で繰り広げられている。ぴったりと縦走したまま大森警察署の前を通過し、さらに約三百メートル先の大森橋の信号を越えた。

安愚楽はかなりのハイペースでここまで走ってきて、相当疲れも溜まっているはずだ。ここはしばらく様子見か。徳重がそんなことを思った矢先――。

「うわっ」

畑山が声を上げた。

安愚楽が、間髪を入れぬ奇襲を見せたからだ。

電光石火のスピードで竹光と並んだかと思うと、あっという間に前に出て行く。

竹光も張り合うようにペースを上げたが、安愚楽のスピードにはかなわなかった。

「すげえ――すげえ！　安愚楽、ハンパないわあ」

畑山が手を叩いて興奮している。だが、それも束《つか》の間《ま》、

「嘘や。ええっ」

仰《の》け反《ぞ》ってみせたのは、抜かれた竹光が、一瞬の隙を衝いて安愚楽を抜き返したからであった。意地とプライドの激突である。

安愚楽の表情がアップになった。その唇が動き、何ごとか口にするのがわかる。悪態のひとつでも吐き捨てたか。安愚楽が再び歩道側から竹光を抜いたのはその直後だ。そして——。

安愚楽の〝睨《にら》み〟が出た。副調整室内のどこかで拍手が起き、

「さあどうする、竹光」

北村が挑むようにいった。「もういっぺん、抜き返すか」

だが——。

竹光はそれ以上の追撃を諦めたかのように、安愚楽の後ろにつくことを選択したようだ。

「これは抜き返せえへんて。ここまでやな。安愚楽、カッコええわあ」

勝負あった——畑山は、そんな口調だ。

だが、本当にそうだろうか？

誰も畑山に同意する者はいない。黒石までもがモニタに視線を向けたまま黙っている。そこに映っているのは、歯を剝き出し、表情を歪めて走る安愚楽の姿であった。

それはまさに、安愚楽一樹というひとりのランナーの、いやひとりの人間の生き様を見せつけているかのようだ。この瞬間を全力で走りきり、タイムを削り出す覚悟と迫力が見る者を圧倒してくる。

十キロ地点にさしかかった。

「安愚楽、いいぞ。気合いで走れ、気合いだ！」

東西大の運営管理車から平川監督が興奮して早口にまくしたてる。「お前の走りにかかってるからな。天国のお母さんにいいとこ見せるぞ」

そのとき、

「天国の？」

畑山がきょとんとした顔を上げ、周囲をきょろきょろ見回した。

応える者はいない。

安愚楽が母を、いや正確にいうと両親を亡くしていることは放送では伏せることにしてあったからだ。

それは安愚楽の希望でもあった。

――これは完全に、平川監督の失言だ。

まさか、声掛けで平川からそんなセリフが出るとは思わず、その音声を拾ってしまったことに徳重は胸の内で小さく舌打ちした。

安愚楽はいま怒りにも似た――いや、それは本当に怒りかも知れないが――感情を目に宿している。悲壮なまでの激走を見せてきた男のメンタルに、このとき音もなく罅《ひび》が入ったように、徳重には見えた。

4

徳重はかつて一度だけ、安愚楽とふたりで話をしたことがある。

安愚楽が一年生ながら箱根駅伝にエントリーされた翌年度、東西大の夏合宿を取材したときのことだ。

長身に茶髪、闘争心溢《あふ》れる面構《つらがま》え。田舎の不良がそのままランナーになったような風貌は、前年度初めて箱根駅伝の本選に登場して以来、マスコミから注目される存在になっていた。

ぶっきら棒で、相手が先輩だろうと物怖じしない性格から、ついた渾名《あだな》は〝悪童〟。

果たしてその気持ちの強さはどこから来るのか。

徳重が取材に行ったとき、野尻湖《のじりこ》で張られたその合宿で、安愚楽はひとり別メニューをこなしていた。春先に痛めた脚の怪我を慮《おもんぱか》ってのことである。

早めに練習を切り上げ、グラウンドの片隅のベンチにいた安愚楽に声を掛けた徳重は、無愛想なこのランナーの横に座り、一時間ほど一緒にチーム練習を見ていた。

会話はほとんどない。

安愚楽はつまらなそうに徳重が渡したスポーツドリンクをちびちび飲んでいたが、話しかけても曖昧《あいまい》な返事をするだけで自分のことはほとんど語らなかった。それはいままで安愚楽を取材したスタッフから聞いたとおりだったので、別に驚きはしない。

突破口が開けたのは、徳重が自らのことを語り始めたときだ。

「俺は、サッカー中継がやりたくて大日テレビに入ったんだよな」

どうしてそんなことを話したのか、細かいことは覚えていない。将来の進路とか、そんなことを安愚楽に問うたついでの、問わず語りのようなものだっただろうか。

「きっかけは、マラドーナの五人抜きゴールだった。一九八六年のメキシコ・ワールドカップ。君の生まれる十五年近く前のことだ。当時の俺は熱狂的なサッカー少年でね。そのマラドーナのゴールに完全にやられちまった」

実際にはその奇跡のドリブルが生まれる数分前、いまなお語り継がれる「神の手ゴール」もあったのだが、徳重はひとまずその件は措《お》いて語っていた。「あのドリブルがずっと頭にこびりついて離れなくてさ、利き足が違うのにマラドーナの真似して左足だけのドリブルを練習したもんだよ」

メキシコ・ワールドカップの当時、徳重は新宿区内に住む中学一年生であった。放送は午後十一時過ぎからだったが、眠い目をこすりながらテレビにかじりつくようにして観ていた記憶がある。

徳重はその後、同じ区内の都立高校に進学し、大学は早稲田へ進む。人生の岐路に立ったのは、就職活動のときであった。

面接で何を話すか。

それを考えていたとき思い出したのが、マラドーナの五人抜きゴールだった。あれを観たときの鮮烈な印象は、そのときも、そしていまも徳重の脳裏に焼き付いている。そんなふうに自分の記憶に留まっていること自体、テレビというメディアの功績ではないか——そう考えたのである。

何かを伝えることで、テレビは人に夢を与え、人生を豊かにすることができる。

自分が受けたように、徳重もまた放送の現場で、番組を観る人たちに夢や希望を与えたい。

それが徳重が大日テレビを志望した理由であった。

「そうやって、かれこれ二十年以上やってきたんだ」

徳重が話し終えると沈黙が挟まり、陽の傾いたグラウンドを走り込む選手たちのシューズの音と息づかいが柔らかく響き始めた。

ふと見ると、安愚楽は怒ったような眼差しを、チームメイトの練習風景に向けているところであった。

自己紹介代わりに語ったものの、安愚楽にしてみれば聞くのもウザかったか——徳重がそっと嘆息したとき、

「夢とか希望って、人から与えられるものなんすか」

安愚楽から意外な反応があった。そして、「俺もサッカーとか、やりたかったな」、誰にともなくつぶやかれる。

「やればよかったのに。君なら脚は速いし持久力もある。いい選手になれたはずだよ」

そういった徳重に、安愚楽のもの淋しげな眼差しが向けられた——ように見えた。だがそれはほんの一瞬のことで、瞬きするほどの間に、いつもの不敵な面構えに戻っていく。

「できなかったんで」

「どうして」

「カネがかかるでしょ」

「カネ……」

正直、徳重はそんなことを考えたこともなかった。サッカーをやるのにカネがかかるのか——。

「俺たち——あ、俺と妹ですけど、親戚のウチで育てられたんで」

唐突な話に戸惑う徳重に、「あ、両親ともいないんで」、さらりと安愚楽は付け加えた。

「いないって——」

「事故で一緒に」

安愚楽は、前回の箱根駅伝本選時、大日テレビが選手情報を得るためにお願いしているアンケートシートを無視していた。スタッフが何度お願いしても書いてくれなかったという話は聞いている。それもまた取材側であるアナウンサーやスタッフ泣かせの「悪童」ぶりの一端だと片付けられていたフシがあるが、それには安愚楽なりの理由があったのではないか。

「そうだったのか……。それは……」

ご愁傷様《しゅうしょうさま》、というありきたりな言葉を口にすべきか徳重は躊躇《ちゅうちょ》し、重苦しい沈黙が訪れた。

「いつ、亡くなられたんだい」

徳重がきいたのは、たっぷり一分近く経った頃だ。

「小学校三年のときです」

「お気の毒だったね。……大変だっただろう」

「大変？　まあそうかな」

徳重の質問は、たしかに間が抜けていたかも知れない。安愚楽は首を傾《かし》げていうと、どこか皮肉めいた笑いを浮かべてみせた。

「だけど、悲しんだところで何も変わんないじゃないですか。立ち向かっていくしかない。だから俺、うじうじした奴は大嫌いですね」

その言葉の強さに、徳重ははっと顔を上げた。悪童の悪童たる所以《ゆえん》。いや、安愚楽というキャラクターの本質を垣間見た気がしたからだ。

そのときのことをもっと知りたいと思う気持ちと、それ以上触れてはならないと思う気持ちがないまぜになり、結果的に出てきたのは、

「子供の頃は何かスポーツはやってたのかい」

そんなはぐらかすような質問であった。このタイミングでの問いとして、それが正しいかどうかはわからない。だが、安愚楽が親のことを話したいと思っていないことだけは確かだ。

「親が死ぬまで、俺、野球チームに入ってたんですけど、少年野球チームって大抵、親が駆り出されるんですよね。全部のチームがそうじゃないかも知れないけど。でもウチはもう親いないし。ついでにバットやグローブも必要だし、たまに試合があって遠征もある。叔父さん夫婦には、そんな迷惑かけたくなかったんですよ。それでサッカーにしようかなって。だけどサッ

カーも結局、同じなんすよね。ボール、ユニフォーム、靴――。どれもカネがかかるし、結局、諦めるしかなかったんです」

「中学のときは陸上部に入ってたんだよね」

それについては、スタッフが調べていた。東京都の中学生記録――男子三千メートル――を、安愚楽が持っていたからだ。その記録はいまも破られていない。

「別に陸上がとりわけ好きってわけじゃなかったけど、少なくとも陸上は、自由なんですよ」

「自由?」

思いも掛けないことを、安愚楽はいった。

「高い道具もいらないし、走ろうと思えば、好きなときに走れる。ひとりでやるスポーツだからバイトの合間にできるし、仲間を集める必要もない。結果はすべて自分のせいで、負けたら、負け犬になるだけのこと。それがいいです」

負けたら、負け犬になるだけのこと――安愚楽はそういった。徳重の心に妙に残る、重たい響きのある言葉だ。

「あの――」

最後に安愚楽は付け加えた。「このこと内緒にしてもらえませんか。いわれたくないんです」

安愚楽は、徳重のことを信用して話してくれたのだ。

「もちろんだとも」

まだ二十歳になったばかりだというのに、安愚楽は人生を達観し、世の中を斜め上から見ているようなところがあった。いつも虚勢を張ってはいるが、本当の安愚楽は純真な男なのだ。自らの境遇を強靱な精神力で乗り切ってきた安愚楽の考え方すべてが正しいわけではないだろう。だが、それを否定することは誰にもできない。

テレビが夢や希望を与える——そんな自分の考えは、安愚楽にしてみれば恵まれた者の発想に思えたかも知れない。

自らの手で夢や希望を紡ぎ、実力でそれを摑《つか》んできた。この走りは、安愚楽の生き様そのものだ。

悪童には悪童なりの論理があったのである。

5

後方から、隼斗はふたりの競合に目を凝らしていた。

安愚楽が竹光を抜き、竹光が安愚楽を抜き返した。ふたたび安愚楽が竹光の前に出たとき、一段と大きな歓声が沸き上がったものの、

「竹光は、わざと安愚楽を前に出したに違いない」

そのことを隼斗は看破していた。

疲労が見え始めている安愚楽に比べ、後ろにいる竹光のランニング・フォームはデジタル時計のように正確で、安定していたからだ。

竹光は、当然のことながら鶴見中継所を出た時点での東西大との差もわかっていたはずだ。

その差を詰めてきた安愚楽が、どれほどのハイペースでここまでの約九キロを走ってきたかも。

安愚楽の背後にぴったりとついた竹光は、再びスパートのタイミングを測っている。

そのまま京急鈴《すず》ヶ森《もり》のガードを越え、隼斗も、最初の給水ポイントに差し掛かった。

ボトルを両手に飛び出してきたのは、明誠学院大の後輩で次期主将を務めることになっている持田《もちだ》研吾《けんご》だ。

「駒澤と青山学院のペース、一キロ三分前後です。行けますよ！　行ける！」

スポーツドリンクを喉に流し込みながら、興奮してまくしたてる研吾に隼斗が小さくうなずいた。前方を走る東西大の運営管理車から拡声器越しに興奮した言葉が発せられたのは、そのときだ。

――お前の走りにかかってるからな。天国のお母さんにいいとこ見せるぞ。

平川監督の言葉はマイクを通して拡散し、隼斗の耳にまで届いた。

――天国の？

思わず、安愚楽と併走する東西大の運営管理車を凝視する。安愚楽は声掛けになんの反応も見せなかった。

だが――気のせいだろうか、この瞬間、安愚楽の走りが変わった。

竹光が鋭い出足で安愚楽を再び抜き返したのは、その直後である。一段と高くなった歓声の中、ぐいぐい安愚楽を引き離していく。十区ではナンバーワンの実力の持ち主が本領を発揮した瞬間であった。おそらく竹光は、その先にいる青山学院大をも抜くだろう。だが――。

安愚楽も苦しいには違いないが、簡単に抜かれたのは走力だけが理由ではない気が、隼斗にはした。

竹光のスパートに対し、安愚楽はそれまで見せていた粘りを見せなかった。何かが変わったのだ。

いったい安愚楽の中で、何が起きているのか。あの平川の声掛けはいったいどういうことなのか——。

胸の中で様々な思いが錯綜《さくそう》しはじめたとき、

「隼斗。隼斗」

背後にぴたりとついた学生連合の運営管理車から、甲斐が話しかけてきた。「残り十三キロだ。いい感じで走れてる。いいか、そろそろ仕掛けていくぞ。勝負だ」

ひたひたとペースを上げた隼斗が、安愚楽の背後にぴたりと付いたのは、そこから三キロほど先、目黒川にかかる東海橋を越えたあたりだ。

少し前まで小さなビルや飲食店やマンションが建ち並ぶ二車線の道路を走ってきたが、都心に近づくにつれて次第に車線も増え、いまは片側四車線になった。品川に向かう道路は、緩く長い上りになり、その後下りに変わっていく。

隼斗は歩道側から一気に安愚楽に並んだ。たちまち上がった甲高い歓声の渦の中、

「——の野郎！」

安愚楽の口から吐き出された言葉が切れ切れに耳に入った。「バカが……くそっ！」

それは、ばら撒《ま》かれたガラスの破片のように鋭く、風にかき消されながらも隼斗の耳に突き刺さってくる。

思わず横を走る安愚楽の方を向いた隼斗の目に、歯を食いしばり必死の形相で激走する男の横顔が飛び込んできた。

隼斗がはっとしたのは、その安愚楽の頬に涙が流れていたからである。

いま、安愚楽の腕がそれを拭った。

汗だったのか？　いや、違う——。

いったい、いまこの男の胸に去来《きょらい》している感情が何なのか。少なくとも平常心ではないことだけは確かだ。何か特別な感情に突き動かされて、安愚楽は走っている。

その正体がわからぬままに、併走は続いた。いつ果てるとも知れぬ、力と力の勝負、気力のぶつかり合いだ。

「——ざけんなよ！」

また、安愚楽が吐き捨てた。かろうじて聞き取れたその言葉は、何者かへの罵倒に違いない。実際のところ安愚楽は、明らかに怒りに満ち満ちているように見えた。何かに悪態を吐《つ》き、呪っている。

なのに、その怒りの矛先が、激しいつばぜり合いを演じている自分に向けられているのではないことだけは、不思議なことに隼斗にも伝わってきた。

新八ツ山橋の信号を越えていく。眼前に現れたのは、緩やかな下り道だ。バイクカメラが斜め右側にいて、隼斗と安愚楽の併走を捉えている。

いま、出るか。

もうしばらく併走を続けるか。

決断を下すまで、ほんの一瞬だった。

足を強く蹴り出し、短距離のスタートダッシュさながら、隼斗は一気に飛び出していく。

背後から一陣の風が強く舞い上がり、耳元をかすめて周囲の音を消し去った。

そしてもう、隼斗は振り返らなかった。

振り返らなくてもわかる。

安愚楽はついて来られない。

やがて、その気配は遥か後方、明るい日差しを浴び始めたコースに消えた。

——あとひとり。

学生連合チームが掲げた目標まで、あとひとり。

隼斗は、コース前方に目を凝らした。

6

「抜いた」

隼斗がついに安愚楽をかわしたとき、甲斐は短く言い放って拳を握り締めた。

「やった、隼斗さん！」

パンとひとつ手を叩いていった計図に、甲斐が助手席から右手を差し出す。

その手を握り返しながら計図は、車列の順番が入れ替わる東西大の運営管理車の中で、悔しさに目を怒らせている平川の横顔を見た。

甲斐と計図を乗せた学生連合チームのクルマが、平川の乗るクルマをゆっくりと抜いていくところだ。

甲斐が右手を挙げたが、平川はこちらを見向きもせず不機嫌に前を見据えたままである。

フロントガラス越しに隼斗の後ろ姿と、その先にもうひとりのランナーが見えていた。

先ほど関東大の竹光に抜かれ、後退した青山学院大の西岡だ。

――青山学院大を抜けば、いよいよ三位に上がる。

隼斗のペースは、西岡のそれを上回っていた。

いよいよ甲斐が掲げた目標順位を達成する瞬間が近づいている。しかし、

「直近の一キロ、二分四十五秒です」

手元の時計を読み上げながら、計図は少し不安になった。隼斗のペースは想定していたものをかなり上回っている。「大丈夫でしょうか」

「この舞台の緊張感に押しつぶされるランナーもいれば、普段以上の力を発揮するランナーもいる。メンタルが七割ってのは、悪い意味ばかりじゃない」

甲斐はいうと、

「隼斗。いい走りだ」

マイク越しに隼斗に声を掛けた。「このまま行こう。ここから先の目標は、ベンガラのユニフォームだぞ」

なんだって？

思わず、計図は目を丸くした。ベンガラのユニフォームは関東大である。関東大の竹光は、目の前にいる青山学院大のさらに前を走っている。

甲斐はいま見えている現実の、さらに先を見ていた。

驚きの吐息を漏らした計図の視界に、給水ボトルを両手に持った人影が飛び出してきたのはそのときであった。


——あとひとり。

順調に飛ばしながらも、隼斗の不安が完全に拭い切れたわけではなかった。予選会の記憶は、拭っても拭っても消えない汚れのように、頭の片隅にこびりついている。

まだ走れてはいる。しかし、かなりのハイペースだ。

いつあのときと同じ不調に見舞われるかわからない。そんな恐怖と、チームの目標の順位を目前にした興奮が隼斗の中で同居している。

甲斐の声掛けが始まり、「ここから先の目標は、ベンガラのユニフォームだぞ」のひと言に、隼斗は励まされた気分だった。

気持ちの強さ。前向きな思考。分析力。指揮官としての甲斐の言葉には、嘘がない。言い換えるなら、いま目の前にいる西岡は抜けるということになる。

だが、そういわなかったのは西岡に配慮したからだろう。そんなところにも、甲斐の冷静な判断力、フェアネスが透けてみえた。

甲斐は、素晴らしい男だと思う。諸矢が、後任として敢《あ》えて甲斐に声をかけた理由も、いまではよくわかる。

だが、その男の期待に俺は応えられるだろうか。

再び隼斗の胸を不安が過《よぎ》った。

俺は、最後まで走りきれるだろうか――。

路傍から、ひとりの男が飛び出してきたのは、そのときであった。最後の給水ポイントだ。

給水係を担当するのは、明誠学院大の後輩のはずだった。ところが――。

「おい、調子はどうだ！」

両手にボトルを持って駆け寄ってきた男を見て、隼斗は胸を衝《つ》かれた。

友介《ゆうすけ》だった。

駆け寄ってきた友介は、どこかはにかんだような笑みを浮かべて並んで走っている。

甲斐のサプライズか。

それに気づいたとき、胸の底から熱いものがこみ上げてきた。視界が滲み、胸の中でわだかまっていたものが溶けていく。

「ああ、最高だ！」

隼斗は答え、最後の給水となる赤いテープのボトルを受け取って中身を喉に流し込んだ。向き合っていた重圧が頭から吹き飛んでいく。

「ありがとうな、隼斗！」

友介は沿道の歓声に負けない大声でいった。「俺のために戦ってくれてありがとう。だけどな、これからは、お前のために走れ！　お前の箱根駅伝だ」

俺の箱根駅伝……。

友介の言葉が、隼斗の胸の中で響き合い幾重にも木霊《こだま》した。

そうじゃない。

隼斗は思った。これは――これは、俺たちの箱根駅伝だ。そういおうとしたとき、

「ゴー、隼斗！」

背中を押すひと言とともに、友介の姿は後方に消えた。

隼斗の眼差しは、ふたたび前方で揺れ動くフレッシュグリーンのユニフォームに据えられる。

隼斗の前に続くロードが、ようやく訪れた新春の日差しに輝きを放ち始めた。

7

瑠璃紺《るりこん》に大学名を白く染め抜いた明誠学院大のユニフォームを、バイクカメラが大きく映していた。

伝統のユニフォームである。

だがそこに斜め掛けされているのは、白地に赤い文字の学生連合のタスキであった。

しかし、いまそのタスキが誇らしげに輝いて見えるのは気のせいだろうか。

安愚楽との真剣勝負を制した青葉隼斗の気迫の走りに副調整室スタッフは息を呑み、誰もが言葉を失くして静まり返った。

徳重の隣で、北村が唇をすぼめて、震える長い息を漏らしたところだ。

「すごいやん、学生連合――いや、青葉くん」

完全に圧倒され、畑山がつぶやくようにいった。

チームメイトからの給水を受けた青葉がいま、こぼれる涙を拭おうともせず、懸命に走っていた。

魂の走りだ。

その走りを、給水ポイントの定点カメラからスイッチした菜月が追いかけている。

正式な記録にならないことは百も承知だ。順位も参考でしかない。

それでも学生連合チームのランナーたちが、タスキをつないでここまでやってきたのは偽りのない事実だ。伝統とは無縁のタスキ――だが、そのタスキには十人のランナーとそれを支えてきた仲間たちの祈りが宿っている。

――青山学院に学生連合が迫っています。あと十メートル。

沿道のスタッフからのレポートに、再び副調整室が騒がしくなってきた。

「バイクカメラ、青山学院の前からテイクしてください」

菜月の指示で、バイクが上がって西岡の斜め前方についた。カメラが切り替わるや、「青山学院大の西岡龍之介、ペースは悪くありません。だが、それ以上に後ろから迫ってくる関東学生連合の青葉隼斗が速い！」

安原の実況が始まった。「十メートルほど離れていた距離がぐんぐん縮まって、いま——いま、ふたりが並びました！」

「西岡、粘らんかい」

畑山が叫んだ。「頼む、粘ってくれよ」

思わず嘆願調になった言葉も空しく青葉が前に出て行くと、

「うわあ」

大袈裟に頭を抱え込んで天井を仰ぎ見る。「あっかーん」

「まだ、逆転するかもしれないいじゃない」

脇から黒石がいったが、青葉が西岡を引き離していくのを見て、後の言葉は飲み込んだようだった。

徳重の脳裏に蘇《よみがえ》ったのは、少し前、声掛けポイントでの甲斐の言葉だ。

「ここから先の目標は、ベンガラのユニフォームだぞ」

聞いたとたん、背筋をぞくっとするものが這《は》い上がった。

ベンガラのユニフォーム、つまり関東大の竹光はいま、首位をうかがう好走を見せている。

目を閉じた徳重に、苦い記憶が蘇ってきた。

——学生連合チームの目標は三位以上だそうです。

その報告とともに小馬鹿にした笑いを浮かべた安原がいま、バイクに乗って青葉と併走している。

あのとき、中継スタッフの誰ひとりとして学生連合チームの挑戦を、まともに取り合わなかった。一顧だにせず、失笑とともに片付けたのだ。それだけではない。多くのマスコミは東西大の平川監督の論説を取り上げ、関東学生連合というチームの存在に勝手な疑問符を付け、ろくな取材もせず甲斐批判の尻馬に乗った。

四面楚歌の中で、予選会で敗退した十六人の若武者たちは結束し、自らの信じるたった一本のロードに希望を託したのだ。

青葉の走りは、この本選に出られなかったランナーたちの矜恃《きょうじ》そのものだ。

これは敗者たちによる、途方もない挑戦だ。

しかもその挑戦はまだ終わっていない。

「一号車に戻します」

菜月によって中継画面がスイッチされ、先頭を行く駒澤大の片野が映し出された。田町駅前を通過し、いよいよ大手町につながる芝五丁目の交差点を左に曲がるところである。

——片野くん、一キロ三分です。

スタッフからの報告が、徳重のインカムにも入ってきた。片野にしては、平凡な走りだ。二年生アンカーが、名門駒澤大の伝統の重みと本選のプレッシャーと戦っている。

――竹光くんが上がってきました。

スタッフからの一報とともに、機動的に動いたバイクカメラがその竹光の表情をアップで映し出した。

名倉監督の運営管理車に見守られながら、本来の走力を発揮した竹光がついに首位を射程に収めようとしている。

「この佳境で首位交代か。視聴率取れそうでよかったな、北村。選手に感謝だ」

黒石の皮肉めいたひと言を、北村はスルーした。目は一号車が映す首位駒澤大の走りに釘付けになったままだ。

このまま片野が簡単に首位を明け渡すとも思えない。トラックでの記録は竹光に一歩譲っても、二年生ながら強豪チームのアンカーを任せられた実力はダテではないはずだ。

案の定、背後の竹光に気づいた片野がペースを上げ、引き離しにかかった。

「さあ、勝負どころだ」

北村が身を乗り出し、誰にともなくつぶやいた。その前の席では、菜月が真剣そのものの表情でモニタに映るランナーの表情と、手元のキュー《CUE》シートを交互に見ている。

――なにをするつもりだ、宮本。

そこに不穏な気配を感じて、徳重がふっと息を呑んだとき、

「CM行きます」

菜月のひと言に、畑山が派手にひっくり返った。

「ここで入れますか？」

「おい、大丈夫か、宮本」

さすがの北村も声を掛けたが、三、二、一……カウントダウンとともにＣＭに変わった。

九十秒だ。

ＣＭが流れている間、副調整室の誰もが固唾《かたず》を飲んで一号車がテイクし続けている映像を見つめていた。北村は瞑目し、呼吸すら忘れてしまったかのように身動きしない。

もしここで首位が交替するようなことがあれば大失態である。番組には批判が殺到するだろう。

「抜かれるなよ、片野」

徳重は祈るようにつぶやいた。「粘れ。粘れ。粘れ――！」

ＣＭの間中、視聴者には見えない光景が、副調整室のモニタには流れている。ＮＥＣビル前、東京女子学園前。芝三丁目の信号を通過したところで、思わず徳重は時計に目をやった。

「ＣＭの後、一号車行きます」

菜月の声がかかったのは、片野の背後にいる竹光が歩道側に移動しはじめたときであった。

いよいよ抜きにかかっている。
三、二、一――。
ＣＭが終了して中継が再開されたとたん、副調整室内にいるスタッフが一斉にもらした安堵のため息が聞こえるかのようであった。

「心臓に悪いな、こりゃ」

黒石までが、胸のあたりを手でさすっている。「こんな綱渡りみたいなこと、いつもしてるのか」

「いつもやってたら、命がいくつあっても足りねえよ」

自身安堵の吐息を洩らしながら、北村が応じる。

「だが、最高のＣＭじゃないか」

そんなことを黒石がいった。「これなら視聴者の誰も席を立てないだろうからな」

一号車のカメラがテイクしている駒澤大の片野の顎が少し上がっている。あえぐような表情だ。一方の竹光は、相変わらず寸分狂わぬ正確なピッチで走っており、スタミナの差は明らかであった。

そしてついに、竹光が前に出て行き、

「十区も大詰め、関東大竹光大斗がついに——ついに駒澤大片野樹に並びました！」

一号車の横尾アナが声を張り上げている。芝園橋を通過し、その先の首都高の高架下をくぐったところだ。

「速いなあ、竹光」

畑山がいったときには片野が遅れ始め、竹光が一気に引き離しにかかった。

沿道から上がる悲鳴まじりの大歓声をマイクが拾っている。最終区間十区、その十七キロ過ぎで見せた、関東大の劇的な首位奪取であった。

ぐんぐん片野を引き離そうとする竹光の目には、もう大手町のビル群しか見えていないはずだ。

「今年は関東大か。やっぱ強えなあ」

気の早い畑山が決めつける。

だが、返事をする者はいなかった。

いま副調整室の誰もが、一号車のカメラがテイクしている映像内で起きている変化に気づいていたからだ。

フィニッシュを目指すロードに日差しが反射していた。竹光の寸分の狂いもないフォームは、今回出場したすべての選手の中でも一、二を争う美しさだろう。その同じフレームに、新たな選手の姿が映っていた。二位に落ちた駒澤大の片野の、その後ろだ。

「二号車、学生連合テイクして！」

菜月の緊迫したひと言に、黒石が驚きの眼差しをモニタに向けた。

瑠璃紺のユニフォームが躍っている。

——まさか、まさか。関東学生連合が後ろから迫ってきました！

実況の安原の声が裏返っていた。

——関東学生連合青葉隼斗、駒澤大の片野樹の前に出て行きます。前に出て行く。片野粘れないか。片野、ちらりと青葉を見ました。だが、前には出られない。逆に青葉が——

悲痛ともとれる安原の実況に、全員の視線がモニタに釘付けになった。カメラが映しているのは、センターライン側から一気に片野を抜こうという青葉だ。

——抜きました。青葉隼斗、なんと駒澤大の片野をかわしていきます！　ついに二位。二位相当に上がりました！

「嘘やろ。なんでやの」

畑山が口をぽかんと開け、唖然としてモニタを見上げた。

副調整室には底知れぬ緊張が満ちようとしている。

「目標は三位以上だった……」

そのとき、誰にともなく徳重はつぶやいた。つまり、三位で留まるとは限らないということだ。

「これはえらいことだなあ、北村。ご愁傷さま」

黒石が底意地悪く言い放った。「ここはなんとしても駒澤に抜き返してもらわないといかんだろう。番組として格好がつかないからな」

北村は苦々しい顔で黙りこくっている。徳重も反論できない。だが、駒澤大が抜き返す可能性は低そうだった。実際、学生連合の青葉のスピードに片野はついていけず、差はどんどん開いている。

「なあ、徳重。もしかして——」

北村がごくりと生唾を飲み込み、震えた声で続けた。「なにか途轍もないことが起きようとしてないか」

徳重はしばしモニタに視線を結びつけたまま押し黙ると、やがて重くなった口を開いた。

「起きようとしてないか、じゃなく、もう起きてますよ」

8

諸矢はひと言も発することなく、食い入るような視線をずっとテレビに結びつけたままであった。表情は闘将といわれた現役時代さながらに引き締まっている。

テレビカメラが隼斗の姿を捉えていた。

二位駒澤大の片野の背後にぴったりとついたところだ。増上寺《ぞうじょうじ》前を通過するあたりである。

「抜けるぞ、隼斗！」

まるで、いま自分が運営管理車に乗っているかのように諸矢は力を込めた。「抜ける！　そうだ前に出ろ！」

「隼斗くん！　隼斗くん！　行け！　――隼斗くん！」

傍らで手を叩きながら、梢子も叫んでいる。

ふたりの声が届いたかのように、そのとき隼斗がじわじわと前に出ていった。ついに片野との並走になると、興奮で頬を紅潮させた梢子が振り向いた。

「お父さん、並んだ！　隼斗くんが並んだ！」

その言葉を言い終わらないうちに、隼斗は片野を抜きにかかる。喜んで梢子がまた手を叩き始めた。ふたりだけの個室が、特別に用意された特等席になる。

——隼斗。これがお前の本当の実力だ。

諸矢は心の中でつぶやいた。

お前は優しすぎた。仲間に気を遣い、後輩に気を遣い、ＯＢたちに気を遣い、俺にまで気を遣う。自分のことはいつも二の次で、チームのことばかり考えてきた。

だけどな隼斗。お前はアスリートなんだから、自分のことを優先すれば良かったんだ。お前がもっと我《わ》が儘《まま》だったなら、もっと強い選手になれたはずだ。しかし、隼斗。俺は——俺は。

そのとき、諸矢の頬をひと筋の涙が流れた。

——お前のことが大好きだ。青葉隼斗という男が大好きだ。

諸矢は心の中で語りかける。

不器用で、責任感が強くて、いつも損な役回りばかり買って出る。そんなお人好《ひとよ》しのお前のおかげで、俺の最後の一年間は、かけがえのないものになった。

できるなら、お前と一緒に、この本選を戦いたかった。

諸矢は涙にくれた視線を、実況中継のテレビから病室の窓に移し、そこから望む港の風景を遠く眺めやる。

昨年の三月。どうにも体調が優れず病院の検査を受けたのは、春合宿を終えたあとのことである。

子供の頃から健康優良児で、体力にも自信があった諸矢は、風邪だろう程度に軽く考えていたが、二度の検査を経て下されたのは衝撃の結論であった。

すい臓がんステージⅣ。もはや手術もできない状況で見つかったこの病気とどう対峙するのか――。

決断を迫られた諸矢が選んだのは、自然にまかせることであった。

人間はいつか死ぬ。

それは自然なことだ。人間は所詮この自然の一部にすぎない。

抗がん剤治療で苦しい思いをしたところで、どれだけ寿命が延びるのか。それならば残された時間をできるだけ人間らしく、有意義に過ごすべきだ。

その考えを梢子に告げて納得させ、ふたりで一晩泣き明かした翌日から、諸矢は死ぬための準備を始めた。

知人の協力を得、横須賀の港を見下ろすこのホスピスを探して申し込み、身辺を整理した。文字通り〝終活〟の中で、やはりというべきか一番の懸案は、監督の後任探しであった。

果たして誰に任せるか。いや、任せられるか。

諸矢の脳裏に真っ先に浮かんだのは、高校や大学の陸上競技部で指導者の道を歩んでいる何人かの教え子たちだ。

実際、諸矢はその教え子たちに連絡をとり、その指導方法をつぶさに見て歩いた。そこが高校ならスカウトのために来たといい、大学なら敵情視察と嘯《うそぶ》きながら、実のところ指導法を念入りに観察したのだ。

どれも悪くはなかったが、何かが足りない気がした。

言葉にするのは難しいが、あえていえば、インスピレーションやひらめきの類いだろうか。あるいは前例を踏襲するのではなく、新たな地平を切り拓こうとする大胆さか。

自分はもう古い。これからの明誠学院大に必要なのは、殻を打ち破る新しい価値観であり、周囲を黙らせるだけのリーダーシップだ。

そんなときふいに胸に蘇ったのが、甲斐真人だった。

本当は最初に思いつくべき男だったと思うが、なにしろ甲斐はいま、一流商社に勤めるサラリーマンだ。そもそも、引き受けてくれるはずはない。

だが、甲斐にきけば、誰かを推薦してくれるのではないか。誰が監督に相応《ふさわ》しいのか、甲斐の意見を聞いてみたい――。

久しぶりに甲斐に連絡を取ったのは、そんな考えもあってのことである。

その甲斐が、商社での仕事に迷いを抱えていることを知ったのはそのときであった。むろん、甲斐は会社で何が起きたかなど具体的な話を口にはしなかったが。

「なあ、甲斐よ。お前、うちの監督、やってくれんか」

酒の力もあって、その場で切り出した諸矢は、そのとき甲斐をまっすぐに見据えた。冷酒の入ったグラスを傾けようとしていた甲斐の手がぴたりと止まり、諸矢に驚愕の表情を向けてくる。からかわれていると思ったのだろう、短い笑いをこぼし、

「なにいってんですか、監督」

甲斐は受け流した。「引退する歳じゃないでしょう。まだまだやってくださいよ」

ところが諸矢は真剣だ。

「俺は、もうすぐ死ぬ」

単刀直入のひと言に、甲斐の表情から笑みが消えていった。

怪訝《けげん》な間が挟まり、何かを問おうとする甲斐を制して、諸矢は自分の病状について隠すことなく掻い摘まんで説明したのである。

黙って聞いた甲斐は、諸矢がすべてを話し終えてもまだ喋らず、しばし考え込んでいた。この話が、甲斐にとっても青天の霹靂《へきれき》であったことはその態度が物語っている。一方で諸矢の誘いは、高収入に加えて社会的信用もある名門商社丸菱《まるびし》をソデにしてくれといっているのと同義だ。

その場で断られるか、あるいは時間の猶予を求められるか。

身構えて待つ諸矢に、甲斐は顔を上げると、

「やらせていただきます」

驚いたことに即決してみせたのだ。この決断力こそ、生き馬の目を抜くビジネスの世界で出世する理由なのかも知れない。

「本当にいいのか、甲斐」

あまりのことに逆に問うた諸矢に、甲斐はひとつ条件を出した。

「試用期間」を設けて欲しいということだ。

「なんだ、自信がないのか」

思わず問うた諸矢に、いいえ、と甲斐は首を横に振った。

「監督はできます。ただ、明誠学院大学陸上競技部監督という立場は、できるからやる、というものではありません。私のように長く陸上競技を離れたものがやるとなれば、必ず反対意見が出るでしょう」

甲斐が心配しているのは部員たちの反応だけではなく、〝中二階〟と揶揄《やゆ》されることもあるOB会の存在であった。そのほとんどは諸矢の教え子たちだが、彼らは意見を諸矢に直接いわず、たいていが現役選手にぶつけてくる。苦労するのは選手たちで、無視しようにも、寄付をはじめ様々な援助も絡むから扱いが面倒だ。名門故《ゆえ》の煩《わずら》わしさがそこにはあった。

つまり監督人事は、その彼らの納得するものでなくてはならない。そのことを、自身主将経験があってOB対策で苦労しただけに、甲斐は熟知していた。

「とにかく一年。チームビルドを進め、OBたちとコミュニケーションをとって理解が得られるよう努力します」

その後甲斐は丸菱に社会貢献制度での離脱を申請し、認められた。期間は一年間だ。その間にOB会の理解が得られなければ、身を引くという。

「それでもいい。頼む」

後のことは後のことである。

今年はおそらく予選会を突破し、箱根駅伝の本選に駒を進められるだろう。

そのレースを最後に自分は勇退、甲斐の監督就任を発表する――そんな段取りを思い描いていた諸矢だったが、想定外のことが起きた。予選会での敗退である。

だが――。

失意の中にあって、諸矢にひとつのアイデアが閃《ひらめ》いた。

ルールにより学生連合チームの監督は、選手の所属大学の中から、予選会の総合成績で一番良かった大学の監督にオファーされる。つまり、明誠学院大だ。

ならば、その監督を甲斐に任せてはどうか。

強引な話だったが、学生連合のチーム作りは甲斐にとって実績作りになり、同時にしばらく離れていた「箱根」を経験する場にもなる。うまくやればOBたちを納得させられるのではないか。

「いきなり本選ですか」

遠慮がちにいった甲斐を、「ぶつくさ言わずにやれ」、とこのときばかりはかつてと同じ強い調子で口説き、関東学連には監督交代の承認を得たのである。

かくして、異例のタイミングでの甲斐監督就任となった。

選手たちの戸惑い、OBからの口出しはすべて予想の範囲内だ。想定外だったのは、東西大の平川らが、徹底した学生連合チーム批判、甲斐批判を展開、マスコミが叩き始めたことである。諸矢は大いに憤《いきどお》ったものの、言葉での反論には意味がないこともわかっていた。

甲斐が正しいかどうかは、裏を返せば諸矢が正しいかどうかの問題でもあったのである。

——抜きました。青葉隼斗、なんと駒澤大の片野をかわしていきます！　ついに二位。二位相当に上がりました！

興奮する実況に沿道を埋め尽くす小旗の応援は、二日間に亘る箱根駅伝の掉尾《ちょうび》を飾るに相応しい盛り上がりだ。

——みんな驚いてるな。

諸矢は愉快で仕方が無かった。実に気分爽快だ。

学生連合という寄せ集めチームは、いつも最下位近くをうろうろしている、いわば〝枯れ木も山の賑わい〟みたいに思われている。

それがどうだ。

甲斐が、そしてこの隼斗が、その枯れ木に花を咲かせようとしているのだ。

よくやった、甲斐！

よくチームをまとめた、隼斗！

心の内でつぶやいた諸矢の胸に、再び静かな感動がこみ上げてくる。

俺は——正しかった。

諸矢はそれを確信した。

テレビの中継は、先頭を走る関東大の竹光を映しているが、その背後には隼斗の姿が映っている。

港区役所前を通過して御成門《おなりもん》まで来れば、フィニッシュまであと五キロだ。

いまが一番苦しいときである。

「がんばれ」

画面の隼斗に向かって、諸矢は震える声を絞り出した。「ラストランだ、隼斗――！」

9

青葉隼斗について、手元の資料が載せているのは通り一遍の情報に過ぎなかった。

出身校の羽生《はにゅう》北高校は、学業優秀ながら陸上競技では無名の公立校だ。実際、高校時代の青葉は無名のランナーで、一般入試を受けて私学の雄、明誠学院大学に進学、陸上競技部に入部している。

一年生のとき、同大は箱根駅伝本選に出場しているが、青葉は十六人のエントリーに入っていない。代わりに走ったのは、同学年の前島《まえじま》友介だ。四区をまかされた前島の走りは精彩を欠き、それが原因というわけではないが、その大会を最後に明誠学院大学は箱根駅伝から遠ざかったままだ。

予選会前、徳重は明誠学院大が十位以内に入るだろうと予想していた。出場校の戦力比較では、余裕で本選進出を決めても驚かなかっただろう。ところが、結果は、わずか十秒差で本選出場を逃すことになった。

「箱根」とはそういうものである。何が起きるかはわからない。

その予選会で、主将の青葉は実力を出し切れなかった。

どれほど悔しかっただろう。

その失意と絶望の淵から這い上がり、いま青葉は走っている。学生連合チームに対する否定的な意見、甲斐監督への批判にさらされながら、選ばれし十六人は強く結束し、誰も予想だにしなかった激走の末、ここまでタスキを運んできた。

記録に残らず順位もつかないこのロードを、ひたすら走り抜けてきたのだ。

「バイク、学生連合のタスキをアップにしてください」

菜月の指示で、後方にいたバイクカメラが上がってきた。セットで動いている実況バイクの安原アナもそれについて動いている。

「学生連合は勝負には関係ないだろ。テイクするのか」

黒石の指摘に、菜月が振り返った。

「これを無視できますか」

毅然《きぜん》とした口調に、黒石が押し黙る。

「バイク行きます。安原アナ、いいですね」

インカムに吹き込んだ菜月に、

「走りだけでいいかな」

戸惑いを含んだ安原の返事があった。走りの描写だけでいいのかときいてきたのである。

青葉に関する情報がほとんどないからだ。

菜月が考えている。長く感じたが、それはほんの一瞬のことだ。もう、こうなると頼れそうな相手はひとりしかいない。

「センターで引き取る」

辛島が応えたとき、中継画面一杯に白地に赤文字のタスキがアップになった。バイクカメラにスイッチされたのだ。

「関東学生連合のアンカー、明誠学院大学の青葉隼斗が素晴らしい走りです」

辛島の実況が始まった。

「パンして青葉くんをテイクしてください」

菜月の指示で、タスキのアップから引かれ、瑠璃紺のユニフォームにタスキを揺らす青葉の姿が映し出される。

「埼玉県羽生市生まれの青葉。今回こそはと挑んだ昨年の予選会。チームは十一位、わずか十秒差でこの本選への出場を逃しました」

辛島の実況が続いた。「自分のせいで敗退した——青葉は思ったそうです。その悔しさを胸に、関東学生連合でも主将としてチームをまとめてきました。関東学生連合には所属大学の違う、十五人の仲間がいます。そんな彼らが初めて集まったとき、甲斐監督が掲げた目標は、本選で三位相当以上でした。この本選が始まるまで、いや、もしかするといまこのときまで、誰もその目標を——決意を、まともに取り合おうとはしていなかったかも知れません。様々な批判、否定的な意見もありました。チーム内の意見がまとまらず、バラバラになりそうになったこともありますそれでもあきらめませんでした。みんなで議論し、励まし合いながら壁を乗り越え、逆境を撥《は》ねのけてきました。青葉はこういっています。いま、ぼくたちは胸を張ってひとつのチームといえるまでになりました。記録も順位もつきませんが、ぼくらは代わりに、かけがえのない仲間を得ることができました」

北村が、黒石が、そして畑山までが、じっと辛島の実況に耳を傾けている。副調整室内は水を打ったように静まり返り、青葉をテイクしつづけるバイクカメラの映像だけが、戦況を伝えていた。

「大学卒業後、青葉は地元羽生市に戻り、武州正藍染《ぶしゅうしょうあいぞめ》の会社に入ります。同じ藍染職人だった祖父、繁《しげる》さんは老後の資金を削ってまで青葉を大学に出してくれました。〝今度はぼくが祖父に恩返しをする番です〟、そう青葉はいいます。〝伝統ある武州正藍染を未来に継承するため、祖父から受け継いだ大切なタスキを、今度は自分が次の世代へと運びたいんです〟、と。さあ、鶴見中継所から十八キロ、御成門を過ぎました。青葉隼斗、ちょっと苦しくなってきたか。少し体が揺らいでいます。フィニッシュまで残り五キロ。青葉、渾身《こんしん》のラストラン。歴史に残らない歴史が生まれようとしています」

じっと聞き入っていた北村が立ち上がり、拍手し始めた。

――さすが、辛島さんだ。

気難しくて使いにくい上に、北村との確執まである。そんな辛島を起用することには、正直、抵抗もあった。だが、辛島で良かった――徳重もまた拍手を送りながら、いま心からそう思わないでいられない。若手アナウンサーたちがなぜ皆、辛島を待ち望んでいたのか。その意味が、痛いほどわかる。

辛島はおそらく、学生連合チームに対する取材の薄さに気づいたに違いない。だから、自ら足を運び、ひとりひとり丁寧に取材を重ねたのだろう。ベテランアナ独特の嗅覚——そんな言葉で片付けるのは簡単かも知れないが、その本質は、徹底したプロ意識だ。その周到な準備が、番組を救ったのだ。

「箱根駅伝」で、学生連合チームについてこれほど切り込んだのは、初めてのことだろうが、それだけの価値はある。そう徳重は確信した。

彼らが手にする勲章はないかも知れない。だがひたすら無欲だからこそ、ひときわ眩《まぶ》しく光り輝く戦いがある。その奮闘を全国のひとたちに放送できていることが、徳重には何より誇らしかった。

10

都心に向かう日比谷通りを直進、西新橋を通過した。

背中を追う関東大の竹光との差は縮まらない。

どうする——。

隼斗は自らに問うた。どこかでスパートをかけるべきなのはわかっている。

だが、疲労はピークに達して、脚は思うように前に出なくなっていた。大手町に近づくにつれいま自分が成し遂げようとしていることの重大さが、急速な勢いで押し寄せてくる。

──大丈夫だ。

重圧に押しつぶされそうになりながら、自分に言い聞かせた。

夢にまでみた箱根駅伝の大舞台。俺はそこを走っている。だが──。

かなった瞬間、夢は現実に変わる。

その現実の重みは、地面を蹴るごとにますます大きくなってきた。

本当に走りきれるのか。

想定したより速いペースでここまで来たことも、不安をかきたてられる要因だ。経験したことのない高次元での戦いには、恐怖が潜んでいる。

西新橋の歩道橋下を通過し、内幸町の交差点を越えた。

右手に帝国ホテルが見えている。まもなく日比谷の交差点だ。その先の大手町界隈には、妍《けん》を競うように並んだビルが冬の日射しを反射させている。そのとき、

「隼斗。あと三キロだ」

落ち着き払った甲斐の声がマイク越しに聞こえた。

「キャプテンとしてチームを引っ張ってくれて、本当にありがとう」

甲斐が語りかけた。その声は沿道を埋める人たちの大歓声の中でも、隼斗の胸にすっと染み入ってくる。耳元で話しかけられてでもいるかのように。

「ここから先は、隼斗、お前の花道だ。思う存分、楽しんで走れ。四年間、お疲れ様。そして、

素晴らしい走りをありがとう。さあ行こう、隼斗。ラスト三キロだ。ゴー!」

日差しが道路で弾けている。

歓声に包まれた隼斗の前に続いているのは、陸上競技人生にピリオドを打つ三キロだ。自分たちの存在意義を知らしめるために、ランナーとしてのプライドをかけて挑んできた十人のタスキリレー。二百十七・一キロのドラマにいよいよ終幕のときが訪れようとしている。

軽く右手を上げ、隼斗は運営管理車の甲斐にこたえた。

馬場先門《ばばさきもん》を右へ曲がると、ベンガラのユニフォーム、首位を行く竹光の姿が視界に入ってきた。

視界の中で揺れるその背中を隼斗は見据えた。甲斐の言葉は、胸の底で動いていた緊張のシステムを停止させ、再び勇気を与えてくれた気がする。

——行くぞ。

隼斗は自らに檄《げき》を飛ばした。

——これが俺の箱根駅伝だ。俺の、最後の走りだ。

幾分ペースを上げて東京駅に続く鉄道の高架下をくぐり、鍛冶橋《かじばし》の交差点を走り抜ける。

竹光の背中は少し近づいただろうか。だが、背後から見るそのフォームは微塵の緩みもなく、完璧なものに見えた。

すごいランナーだ。

その背を必死に追いつつ、隼斗は瞠目《どうもく》した。畏敬の念すら湧いてくるほどだ。この男はきっと、近い将来日本の陸上競技界を牽引する存在になるに違いない。伝統ある関東大のアンカーは、三年生ながら強靱な末脚《すえあし》を見せつけ、滑らかに伸びていく。そんな男と勝負できることが誇らしい。

京橋を左へ曲がると、日本橋北詰までの一キロの直線だ。

竹光との差を少しでも縮めるために、隼斗は持てる全ての体力と気力の限りを振り絞った。

しかし、いままで二十一キロ余を走ってきた体は、確実にダメージを受け、アスファルトを一回蹴るたびに頭の中の部品がひとつずつ弾け飛んでいくかのようだ。

前方を行く竹光の姿が日本橋北詰の左へ消え、まもなく隼斗もそこに差しかかった。ここを曲がれば、読売新聞社前のフィニッシュまで、最後の直線を残すのみだ。

その直線距離は、およそ一キロ。ただ走ることだけに集中する隼斗の意識から、次第にすべての音が閉め出されていった。

遠心力で飛ばされないよう体を傾け、脚でしっかりと地面の感触を確かめながら交差点を左へ抜けた。その直線に入っていく。

隼斗は、渾身の力を振り絞り、最後のラストスパートをかけた。

心拍数が跳ね上がり、呼吸すらままならない。

竹光がちらりと隼斗を振り向くのが見えた。たちまち、その走りに鋭さが加わり、離されていく。極限で発揮される天性の輝きとポテンシャルだ。

なんとか追いつきたい。追いつけ！　追いつくんだ！

だが——終わりのときが近づいていた。視線の先にフィニッシュ・テープがみえている。すべての感覚が吹き飛んだ隼斗の視界の中で、竹光がそこへと飛び込んでいく。

負けた。

抜けなかった。

その瞬間——。

隼斗の意識に、沿道の歓声がなだれこんできた。

幾千もの歓声が、上空で羽ばたくヘリの音が、新春の日差しに降りしきる街の喧噪が、そして、フィニッシュ・テープの向こう側にいる仲間たちの声が——。

グラウンドコートを着た仲間たちが肩を組んで隼斗を待っていた。

——隼斗！

——隼斗さん！

——ゴー！

——ラスト！

立錐《りっすい》の余地もない沿道から怒濤《どとう》の大歓声が膨らんできたが、仲間たちの声は隼斗の意識の奥底までしっかりと届いた。

フィニッシュ・ラインを越えたとき、雄叫びが隼斗の口をついて出た。両の拳を天に突き上げる。

見上げた視界がぐらりと揺れ、世界が回転した。力尽きた隼斗の体を、誰かが支え受け止めた。駆け寄ってきた兵吾だ。

誰憚《はばか》ることなく涙を流している兵吾は、

「やった。やった！　やったぞ！」

そんな言葉を何度も口にしながら隼斗をぐらぐら揺すっている。

天馬が何度もガッツポーズを繰り返し、大地と周人が抱き合い飛び跳ねていた。星也はひとり空を仰いで喜びを噛みしめ、弾と丈のふたりは涙を流しながら拳を突き上げている。晴がやってきて隼斗に握手を求めた。圭介がそれに続く。リザーブに回った選手たち、それに加え、大沼コーチも一緒になって歓喜の輪が出来ようとしている。

運営管理車を降りて駆け付けた甲斐と計図がその輪に加わり、全員で肩を組んでの円陣ができあがった。

「最高のレースだ」

涙を隠そうともせず甲斐が静かに声を絞り出した。「そして、最高のチームだ」

熱血漢の兵吾が声を上げて泣いている。

「俺たちはいま、かけがえのない宝物を手に入れた」

甲斐の言葉が続く。「いつまでも色あせることのない宝物だ。それはきっと、これから俺たちの人生を照らしてくれる。もし迷うことがあったら、何度でもここに戻ってこよう。そこからまた、すべてが始まるんだ。ありがとう」

君たちではなく、俺たち――甲斐はそういった。抱えているものは、皆同じだ。

「――キャプテン！」

甲斐に指名された隼斗だが、こみ上げてくる感情に喉がつまり、言葉はなかなか出てこない。

「まさか――まさか、こんな瞬間をみんなと迎えられるとは思わなかった」

ようやく、隼斗はいった。「だけど、俺たちはやり遂げたんだ！」

隼斗の言葉に円陣の全員が声を張り上げた。

「順位もつかない。記録もない。だからなんだ」

溢れ出る涙もそのまま、隼斗は声を振り絞った。「このレースは、俺たちの記憶の中でずっと輝いていく。このチームは永遠だ。関東学生連合チーム、やったぞ！」

口々に気合いの声が発せられ、弾けるように円陣が解かれた。

全員が腕を突き上げ、抱き合い、喜びを分かち合っている。その興奮は、しばらく収まりそうにない。

そんな中、隼斗はいま再びコースを振り返った。

頬を、眩しいほどの日射しが照らしている。

関東学生連合チームの激闘はこうして、その幕を閉じたのである。

最終章 エンディング・ロール

1

「まさか、こんなレース展開になるとはな」

唇をすぼめ、長い嘆息を漏らした北村のひと言に、

「まったくです」

徳重はただそう応えることしかできなかった。

ちょうど、学生連合の円陣を手持ちカメラがテイクしているところだ。

彼らがどれほどの逆境で戦ってきたのか。

彼らがどれほどの壁を乗り越え、跳ね返したのか。

「こんな戦いもあるんですね」

畑山の感想は、吐息のようにこぼれ出てきた。竹光《たけみつ》がゴールしたときには椅子から飛び上がって喜びを表した男は、いま椅子にすとんと腰を下ろし、呆然とした表情を見せている。

フィニッシュ地点には次々と各チームの選手たちが駆け込んできている。

学生連合チームの後に、フィニッシュしたのは、駒澤大の片野《かたの》だ。これが記録上の二位にな

る。三位は、青山学院大。そして四位でフィニッシュしたのは、東西大の安愚楽だ。

そのとき――。

走り終えた安愚楽をテイクしている映像が流された。唇を噛みしめ、感情も露わに仲間たちのところに歩いていく。

往路優勝を遂げながら、復路で敗れた名門チームのメンバーたちに笑顔はなく、現実をどう受け止め、咀嚼《そしやく》したものか戸惑っているようにも見えた。運営管理車を降りた平川が現れ、

「あーあ。しょうがねえよ」

そんな投げやりとも聞こえる言葉をマイクが拾った。安愚楽に右手を差し出し、

「お疲れ」

という短いひと言も。だが、安愚楽が握り返したのはほんの一瞬だった。平川の顔を見ることなく、顔を背ける。

何かが壊れた。徳重にはそんな気がした。

シード権が与えられる十位までの戦いが決着し、その後続のチームがすべてゴールするまで約十五分。ついに、箱根駅伝の闘いは終わった。

「どうだ、畑山くん。来年、この番組、やってみたいと思わないか」

黒石がそんな誘いの言葉を畑山にかけたのは、まもなく優勝インタヴューが始まろうというところであった。「君の喋りがこの番組に加われば、いままでにないおもしろい『箱根駅伝』になるだろうな」

期待を込めた言葉に、畑山はしばし、考え込んだ。やがて、その首が静かに振られると、

「いや、ぼくには無理ですよ」

意外なひと言がこぼれ出て、思わず徳重は畑山の横顔を振り向いた。「自分には手に余りますわ。この番組は、これでええんです。こうあるべきです。ぼくみたいな色もんが入ったらあかんでしょ。ホンマにええもん見せてもらいました。皆さん、どうもありがとう」

畑山は言い終えると立ち上がり、深々と頭を下げて副調整室を出ていった。

「おい、畑山くん――」

黒石がそれを追いかけていく。

「ちょっと畑山を見直したよ。黒石より、よくわかってるじゃないか」

北村がぼそりとつぶやいた。

「CM挟んで、学生連合の甲斐監督のインタヴューできませんか」

菜月がキュー《CUE》シートにはないリクエストを出している。

驚きはしない。それが必然であることは、ここにいる全員が承知しているはずだ。

記録に残らなくても、順位がつかなくても、観る者を魅了し、感動させるドラマがある。

関東学生連合チームは、そのことを証明した。

それを伝えずして、何を伝えるというのか。

テレビもまた、記録のためだけにあるわけではない。

2

「お父さん、良かったね」

涙を拭いながら、妻の梢子がベッドの諸矢を振り返った。

「本当に、よく走ってくれた」

諸矢は震える声を絞り出す。「おめでとう、隼斗。ありがとう、甲斐。本当に、みんな――」

後はもう、言葉にはならなかった。

テレビの中継画面は切り替わったが、諸矢はしばらくその画面を見据えたままだ。まるで、まだそこに学生連合チームの円陣が映ってでもいるかのように。

「あなたは間違ってなかったわね」

泣き笑いの表情を浮かべて、梢子がいった。「甲斐くん、本当に見事にやり遂げてくれた。素晴らしいレースだった」

「来年の箱根駅伝が楽しみだ……」

諸矢は静かにいい、視線を窓の外に投げる。

港街の空を冬の日差しが眩しく照らし、影になったカモメが数羽、横切っていった。いつも呑気で自由気まま。羨ましい鳥だ。

俺も生まれ変わったら、カモメになるか。

胸の中でつぶやいた諸矢は、すぐに思い直した。いや、生まれ変わっても俺は、箱根駅伝を目指したい。

この競走は特別だ。そして、そこにしかない魅力があり価値がある。いまそのことを諸矢は思い、改めて自分の人生を振り返った。

俺は、箱根駅伝のために人生を捧げた。

その生き様は決して間違ってはいなかったはずだ、と。

3

明誠学院大学陸上競技部のＯＢ総会が開かれたのは、箱根駅伝本選が終了した二週間後のことであった。

都内のホテルで開かれたその会の開催趣旨は、陸上競技部の方針発表とＯＢ並びに現役選手の親睦だが、今年に限っては「もうひとつ」の議題が提議されるらしいと噂になっていた。

新監督の就任問題である。

諸矢の独断による甲斐の監督就任に不満を持つＯＢらが、あらためて監督問題を組上《そじょう》に載せるらしい——。

その中心になっているのはＯＢのひとり、米山空也《よねやまくうや》だ。甲斐とほぼ同時代、明誠学院大学の黄金時代を作り上げたランナーのひとりである。

その米山は、会の冒頭で早速、動きを見せた。

新監督として甲斐が挨拶のために壇上に立とうとするのを、

「ちょっといいかな、甲斐」

最前列に構えていた米山が手を上げて制したのである。

「もちろん。どうぞ」

甲斐からマイクを譲り受けた米山は、会場を埋める数百人のOBに向かい、改めて話し始めた。

「八十五期の米山です。今回の監督人事について、諸矢先生が一方的に決められてしまったのは手続き的にどうなのだという疑問の声があります。それについて、お前から皆さんに話せという先輩方からのご指名もございまして、ここで改めて皆さんに提案したいと思います」

現役生として壁際の席にいた隼斗は、この成り行きに思わず身構えた。米山が以前、甲斐監督就任の経緯が唐突であり、OBたちに事前相談もなかったと不満を口にしていたことは承知している。

米山は鋭い眼差しで会場を見渡してから続けた。

「諸矢先生が三十八年にわたり監督を務められたため、当部には監督人事に関する明文化したルールがありませんでした。それ故、諸矢監督の動物的直感に基づき——」

冗談めかしたひと言であったが、会場は水を打ったように静まり返ったままだ。当の諸矢は一身上の都合を理由に、この場にはいない。「この甲斐真人くんが後任となりましたが、これについてOB会として正式な決議および承認をすべきではないかと思います。いかがでしょうか」

米山が問いかけるとOBの中から拍手が湧き、隼斗は、隣に座る友介と無言で目を合わせた。マズい展開になるかも知れない。

「ありがとうございます」

発言継続の信任を得て、米山は続けた。「甲斐くんが学生時代、明誠学院大学を連覇に導いた一流のランナーであったことに疑いの余地はありません。しかし、甲斐くんはその後陸上競技界を離れております。実業団での活躍経験もなければ指導者としての経験もない。そんな男にこの伝統あるわが明誠学院大学陸上競技部を任せていいのか。私は当初そう考え、疑いの目で見ておりました」

米山の発言を、甲斐は無言で聞いている。

「ですが、寄せ集めの関東学生連合チームを見事にまとめ、記録も残らない戦いに挑み、二位相当の成績を上げたことは皆さんも周知の通りであります。私は、指揮官としての甲斐くんの手腕に大いに敬意を表するとともに、諸矢先生の後任として陸上競技部監督就任を全面的に支持したいと思います。いかがでしょうか」

思いがけない展開だった。

米山は、甲斐糾弾の急先鋒だったはずだ。その男がいま堂々と、OB会のお墨付きを与えようとしている。甲斐の実績を認めたからに他ならない。

フェアな男ではないか。そのことに隼斗は感動し、会場を埋めるOBたちの反応に唾《つば》を飲み込んだ。

「賛成！」

まず聞こえたのは、誰かの大きな声だ。

誰かが立ち上がって拍手を始めると、それが呼び水になって全員が立ち上がりはじめた。喝《かっ》采《さい》とともに、その拍手はしばらく鳴り止まない。無論、隼斗たち現役生もそれに加わった。

やがて、

「なあ、甲斐よ」

米山は、くだけた口調で甲斐に語りかけた。「見ての通りだ。我々は、君に大いに期待している。きっとここにいる全員が惜しみなく、様々な協力を申し出てくれるだろう。なんでもいってくれ。そして、わが明誠学院大学陸上競技部を、伝統の瑠璃紺《るりこん》のユニフォームを、必ず『箱根』に連れて行って欲しい」

――頑張れ！

――頼んだぞ！

会場のあちこちから声援があがり、会場内は異様な盛り上がりを見せ始めた。

その中にいて、隼斗は泣けて仕方がなかった。左隣にいる計図も泣いている。

認められたんだ――そう思った。

隼斗たちの走りが、学生連合の戦いが、認められた。

そのことが何より、隼斗には誇らしかった。

計図に右手を差し出しながら、隼斗はいった。

「来年は、お前たちの箱根駅伝を見せてくれ。楽しみにしてるから」

「もちろんです」

一段と頼もしさを増した主務から、力強い握手が返される。

もうすぐ、隼斗はこの部を去り、陸上競技人生を終える。

だが、目を閉じれば、いつだって十区の光景が脳裏に蘇ってくる。

あの日、大手町のフィニッシュ地点で見上げた日射しは、永遠に隼斗の心を照らしてくれるはずだ。

4

また、春が巡ってきた。

桜が咲き誇り、冷たかった風が南風に変わって陽光が降り注ぐ。だが、さんざめくこの季節こそ、徳重にしてみれば一年でもっとも落ち着かない季節でもある。

番組編成が刷新されるからだ。

黒石が局長をつとめる編成局は、いつもながら独断と偏見により、いくつかの番組を終了させ、新たな番組をスタートさせた。だが、少なくとも現時点で「箱根駅伝」について変更を加えるという話は出ていない。

さてこの日。スポーツ局内での打ち合わせを終えた徳重と菜月のふたりが、アナウンス室に向かったのは辛島に会うためであった。

スポーツ局内では、短いオフを挟んで来年の「箱根駅伝」のための準備がすでに始動しており、早速、メインアナを誰にするかが懸案になっていた。それを解決するのがプロデューサーたる徳重の仕事である。

「辛島さん」

在席していた辛島に声をかけると、ペンを片手に何かの企画書らしきものを読んでいた辛島は、黙ったまま上目遣いでふたりを見た。

近くの椅子をふたつ引っ張ってきて、菜月と並んで腰を下ろした徳重は、やおら改まった顔で切り出した。

「来年の『箱根駅伝』、今年に引き続き、お願いできませんか、メインアナ」

菜月は両手を膝に載せ、真剣な目で辛島を見ている。

だが辛島は、徳重の言葉など耳から抜けてしまったかのように、表情を変えなかった。沈黙が挟まり、

「今年は辛島さんに助けられました」

それを破ったのは菜月だ。「学生連合チームに取材、行っていただいたこと、本当に感謝してます。ありがとうございます。メインアナ、どうかお願いします」

菜月の嘆願に、ようやく短い吐息が辛島から洩れたかと思うと、

「なあ、徳重。その後、安愚楽はどうした」

意外な質問を投げてきた。

「安愚楽くんなら、アジア電産に就職しましたが」

目を丸くして応えた徳重に、

「そんなことはわかってんだよ」

辛島は面倒臭そうにいった。「そうじゃなくて、あの後、大丈夫だったかと、それをきいてるんだ。平川監督と何かあったんじゃないのか」

思わず菜月と目を見合わせた。

辛島はおそらく、本選でマイクが拾ってしまった平川の声掛けのことを気にしているのだろう。

いかにも辛島らしい。

態度はぶっきら棒でも、この優しさと選手へのリスペクトがあったからこそ、学生連合チームの選手たちが心を開き、あの諸矢でさえ取材に応じたのに違いない。

「あの後しばらくして、事情を知った平川監督が安愚楽に頭を下げて謝ったそうです。気持ちを踏みにじって、すまなかったと」

後追い番組で取材に赴いたスタッフから聞いた話を、徳重が伝えた。

「それで安愚楽は――」

「許して――卒業していきました。気持ちのいい男です」

「そうか……」

辛島は吐息を漏らし、「それなら良かった」、と誰にともなくつぶやく。

さて、問題はこれからだと徳重は内心身構えた。何がなんでも、辛島を説得したい。その決意は菜月も同様である。

「あの、辛島さん。メインアナの件ですが――」

「前田《まえだ》はきっと夏には戻ってくる。前田にやらせろ。あいつは絶対にやりたいと思ってるはずだ」

昨年までメインアナをつとめていた前田アナのがん治療は続いている。だが、投与した新薬の効果が出、寛解《かんかい》に向けて進んでいるという報告は、徳重も受けていた。

「実は前田アナには、それとなく話をきいてみました」

菜月がじりっと膝を詰めていった。「前田アナは、次も辛島さんがやるべきだといってます。ですから、引き受けていただけませんか」

辛島は思案を巡らせてしばし黙り込み、指の上でペンを回している。

周りが静まり返っていた。他のアナウンサーたちが、徳重たちのやりとりに耳を傾けているのだ。

「辛島さん、お願いします」

徳重が頭を下げたとき、

「次もお前らがやるのか」

辛島から突《つ》っ慳貪《けんどん》な調子で問いが発せられた。鋭い眼差しがふたりを射抜くように向けられる。

「あの——いけないでしょうか」

　おそるおそる菜月がきいた。

　今回の放送は、局内で相応の評価を得ている。菜月の的確な状況判断や、バランスがとれて説得力のある演出は、賞賛されてしかるべきだ。

　だが、辛島がどう思ったのか。

　それはここに来るまで徳重も気になっていたところだ。

　この男にはこの男の尺度がある。レジェンドと称されるスポーツアナだけが持ち得る、本当の評価軸だ。

「誰もそんなことはいっていない」

　辛島は、ため息まじりに椅子の背にもたれた。「今回の『箱根駅伝』は、過不足なくレースのポイントを押さえ、選手たちの人間ドラマにも踏み込んで、視聴者の共感も得た。スポーツ中継としては、かなりマシな仕事だったんじゃないか」

　いかにも辛島らしい褒《ほ》め方だ。意表を衝《つ》かれたか、瞬きすら忘れて辛島を見ている菜月の唇がかすかに震え、次の瞬間、笑いを吐き出し指先で涙を拭った。

　辛島の言葉には嘘がない。

　これは正真正銘の賛辞だ。

「じゃあ、来年も——」

　言いかけた菜月を、

「お涙頂戴はダメだからな」

辛島は遮った。

「よく言いますよ、辛島さん」

菜月が涙まじりの声で抗議した。「辛島さんの実況が一番、泣かせたんじゃないですか」

返事はない。

「よろしくお願いします」

徳重はおもむろに立ち上がると、菜月ともども深々と一礼し、辛島の前を辞去したのであった。

5

四月、隼斗は埼玉の実家に近い羽生染織工業という藍染工場に就職した。

祖父の繁が長年勤めた職場でもある同社は、武州正藍染の伝統工芸を引き継ぎながら、代替わりした社長の方針で最先端の染織研究でも実績を上げているという地元の優良企業だ。

さして大きいわけではないが、地方にありながら世界を見据える——そんな先進的な社風とチャレンジ精神は箱根駅伝にも通じると、隼斗は思う。

大手のセントレア電業に入社し相模原工場の配属になった友介とは、何かあるたびメッセージのやりとりをしてお互いに励ましあう関係だ。グラウンドでともに戦った仲間との友情は、社会人になっても途切れることなく続いている。

甲斐の率いる明誠学院大学陸上競技部は、四年生になった持田研吾《もちだけんご》を主将として新たな挑戦をスタートさせた。

甲斐のスカウティングで有望な新入生も獲得し、チーム力は確実に向上している。来年こそは瑠璃紺のユニフォームが本選を盛り上げてくれるに違いない。

そして——。

病気療養中だった諸矢の訃報が関係者に届いたのは、初夏を思わせる日射しが眩《まぶ》しい、五月中頃のことであった。

——来年の箱根駅伝が楽しみだ。

そうつぶやいた諸矢の願いはついに叶わず、夢は教え子たちに託された。

装幀・グラフィック　岩瀬聡
装画　田地川じゅん
コース地図　増田寛

《初出》
「週刊文春」二〇二一年十一月十一日号〜二〇二三年六月十五日号

本作品はフィクションであり、実在の場所、団体、個人等とは一切関係ありません。

池井戸潤（いけいど・じゅん）

1963年、岐阜県生まれ。慶應義塾大学卒。98年『果つる底なき』で第44回江戸川乱歩賞を受賞しデビュー。2010年『鉄の骨』で第31回吉川英治文学新人賞、11年『下町ロケット』で第145回直木賞、20年第2回野間出版文化賞、23年『ハヤブサ消防団』で第36回柴田錬三郎賞を受賞。
主な著書に「半沢直樹」シリーズ（『オレたちバブル入行組』『オレたち花のバブル組』『ロスジェネの逆襲』『銀翼のイカロス』『アルルカンと道化師』）、「下町ロケット」シリーズ（『下町ロケット』『ガウディ計画』『ゴースト』『ヤタガラス』）、『シャイロックの子供たち』『空飛ぶタイヤ』『民王』『かばん屋の相続』『ルーズヴェルト・ゲーム』『七つの会議』『陸王』『アキラとあきら』『ノーサイド・ゲーム』『民王　シベリアの陰謀』などがある。

俺《おれ》たちの箱根駅伝《はこねえきでん》　下

二〇二四年四月二十五日　第一刷発行
二〇二四年十月三十日　第五刷発行

著　者　池《いけ》井《い》戸《ど》潤《じゅん》
発行者　花田朋子
発行所　株式会社　文藝春秋
〒一〇二―八〇〇八
東京都千代田区紀尾井町三―二三
電話　〇三―三二六五―一二一一（代表）

印刷所　TOPPANクロレ
製本所　加藤製本
組　版　エヴリ・シンク

ISBN978-4-16-391773-3